//// **Mark Walden** ////

//// Centro de Orientação para Vilania Aplicada ////

Tradução de
Danilo Carvalho

CIP-BRASIL. CATALOGAÇÃO-NA-FONTE
SINDICATO NACIONAL DOS EDITORES DE LIVROS, RJ

W166h

Walden, Mark
    C.O.V.A.: Centro de Orientação para Vilania Aplicada / Mark Walden; tradução Danilo Carvalho. - Rio de Janeiro: Galera Record, 2009.
    -(C.O.V.A.)

    Tradução de: H.I.V.E.: Higher Institute of Villainous Education
    ISBN 978-85-01-08457-6

    1. Ficção inglesa. I. Carvalho, Danilo. II. Título. III. Série.

09-2911.
                                                                  CDD: 823
                                                                  CDU: 821.111-3

Copyright © Mark Walden 2006

Todos os direitos reservados.
Proibida a reprodução, no todo ou
em parte, através de quaisquer meios.
Os direitos morais do autor foram assegurados.

Composição de miolo: Abreu's System

Texto revisado pelo Novo Acordo Ortográfico da Língua Portuguesa.

Direitos exclusivos desta edição reservados pela
EDITORA RECORD LTDA.
Rua Argentina 171 – Rio de Janeiro, RJ – 20921-380 – Tel.: 2585-2000

Impresso no Brasil

ISBN 978-85-01-08457-6

PEDIDOS PELO REEMBOLSO POSTAL
Caixa Postal 23.052 – Rio de Janeiro, RJ – 20922-970

Para Sarah, para Megon, para sempre

Capítulo 1

Otto acordou sobressaltado, com a sensação de estar caindo. Ele abriu os olhos com dificuldade por causa da claridade e se assustou ao ver a superfície do oceano passando rapidamente, a poucos metros abaixo. Após um segundo ele percebeu que olhava pela janela lateral de algum tipo de aeronave. Pelo bater abafado porém insistente de rotores vindo do alto era um helicóptero.

— Onde estou? — sussurrou para si mesmo, enquanto olhava pela janela para a vastidão de água.

— Excelente pergunta. — Otto se assustou com a voz comedida e virou-se, encarando um garoto alto, de traços orientais, sentado silenciosamente ao seu lado. — E que eu espero ser respondida em breve. — Ele encarava Otto com uma fisionomia calma e controlada. — Quem sabe você possa jogar uma luz sobre nossa atual situação?

A voz não transparecia emoção alguma, apenas um leve toque de curiosidade.

Ele parecia ser razoavelmente mais alto que Otto, e seus longos cabelos pretos estavam cuidadosamente presos em um rabo de cavalo. Isso contrastava com o cabelo curto e espetado de Otto, branco como a neve desde o dia em que ele nascera. O garoto vestia uma camisa folgada de linho, calças e sapatilhas de seda preta. Otto ainda estava usando suéter, jeans e tênis, que eram a última coisa que ele lembrava ter vestido.

— Desculpe — disse Otto, massageando as têmporas. — Não tenho a mínima ideia de onde estou ou de como vim parar aqui. Só o que tenho é uma dor de cabeça de rachar.

— Então, me parece que ambos fomos submetidos ao mesmo tratamento — retrucou o companheiro de viagem de Otto. — A dor de cabeça passará logo, mas suspeito que suas lembranças dos últimos acontecimentos serão tão esclarecedoras quanto as minhas.

Otto percebeu que o garoto estava certo. Por mais que se concentrasse, ele não conseguia recordar quase nada sobre os eventos que culminaram na situação atual. Ele se lembrava de uma figura escura parada na porta, com a mão levantada e apontando algo para ele; depois disso, era só um grande branco.

Otto resolveu se concentrar em analisar mais cuidadosamente o local. Uma tela de plástico transparente os separava da cabine, onde estavam dois pilotos em uniformes pretos. Um deles, ao olhar para trás, percebeu que Otto havia acordado e fez um comentário para o companheiro que Otto não conseguiu ouvir.

Nervosismo era uma sensação estranha a Otto, mas ele não conseguia evitar o incômodo desconforto que o dominava. Tentou se livrar da fivela do cinto de segurança que o prendia ao assento, mas ela não abria de maneira alguma. Ele estava preso ali. Se bem que ele não fazia ideia para onde iria se conseguisse se soltar — tudo o que conseguia enxergar pelas janelas era a imensidão do mar. Não havia opção a não ser esperar e ver aonde a misteriosa viagem os levaria.

Otto olhou adiante através da tela, procurando, a princípio sem sucesso, por alguma pista que indicasse para onde se dirigiam. Parecia que aquele oceano não teria fim, até que algo diferente começou a surgir no horizonte. Parecia um vulcão emergindo diretamente do mar, com uma nuvem de fumaça preta saindo do topo, mas era tudo o que ele conseguia distinguir àquela distância.

— É a primeira vez que avisto terra desde que acordei, há quase uma hora — disse o garoto oriental, mostrando também ter notado a ilha que aparecia no horizonte. — Suspeito que estejamos nos aproximando de nosso destino.

Otto assentiu — o helicóptero ia diretamente para a ilha, e os pilotos pareciam muito mais ocupados, mexendo em interruptores e ajustando os controles da cabine, como se preparando para pousar.

— Talvez consigamos algumas respostas quando chegarmos lá — disse Otto, olhando fixamente para a ilha que se aproximava cada vez mais.

— Sim — concordou o oriental, também olhando firmemente à frente. — Eu não gosto de ignorar o que ocorre e estou curioso para saber por que alguém transportaria uma carga como nós por uma distância tão grande. Seria prudente questionar os motivos de quem sequestra pessoas dessa maneira.

O helicóptero cruzou rapidamente a distância até a ilha e logo estava sobrevoando a selva que circundava o vulcão. Ao se aproximarem do centro da ilha, a aeronave começou a subir, acompanhando a encosta até mergulhar nas nuvens de fumaça escura no cume da montanha vulcânica. Imediatamente ficou claro para Otto que as coisas não eram o que aparentavam, uma vez que, se eles tivessem entrado em uma coluna de fumaça vulcânica de verdade, o helicóptero teria sido reduzido a cinzas em segundos. Em vez disso, a aeronave reduziu a velocidade até pairar no ar, e começou a descer pelas nuvens de vapor.

Otto sentiu outra pontada de apreensão enquanto o helicóptero descia às cegas. Deve haver algum lugar para pousar lá embaixo, ele repetia para si mesmo. Enquanto isso, o oriental, sentado de forma impassível, mantinha o olhar fixo à frente, com as mãos tranquilamente cruzadas sobre o colo, parecendo não se preocupar onde pousariam. O helicóptero continuava a descer, mas agora era possível perceber uma luz difusa vindo de baixo, iluminando as nuvens escuras que agora pareciam menos densas. Subitamente, as nuvens sumiram, e, pela janela, Otto viu um cenário incrível lá embaixo.

A caverna se abria em uma espécie de hangar subterrâneo, fortemente iluminado por holofotes. Uma grande plataforma para pouso dominava o centro do hangar, com dúzias de homens circulando por ali. Todos usavam macacões laranja e capacetes de construção e pareciam ocupados preparando a plataforma para a aterrissagem iminente do helicóptero.

— Aparentemente estamos sendo aguardados — comentou o garoto alto, enquanto observava o movimento pela janela. — Talvez agora encontremos as respostas que buscamos — continuou ele, soando despreocupado, como se tratasse de uma situação extremamente corriqueira.

O helicóptero pousou na plataforma com um solavanco suave e, imediatamente, os cintos de segurança que prendiam os garotos aos assentos se soltaram com um estalido. Vários homens de macacão laranja se aproximavam rapidamente da aeronave, e Otto notou os grandes coldres pretos presos em seus cintos.

Enquanto os guardas se aproximavam, o outro garoto, virando-se para Otto, disse:

— Meu nome é Wing Fanchu. Como devo chamá-lo?

— Malpense... Otto Malpense — respondeu Otto, levemente desconcertado pela objetividade de Wing.

☻ ☻ ☻

Um dos guardas abriu a porta ao lado de Otto e indicou para que ele saísse. Ao saltar para a plataforma de concreto, Otto conseguiu avaliar a verdadeira dimensão do hangar subterrâneo. Estacionados ao redor da plataforma estavam mais 12 esguios helicópteros, idênticos ao que os trouxera até ali, as fuselagens em preto fosco pareciam absorver a luz dos holofotes que iluminavam a baía. A quantidade de guardas, todos de fisionomia severa, distribuídos em intervalos regulares ao redor da plataforma, ajudou a convencer Otto que o melhor a fazer era obedecer às ordens de seus anfitriões, pelo menos por enquanto. Wing também examinava o ambiente com a costumeira expressão de pouco interesse. Se as estranhas instalações o impressionaram de algum modo, aquela face impassível não revelava o menor traço de surpresa.

— Subam as escadas e prossigam pela entrada principal — instruiu o guarda aos garotos com uma voz ríspida. — Lá, vocês receberão novas instruções.

Otto olhou na direção apontada pelo guarda e viu uma larga escadaria esculpida na rocha da caverna que conduzia a duas portas de aço. Enquanto caminhavam em direção à escada, Otto se perguntava o que estaria escondido atrás de uma entrada tão imponente. Um rangido alto ressoou pela caverna, e ele olhou para o alto a tempo de ver dois imensos painéis deslizando e fechando a cratera que dava acesso ao hangar, isolando-os do mundo exterior. A única iluminação na caverna vinha dos grandes holofotes posicionados no teto, e Otto estremeceu com o som assustador produzido pelo impacto dos painéis que se fechavam completamente.

Os dois garotos chegaram ao topo da escadaria no momento em que as pesadas portas de aço se abriam ruidosamente. O portal dava passagem para outra caverna, não tão grande quanto a cratera que servia de hangar, mas não menos impressionante. O chão era feito de mármore preto polido, e as paredes rochosas da caverna, revestidas com grandes lajes feitas do mesmo material reluzente, e pontuadas por fortes portas de aço escovado. No espaço oposto do salão havia uma imponente escultura em granito de um globo sendo partido por um gigantesco punho fechado. A base da peça era um pedestal quadrangular onde estavam gravadas as palavras "FAZEI VÓS A ELES".

Em frente à escultura havia um palco baixo com um púlpito central, em volta do qual cerca de vinte crianças, de pé, sussurravam nervosamente entre si. Todas pareciam mais ou menos da mesma idade de Otto, e sem dúvida estavam igualmente confusas e apreensivas; a diferença é que ele soube disfarçar melhor as emoções. Mais guardas estavam posicionados ao redor da sala, observando de forma vigilante. Otto se mantinha calmo, aproveitando a oportunidade para estudá-los com mais cuidado. Os guardas tinham a aparência de capangas, mas, ao mesmo tempo, pareciam estranhamente disciplinados. Cada um carregava um grande coldre na cintura, e era evidente que não hesitariam em usá-lo caso fosse necessário. Ou mesmo se não fosse, o que era bem mais preocupante.

Uma porta de correr se abriu em uma das paredes laterais, e um homem alto, vestido de preto, surgiu caminhando de forma resoluta pelo palco em direção ao púlpito. Do impecável terno preto de corte preciso e da gravata vermelho-sangue ao cabelo negro marcado por mechas prateadas nas têmporas, tudo no homem era imponente. Ele observou a audiência reunida à sua frente com um olhar frio, calculista, e suas feições elegantes não revelavam a Otto sua idade ou nacionalidade.

— Bem-vindos, senhoras e senhores, ao seu novo lar — saudou, gesticulando em direção às paredes de pedra da caverna que os circundava. — A vida que conheciam chegou ao fim. Vocês foram escolhidos, cada um de vocês — as piores, mais aguçadas, mais maliciosas mentes de todo o mundo —, para fazer parte de uma instituição inigualável. Cada um de vocês exibiu certas habilidades únicas, que os distinguem da mediocridade das massas e os marca como os líderes do amanhã. Aqui, neste lugar, vocês receberão o conhecimento e a experiência necessários para refinar suas habilidades naturais, e transformá-los em mestres em suas artes.

Ele fez uma pausa e calmamente inspecionou as faces pálidas que o observavam com olhos arregalados.

— Cada um de vocês possui uma qualidade rara, um dom, se preferirem, um talento especial para a suprema vilania. A sociedade em geral quer nos fazer acreditar que essa é uma característica indesejável, um traço de caráter que deve ser contido, controlado, subjugado. Mas não aqui... Não, aqui nosso desejo é ver esse talento florescer; ver a sua maldade aflorar, fazer com que vocês atinjam o limite de sua própria perversidade.

Ele saiu de trás do púlpito, caminhando em direção à beira do palanque. A cada passo que dava, ele parecia crescer de forma ameaçadora, e alguns daqueles que estavam à frente do grupo se afastavam nervosamente.

— Pois, hoje, todos vocês têm a honra e o privilégio únicos de se tornar os mais novos estudantes da primeira e única escola de vilania aplicada do mundo. — Ele abriu os braços, como se apresentasse as paredes ao redor. — Bem-vindos ao C.O.V.A., Centro de Orientação para Vilania Aplicada.

Nesse momento, os enormes painéis de mármore negro que revestiam as paredes da caverna começaram a deslizar para baixo, ressoando enquanto sumiam no chão para revelar novas grutas e corredores que levavam a outros pontos da instalação. As cavernas adjacentes eram tão grandes quanto a que eles se encontravam e pareciam fervilhar de atividades estranhas, de diversos tipos. Algumas eram iluminadas por luzes incomuns ou envoltas em nuvens de vapor, outras repletas de vegetação, outras ainda ladeadas por maquinários misteriosos, e era até mesmo possível discernir uma cascata em uma delas. Uma coluna de fogo surgiu subitamente em uma das grutas, e ouviu-se o que parecia ser uma comemoração. Em outra, dezenas de figuras vestidas de preto deslizavam por cordas que pendiam do teto, enquanto abaixo mais pessoas, por sua vez vestidas em túnicas brancas, praticavam de forma sincronizada algum tipo de arte marcial.

Era possível ver centenas de crianças circulando entre as grutas e, enquanto algumas pareciam vestidas como os guardas, muitas outras usavam todo tipo de indumentária estranha. Otto percebeu, ao longe, figuras usando trajes de proteção química e outras ainda com algo que ele suspeitava ser algum tipo de uniforme espacial. Um grupo parecia estar usando um tipo de colete à prova de balas, com alvos pintados de vermelho e branco na altura do peito.

Uma demonstração memorável, sem dúvida, pensou Otto. Mas, do mesmo modo que a viagem que os trouxera até ali, tudo parecia ter sido desenvolvido cuidadosamente para causar uma impressão desconcertante, como que para fazê-los baixar a guarda. Otto estudou as outras cavernas, tentando rapidamente memorizar o maior número possível de detalhes, como elas se conectavam e quais as áreas de maior interesse. O restante do grupo, boquiaberto, parecia satisfeito diante daquele espetáculo, mas para Otto a presença do homem que discursara era ainda mais impressionante. Obviamente, Wing sentia o mesmo, uma vez que não desviara o olhar do homem de terno preto desde o momento em que ele começou a falar, e, ainda agora, com todos os cenários espetaculares revelados pela abertura dos painéis, ele continuava impassível, mantendo a expressão que não traía suas emoções.

O homem do palanque sorriu ao ver as faces espantadas à sua frente. Voltou então ao seu discurso, silenciando o grupo que falava animadamente.

— Peço sua atenção, por favor. — Não se tratava de um pedido, mas de uma ordem. — Sou o Dr. Nero, fundador e responsável por esse centro. Enquanto vocês permanecerem aqui, estarão seguros. Tudo o que peço em troca é lealdade e obediência incondicionais. Não espero tê-las assim, de imediato, mas costumo pedir educadamente da primeira vez. — O sorriso dele indicava que não seria nada aconselhável experimentar um segundo pedido.

"Estou certo de que vocês têm muitas perguntas a fazer e, pensando nisso, devemos iniciar a apresentação do que é o C.O.V.A. Primeiramente, os senhores serão conduzidos à sala de alistamento, onde poderão assistir a uma apresentação que ao menos esclarecerá algumas dúvidas. Logo a seguir, farão um pequeno passeio por alguns dos locais mais importantes e participarão de uma palestra a respeito da vida no C.O.V.A., ministrada por um de nossos professores mais graduados. Estou certo de que os verei novamente durante os próximos dias, mas até lá, eu lhes desejo boa sorte e espero que aproveitem o passeio."

Ele mal acabara de falar e os guardas começaram a conduzi-los para longe do palanque, em direção a um portal localizado na caverna principal. Acima do portal via-se uma placa com a imagem estilizada de uma lâmpada sobre uma cabeça onde se lia: "SALA DE PLANEJAMENTO DOIS". As portas da sala automaticamente se abriram em um deslizar silencioso conforme eles se aproximaram, convidando-os para entrar.

Dr. Nero ficou olhando o grupo de estudantes se afastar em direção à porta. Sempre sentia um grande prazer em vê-los boquiabertos ao se depararem pela primeira vez com a verdadeira dimensão das instalações criadas por ele. Sabia que o poder de uma primeira impressão não podia ser subestimado, e que nesse primeiro momento era sempre bom manter os novos estudantes um pouco desnorteados. Essa prática deixa menos margem para indisciplina, um risco considerável quando se está lidando com jovens tão dedicados a explorar os limites da rebeldia e do mau comportamento. Além disso, aquela espécie de apresentação teatral ainda servia a um propósito especial: identificar qual dos novatos não se deixaria impressionar por ela; aquele que não se permitiria iludir por truques tão simples — alguém para ser vigiado. Sempre havia um, e não houve exceção desta vez. Lá estava ele, o garoto de cabelos brancos como a neve, aquele que deveria ser observado de perto. Enquanto seus colegas arregalavam os olhos diante de tão pequena demonstração de poder, tagarelando uns com os outros, apontando aqui e ali, o rapaz apenas observava, como se tomasse notas, como se arquivasse as informações para uso futuro. Sim, era ele o tal que devia ser vigiado. E Nero notou mais uma coisa peculiar: o garoto oriental que estava ao lado do recruta de cabelo branco passou o tempo todo com o olhar fixo nele, sem desviá-lo por um momento sequer, apesar das incríveis distrações ao seu redor. Havia algo estranhamente familiar nas feições do jovem oriental, mas ele não conseguia determinar o quê. "Então será preciso manter os dois olhos abertos", pensou Nero, e sorriu. "Este será um ano interessante, com certeza."

— Pode sair agora, Raven — disse ele, em um tom suave.

Uma figura surgiu das sombras na base da estátua e deu um passo à frente. Vestida inteiramente de preto, o rosto inteiramente coberto por uma máscara com lentes negras no lugar dos olhos, era como se um pedaço da sombra tivesse se destacado e assumido forma humana, pensou Nero enquanto a figura caminhava silenciosamente em sua direção.

— Tire a máscara, por favor, Natalya. Sabe o quanto eu detesto conversar com você usando isso.

Raven assentiu levemente e retirou a máscara, revelando um rosto pálido porém belo, perfeitamente simétrico a não ser por uma cicatriz longitudinal, curva e arroxeada, localizada em uma das faces. Os olhos eram de um azul frio, e os cabelos pretos, curtos.

— Como desejar, Doutor. — Seu leve sotaque revelava a origem russa, treinada em infiltração e contraespionagem pelo melhor que a União Soviética tinha a oferecer no auge da Guerra Fria. — Mas um dia você ainda me dirá como é possível me ver, mesmo enquanto estou invisível a todas as outras pessoas.

— Talvez um dia eu lhe conte, minha jovem, mas por enquanto há assuntos mais importantes a serem discutidos. Pelo que me consta, você foi responsável pela operação de recrutamento este ano. — Nero voltou-se para o púlpito, de onde ele havia falado aos novos recrutas, e pressionou um botão que fez um painel deslizar e revelar a pequena tela com a imagem do grupo reunido ali alguns minutos atrás. Ele apontou para a figura de Otto e perguntou: — Este rapaz, quem é ele?

Raven olhou para a tela.

— Otto Malpense. Beneficiado com uma bolsa de estudos, mas não tenho informações sobre seu patrono. Ele foi responsável pelo incidente envolvendo o primeiro-ministro britânico. Eu mesma conduzi seu resgate.

— Interessante. — Nero estava impressionado. O incidente mencionado por Raven fora notícia no mundo inteiro, mas a imprensa nunca divulgara uma palavra sobre a captura do responsável, ou mesmo sua identificação. O fato de ter sido obra dessa criança era notável e apenas servia para reafirmar a impressão inicial que Nero teve sobre ele. Planejou verificar mais tarde quem exatamente havia patrocinado a bolsa de estudos de Malpense. Alguns dos bolsistas eram órfãos, outros fugitivos, mas o importante era que nenhum deles possuía parentes ansiosos a ponto de colocar a justiça na trilha do C.O.V.A. Malpense era um desses. — Quero que você mantenha esse rapaz sob vigilância estreita, Natalya. Suspeito de que ele tenha... potencial. — O mesmo tipo de potencial de uma ogiva nuclear, pensou Nero. — E este outro rapaz, quem é? — perguntou, apontando para Wing, que, sendo consideravelmente mais alto que os outros, se destacava visivelmente.

Natalya fez uma pausa, como se estudando a imagem do rapaz de longo rabo de cavalo preto.

— Este é Wing Fanchu, senhor. Seu resgate foi conduzido pela nossa divisão de operações do Extremo Oriente. Acredito que estude em um colégio particular. Não tenho pleno conhecimento de seu passado, mas sei que houve complicações em seu resgate. Vários homens foram feridos na tentativa de subjugá-lo, o que, como o senhor sabe, é extremamente incomum.

Absolutamente incomum, pensou Nero. Muitas crianças eram indicadas para a seleção pelos pais ou guardiões, que, demonstrando interesse em formas de educação "alternativa", eram discretamente informados sobre esse centro e as oportunidades únicas por ela oferecidas. Alguns desses pais foram alunos do C.O.V.A., enquanto outros apenas tinham interesse em que seus filhos pudessem dar continuidade aos "negócios da família". Essas crianças seriam monitoradas durante um ano para que se verificasse se elas possuíam os dons necessários para ingressar no C.O.V.A. A análise era feita por meio de testes e situações fictícias secretamente impostas a elas, de modo que se observassem suas reações. Caso aprovadas nos testes, os pais eram notificados e, mediante o depósito de uma significativa quantia em uma conta segura de um banco suíço, elas eram matriculadas.

Os pais recebiam instruções expressas para que os futuros estudantes não fossem informados sobre o planejamento educacional. Essa política fora adotada após alguns infelizes incidentes ocorridos nos primeiros anos da instituição, envolvendo candidatos aprovados que animadamente compartilharam as novidades sobre seu futuro estudantil com os amigos, apesar das ordens específicas para que não o fizessem. Na verdade, um incidente em particular provocou a transferência das instalações da escola, a princípio localizada na Islândia, para aquela ilha. Daquele momento em diante, a regra de sigilo absoluto fora estabelecida de modo que, desavisados, os estudantes tinham que ser capturados através de uma operação especial conduzida a cada início do ano letivo.

Pelo menos era assim que acontecia, em geral. É óbvio que o resgate de Wing Fanchu deixou a desejar no quesito discrição, o que não era nada bom para os negócios, especialmente o tipo de negócio em que o C.O.V.A. estava envolvido.

— O que aconteceu exatamente? — perguntou Nero, desativando a tela do púlpito.

— Segundo fui informada, senhor, o time de resgate seguia o procedimento operacional padrão. O rapaz foi atingido por um tranquilizador enquanto caminhava sozinho pelos jardins da casa de sua família, mas, aparentemente, foi utilizada uma dose incorreta, já que o garoto conseguiu incapacitar dois de nossos homens mesmo depois de atingido. Ele ainda feriu mais um agente ao tentar escapar, após acordar dentro da ambulância a caminho do ponto de encontro. É importante frisar que foram necessárias mais *duas* descargas do tranquilizador para nocauteá-lo.

Nero virou-se para Raven, erguendo uma sobrancelha.

— Quer dizer que, ao todo, foram necessários três tiros para subjugar o rapaz, uma dose que deveria manter uma criança desacordada por uma semana, e mesmo assim ele aparenta estar completamente recuperado? Talvez ele seja mais adequado para o programa Mercenário. Você sabe se o coronel Francisco analisou a ficha dele?

— Sim, senhor. Mas o coronel afirmou que os resultados dos testes de QI foram altos demais para o padrão desse programa e que o lugar dele era realmente no curso Alfa. — Suas feições se tornaram sombrias; assim como toda a equipe do C.O.V.A. ela tanbém não gostava nada de relatar ao Dr. Nero operações malsucedidas. — Fique tranquilo: pretendo mantê-lo sob estrita e constante vigilância.

— Faça isso, Natalya, e certifique-se de que a segurança seja informada sobre sua aparente e peculiar resistência aos métodos tradicionais de controle.

— Afirmativo, doutor. Algo mais?

— Não, pode ir agora. Informe-me sobre qualquer atividade suspeita referente a esses dois.

— Sim, senhor. — E, com isso, ela recolocou a máscara e
desapareceu, misturando-se às sombras da caverna.

Capítulo 2

Otto olhou em volta, examinando a sala. Monitores exibiam mapas e gráficos pendiam, aqui e ali, nas já conhecidas paredes de mármore preto. O que mais chamava a atenção, no entanto, era uma enorme mesa que dominava o centro da sala. O móvel parecia medir em torno de dez metros de comprimento e era feito de algum tipo de madeira escura, com o símbolo de um globo e um punho, semelhante à escultura na entrada da caverna, incrustado em prata no centro. Vinte e quatro cadeiras grandes revestidas em couro preto, de encosto alto, estavam organizadas ao redor da mesa. Todas vazias, exceto o assento mais distante da porta.

Sentada ali, à cabeceira da mesa, estava uma mulher usando um casaco de pele sobre um longo vestido negro, com uma aparência tão incomum quanto a maioria das coisas que Otto havia visto naquele dia. A estranha mulher possuía um rosto esquelético, e a pele parecia quase translúcida, como se tivesse sido esticada demais sobre os ossos do rosto. Ela usava um monóculo no olho esquerdo e segurava uma longa e fina piteira, que abaixava ocasionalmente apenas para bater as cinzas em um cinzeiro sobre a mesa à sua frente. No entanto, o que mais surpreendia na mulher era seu cabelo. O penteado parecia um monumento ao laquê. Uma imensa escultura em ébano, curva, abstrata, grande, imóvel, indestrutível. Lembrava mais uma obra de engenharia que um simples penteado. Ela parecia se divertir observando os recém-chegados, sorrindo como se tivesse acabado de ouvir uma boa piada. Quando o último integrante do grupo entrou na sala, ela pousou a piteira no cinzeiro e se dirigiu a eles.

— Crianças, por favor, venham. Sentem-se onde quiserem — disse ela, indicando as cadeiras ao redor da mesa. Eles se espalharam e ocuparam os assentos. Otto rapidamente escolheu um lugar bem ao centro da mesa e aguardou enquanto os outros tomavam seus lugares. Wing sentou-se ao seu lado.

— Então vocês são da nova turma de Alfas, certo? — perguntou depois de todos estarem acomodados. Ela sorriu novamente, e todos os rostos se voltavam para ela, observando-a ansiosamente. — Sou a Condessa Sinistra, embora todos me chamem apenas de Condessa, e é um grande prazer apresentá-los à nova vida no C.O.V.A. Iniciaremos com um filminho, e depois responderei a algumas de suas perguntas. Comecemos, então. — A Condessa tinha um sotaque italiano, e sua voz era suave, quase musical, o que fez muitos relaxarem visivelmente.

As luzes da sala diminuíram de intensidade, e uma tela deslizou do teto, acima da cabeceira oposta à da Condessa. Ela mostrava a mesma representação do punho esmagando o globo terrestre. O símbolo foi desvanecendo, sendo substituído pela imagem da ilha que sobrevoaram mais cedo, com o vulcão fumegante e aparentemente ativo no centro. Uma voz de fundo, com sotaque norte-americano, começou a apresentação.

— Bem-vindos à ilha, uma locação tropical secreta que abriga o C.O.V.A., a mais distinta e prestigiada instituição educacional do mundo. Fundada no final dos anos 1960 pelo Dr. Nero como um centro de treinamento para os líderes do amanhã, o Centro de Orientação para Vilania Aplicada possui uma história grandiosa. Vivendo sua quarta década de operação, nosso Centro se apresenta como uma unidade de treinamento ultramoderna, totalmente equipada para preparar VOCÊS para governar o mundo no futuro.

A imagem mudou para um esquema da estrutura interna da ilha. Ficou imediatamente claro para Otto que eles haviam visto apenas uma fração das instalações existentes. Aquele desenho, se estivesse exato, mostrava quilômetros de passagens e de cavernas se estendendo para todas as direções, a partir daquela caverna de entrada. A área onde eles se encontravam parecia ser o núcleo central da estrutura, o que fazia sentido no caso de a cratera por onde eles entraram ser o único caminho de acesso. Aquele desenho, pelo menos, não mostrava indicação alguma sobre a existência de outras saídas. A ideia de estar enterrado vivo, como uma alusão ao nome da instituição, passou rapidamente pela cabeça de Otto, enquanto o filme continuava.

— O pensamento do Dr. Nero sempre foi que "só os melhores são capazes de preparar os piores". Com essa ideia em mente, ele se impôs o objetivo primário de reunir os melhores professores e treinadores do mundo, além de prover-lhes todos os recursos necessários para que executassem seu trabalho com maestria.

O filme cortou para uma rápida sequência de imagens mostrando salas de aula, laboratórios, estandes de tiro, um tanque enorme com várias barbatanas de tubarão cortando a superfície da água, fileiras de computadores em rede e, finalmente, o que mais despertou o interesse de Otto: uma biblioteca vasta e muito bem abastecida.

— A vida de um estudante do C.O.V.A. é cheia de diversão e prazer. Este é um lugar onde vocês farão amigos para toda a vida.

Outra série de pequenos videoclipes começou, nos quais estudantes, em sua maioria aparentando serem mais velhos que Otto, praticavam as mais bizarras atividades. Eles viram dois garotos esgrimindo, outro menino incentivando o colega a olhar em um microscópio, duas garotas escalando uma parede de rochas e, por último, um jovem acenando positivamente depois de disparar algo que só poderia ser descrito como um rifle de raios laser, cujo alvo não fora enquadrado no vídeo. "Até que a vida no C.O.V.A. poderia ter seus atrativos apesar de tudo", pensou Otto. Amigos vêm e vão, como se diz, mas armas laser de alta potência são para sempre.

— Estas instalações serão a nova casa de vocês pelos próximos seis anos e, apesar de contatos com o mundo exterior serem expressamente proibidos, o C.O.V.A. foi criado de maneira a ser um lar perfeito para aqueles que estão longe de casa.

Havia na tela agora imagens de alojamentos suntuosos, jardins espaçosos e a vista do alto de uma lindíssima piscina instalada no piso de uma caverna, com vários estudantes nadando e jogando água para o alto. Ao que parecia, o C.O.V.A. fora construído para parecer mais um hotel tropical de luxo do que uma escola propriamente dita.

— Nosso objetivo no C.O.V.A. é extrair o melhor de cada um de nossos alunos. Falhas não são aceitáveis no mundo moderno. Nosso pessoal é amigável e treinado para estar sempre pronto a motivar e auxiliar os estudantes, assistindo cada um em seus esforços para atingir os níveis mais altos de excelência.

Agora as imagens mostravam guardas, em seus já conhecidos uniformes laranja, dando informações a alunos perdidos, participando alegremente de jogos, aconselhando estudantes confusos com seus trabalhos e, finalmente, dois guardas disparando lança-chamas na direção das grelhas, enquanto crianças sorridentes aguardavam com pratos nas mãos. Esses guardas não se pareciam muito com os que Otto havia visto até aquele momento — mais lembravam atores ou modelos cuidadosamente selecionados, desprovidos das cicatrizes, dentes quebrados e tapa-olhos tão típicos dos guardas de verdade.

— A vida no C.O.V.A. é excitante e desafiadora. Todos os dias vocês serão expostos a experiências novas e essenciais para o sucesso de suas carreiras vilanescas.

Na tela apareceu uma cena do Dr. Nero apertando a mão de um aluno enquanto lhe entrega um diploma. A câmera foi se afastando, revelando a caverna de entrada repleta de pessoas aplaudindo. E continuou se afastando rapidamente através das instalações, até voltar a sobrevoar a ilha vulcânica, aparentemente deserta. A voz de fundo retornou, dizendo:

— C.O.V.A., a escola do amanhã, hoje.

A imagem se apagou lentamente retornando para a logo do punho sobre o globo, e as luzes se acenderam.

— Então, crianças. Agora que vocês viram uma amostra do que o C.O.V.A. tem a oferecer, alguém tem alguma pergunta? — disse a Condessa, olhando ao redor da mesa.

— Eu tenho uma pergunta. — Wing foi o primeiro a quebrar o silêncio. — Por que somos proibidos de ter contato com o mundo exterior? — Otto gostaria de ter feito a mesma pergunta, mas se manteve em silêncio, esperando para ver primeiro as perguntas dos outros. A Condessa abriu um sorriso ao responder.

— Ora, meu querido, com certeza você é capaz de compreender a necessidade de sigilo absoluto sobre um lugar como este. Tivemos alguns incidentes infelizes no passado como consequência direta de brechas na segurança, tão lamentáveis quanto desnecessárias. O único modo que encontramos de evitar que tais problemas se repetissem foi tendo a certeza de que ninguém dispusesse de meios para revelar a localização do C.O.V.A., intencionalmente ou não.

— Então somos prisioneiros aqui? — replicou asperamente Wing.

— Acho que "prisioneiros" é uma palavra muito forte. — O rosto sorridente da Condessa pareceu endurecer-se levemente. — Eu diria que vocês estão sob proteção cautelosa. — Otto se perguntou se eles estariam sendo protegidos do mundo, ou vice-versa.

— E quanto aos nossos pais? Eles não ficarão preocupados com o desaparecimento de seus filhos? — insistiu Wing.

— Eles estão cientes da situação de vocês, embora desconheçam a localização exata. Vocês foram trazidos aqui com a permissão deles. — Explicou a Condessa, sob os olhares chocados de várias das crianças ao redor da mesa.

— E temos permissão para falar com eles? — perguntou Wing.

— Não. Como expliquei previamente, toda a comunicação com o mundo exterior é vedada aos estudantes. Isso inclui a comunicação com familiares. — A Condessa começava a ficar claramente impaciente com o interrogatório de Wing.

— Então como podemos ter certeza de que eles sabem realmente da nossa situação? — Wing parecia determinado a insistir naquele assunto.

A Condessa olhou diretamente em seus olhos.

— Essa informação não é realmente necessária, concorda? — perguntou ela, a voz se alterando levemente, e, por alguns instantes, Otto poderia jurar ter ouvido vozes estranhas sussurrando levemente, como se a distância. Wing abriu a boca para falar, mas, em seguida, uma expressão confusa se formou em seu rosto, como se tivesse esquecido o que ia dizer.

— Sim, Condessa. Não é uma informação necessária. — Sua voz soou distante, como se distraído.

— Ótimo. Alguém mais? — Ela olhou ao redor da mesa mais uma vez. Otto ficou surpreso com o súbito silêncio de Wing. Ele parecia abatido e levemente desorientado.

Vendo que ninguém mais parecia disposto a se manifestar, Otto tomou a iniciativa.

— Sim, Condessa. Eu tenho uma pergunta.

Ela virou-se para Otto, voltando a sorrir.

— O que você gostaria de saber, senhor... — ela deixou a frase incompleta, esperando pelo nome dele.

— Malpense. Otto Malpense — respondeu ele. Ela gesticulou para que o menino continuasse. — Existe alguma situação na qual os alunos recebam autorização para deixar a ilha?

— Excursões educativas acontecem de vez em quando e, em outras situações, alguns dos alunos mais velhos recebem autorização para deixar a ilha por curtos períodos de tempo, caso o Dr. Nero julgue necessário. — O tom de voz usado por ela indicava claramente que esse tipo de pergunta não estava sendo apreciado.

Otto divagou por um momento sobre os motivos que justificariam uma permissão para deixar a ilha.

— Alguém, alguma vez, fugiu da ilha? — Otto sabia que provavelmente estava abusando da sorte com uma pergunta assim, mas ele queria ver a reação da Condessa.

— Imagino que você esteja falando sobre cabular aula, e tal atitude não é vista com bons olhos aqui, sr. Malpense, absolutamente — retrucou a Condessa, visivelmente irritada.

"Estamos chegando lá", pensou Otto, ao perceber a irritação.

— Você não respondeu a minha pergunta: alguém, alguma...

— Eu recomendaria mais cuidado, sr. Malpense — interrompeu a Condessa. — As pessoas podem pensar que o senhor não está determinado a permanecer aqui conosco. — O olhar dela mudou novamente. — Agora, não há mais nada que o senhor necessite saber, correto?

Havia — Otto tinha muito mais perguntas a fazer —, mas outra vez ele pareceu ouvir sussurros distantes e, subitamente, foi como se todas as dúvidas desaparecessem de sua mente. Ele olhou para Wing, que ainda estava com a mesma expressão levemente confusa, típica de quem esquece sobre o que estava falando e tenta lembrar exatamente o que era.

— Alguém mais? — A Condessa agora parecia um pouco menos cordial. Uma garota de longos cabelos louros, no lado oposto da mesa, levantou a mão timidamente. A Condessa assentiu, e a menina se empertigou na cadeira para perguntar:

— Nós teremos que usar aqueles uniformes horrorosos, como os das crianças que apareceram no filme? — Ela era norte-americana, e pelo tom de voz era fácil perceber que não gostava nem um pouco da ideia de ter de vestir macacões pelos próximos seis anos.

— Sim, todos os estudantes usam esse uniforme — respondeu a Condessa. — Existem variações de cores, indicando ano e curso, mas fora isso são idênticos. Sinto dizer que as oportunidades para adquirir vestimentas mais elegantes são bastante limitadas por aqui.

A menina soltou um suspiro aborrecido e basicamente afundou na cadeira, de braços cruzados e com a fisionomia contrariada.

Outra pergunta veio de uma bela garota ruiva, com sotaque escocês, no outro lado da mesa.

— O que são esses cursos que você mencionou agora há pouco?

Otto lembrava-se vagamente de querer fazer a mesma pergunta, mas ele se sentia estranhamente confuso depois de ter falado com a Condessa.

— Bem, a nossa escola é dividida em diferentes cursos especializados no ensino de certas disciplinas. Vocês, por exemplo, são do curso Alfa, e seu treinamento será focado em liderança e estratégia. Além desse, existem três outros no C.O.V.A.: Mercenário, Técnico e Político-financeiro. Muitas disciplinas são comuns a todos os cursos, enquanto outras são reservadas aos específicos. Os alunos de cada curso são identificados pela cor de seus uniformes. Vocês, Alfas, usam preto; os Mercenários usam azul; Técnicos, branco; e os Político-financistas vestem cinza. Com certeza isso tudo pode parecer um pouco confuso no momento, mas em pouco tempo vocês estarão acostumados com a nossa estrutura organizacional.

Mais uma mão se ergueu e um menino louro e gorducho falou, com uma voz que chiava de tão ofegante:

— Quando será o almoço? — Ele falava com um forte sotaque alemão e soava meio desesperado. — Me sinto meio fraco.

— Você deve ser filho de Heinrich Argentblum. É muito parecido com ele, quando tinha a sua idade — respondeu a Condessa com um sorriso, o que fez os olhos do rapaz brilharem.

— *Ja*, eu sou Franz Argentblum. Você conhecer meu pai? — perguntou ele, animado.

— Certamente. Ele foi aluno do C.O.V.A., antes da transferência da escola para sua locação atual. Imagino que você pretenda continuar no ramo de trabalho de seu pai.

— *Ja*, hoje nós somos os maiores fabricantes de chocolate de toda a Europa! — comentou Franz, alegremente.

O que ele não sabia era que seu pai não era apenas um grande magnata do chocolate, mas também uma das mentes criminosas mais poderosas de toda a Europa. Obviamente, Franz seria mantido o mais longe possível da divisão de chocolates dos negócios da família. Aliás, a melhor ideia seria simplesmente mantê-lo o mais longe possível de chocolates, ponto final.

— Estou certa que você irá revelar ser um ótimo aluno — completou a Condessa.

"Isso se houver um balão de oxigênio nas aulas de ginástica", pensou Otto.

— E, respondendo à sua pergunta — continuou ela —, vocês se juntarão aos demais alunos no refeitório para o almoço em duas horas. A programação de hoje ainda inclui um passeio de apresentação e a entrega de seus uniformes. — Pela expressão desanimada de Franz, aquelas duas horas equivaleriam a dois anos. — Então, chega de perguntas por agora. Vejamos se já podemos vesti-los com algo mais apropriado. — A Condessa se levantou, aparentando, graças ao seu magnífico penteado, ser mais alta que realmente era. — Queiram me seguir até o almoxarifado, onde vocês receberão seus uniformes — falou, apontando para uma segunda porta, no fundo da sala.

Todos começaram a se mover em direção à porta. Otto demorou-se alguns segundos mais, enquanto organizava seus pensamentos. Sua mente estava clareando novamente depois daquela estranhíssima sensação nebulosa, quase como uma amnésia, uma sensação que ele não desejava experimentar uma segunda vez. Wing também se levantou, lentamente, esfregando as têmporas.

— Que sensação desagradável. — Wing parecia inseguro pela primeira vez desde que eles se conheceram. — Eu me sinto como se estivesse acordando de um sono muito profundo.

— Parece óbvio que não é uma boa ideia fazer perguntas demais por aqui, principalmente as do tipo inconveniente — ponderou Otto. Não tinha dúvidas de que ele e Wing haviam sido vítimas da mesma perda de memória súbita, e também tinha certeza que a Condessa fora a responsável. A única coisa que Otto não compreendia era como ela tinha feito isso.

— Talvez seja melhor mantermos os olhos abertos e as bocas fechadas por enquanto. Acho que não queremos ninguém reiniciando nossas mentes de novo.

Ao levantar os olhos ele percebeu que a Condessa os observava atentamente. Sorridente, ela se dirigiu a eles enquanto o resto do grupo se reunia na frente da porta.

— Vamos, vamos, vocês dois. Não temos o dia inteiro. Pelos olhares confusos, eu presumo que estão tendo alguma dificuldade em assimilar todas as informações. Estou certa?

— Sim — disse Otto, olhando-a diretamente nos olhos e sorrindo. — Você tirou as palavras da minha boca, Condessa.

A Condessa estreitou os olhos como se analisando Otto por um momento.

— E eu posso fazer ainda bem mais que isso, sr. Malpense, acredite — sussurrou ela.

Os dois continuaram se encarando por mais alguns segundos até que o já conhecido sorriso reapareceu como que por mágica em seu rosto, e ela se dirigiu ao resto do grupo.

— Acompanhem-me, crianças. Aqui no C.O.V.A. sempre temos muito a fazer e pouco tempo para isso — disse ela, abrindo a porta e saindo da sala.

Wing observou enquanto ela saía e se dirigiu a Otto:

— Meu pai dizia que somente um tolo puxa a cauda de um tigre ao vê-la pendendo de uma árvore. — Pela primeira vez, Otto o viu sorrir.

— Verdade, mas de que outro jeito você pode ter certeza de que realmente há um tigre ali? — retrucou Otto, abrindo um largo sorriso.

☺ ☺ ☺

Eles chegaram em uma larga passarela que acompanhava a curvatura de outra gigantesca caverna, muito bem-iluminada. Muito abaixo, o fundo da caverna era coberto por uma grande redoma de vidro formada por painéis octogonais e, através do domo, era possível observar centenas de fileiras de plantas e árvores. O teto, por sua vez, era tomado por grandes estalactites como uma floresta de ponta-cabeça, resplandecendo com o brilho dos fortes refletores.

— O C.O.V.A. foi projetado para ser quase inteiramente autossuficiente — explicou a Condessa, apontando em direção à estranha estrutura abaixo. — Aqui vocês podem ver a nossa unidade de hidropônicos, utilizada para o cultivo de diversos tipos de plantas, muitas delas com o intuito de alimentar toda a população interna. Algumas outras, porém, possuem propriedades mais, digamos, *exóticas*...

Ela seguiu em frente pela passarela, acompanhada pelo grupo de crianças em fila indiana. Pelos cálculos de Otto, deveria haver centenas, se não milhares, de pessoas na ilha e certamente era impossível depender apenas da produção interna de comida para alimentar toda aquela gente. Isso significava que deveria haver um esquema de transporte de suprimentos para a ilha, provavelmente secreto, que eles ainda não haviam visto.

A Condessa continuava caminhando pela passarela, com os saltos dos sapatos fazendo barulho contra o metal enquanto o grupo de crianças a seguia de forma diligente.

— Eu me pergunto como foi possível construir uma estrutura como essa sem atrair a atenção do mundo exterior — comentou Wing, observando o interior da caverna. — Uma construção como essa demanda centenas de trabalhadores. Como um projeto assim pôde ser mantido em segredo?

— Não permitindo que os trabalhadores deixassem a ilha no final do projeto, talvez? — replicou Otto.

— Isso é o que eu chamo de passar a vida trabalhando — disse Wing, espantado.

— Ou de dar a vida pelo trabalho — contrapôs Otto. Pela ênfase que o C.O.V.A. dava ao sigilo, não seria mesmo surpresa alguma se o emprego incluísse um plano "agressivo" de aposentadoria para os operários. Um plano que garantia descanso eterno, literalmente.

Eles viraram em um corredor escavado na rocha, que dava acesso à passarela. O caminho era descendente agora, e não demorou muito para que eles chegassem à outra caverna, menor, que servia de entroncamento para vários corredores que se abriam em diversas direções. Assim que alcançaram o centro da gruta, ouviu-se um som estridente, um barulho estranho tão alto que ecoava por todos os lados.

HUA, HUAHUAHUA, HUA!!!!

E começou um verdadeiro pandemônio.

Uma enxurrada de crianças começou a sair dos corredores, falando alto e rindo. Todas vestiam os uniformes segundo o código de cores que a Condessa havia explicado, mas essa era a única coisa que indicava algum tipo de ordem. O Dr. Nero comentara que os alunos do C.O.V.A. vinham de todas as partes do mundo, e ele não estava exagerando. Na multidão estavam representados todos os tamanhos, formas, penteados e tons de pele possíveis, além dos mais diversos sotaques, o que tornava tudo ainda mais caótico. Otto tentou distinguir algo coerente nas conversas, mas nem os assuntos pareciam fazer sentido.

— ...e por que precisamos aprender como arrombar fechaduras se existe explosivo plástico...

— ...então ele disse "Plutônio?", e nós quase morremos de rir...

— ...uma trajetória suborbital deve ser suficiente...

— ...jogar no tanque um dia...

— ...ele disse que minha gargalhada maléfica era patética, então eu...

A única reação possível do perplexo grupo de novatos do qual Otto fazia parte era se espremer no centro da sala, como uma pequena ilha em meio a uma verdadeira tempestade de alunos do C.O.V.A.

Os olhos arregalados e a falta de uniformes ajudavam a atrair o interesse de muitos dos que passavam. Alguns apontavam e cutucavam os colegas, rindo, outros simplesmente sorriam, enquanto dois chegaram a acenar animadamente. A maioria, no entanto, passava de forma absorta, mal notando a presença deles. Rapidamente, o fluxo de alunos foi diminuindo e, em menos de um minuto, tudo voltou ao normal. Com o silêncio reestabelecido, a Condessa se dirigiu ao grupo:

— Como vocês puderam notar, a pontualidade é uma questão levada a sério no C.O.V.A. Aqui não há lugar para atrasos, e vocês não gostariam de ser pegos em horário de aula passeando sem permissão. — Como se ensaiado, uma tropa de guardas saiu de um dos corredores, marchando através da junção, observando o grupo como se procurassem por algo suspeito.

A voz trêmula de um garotinho careca de aparência nervosa, usando óculos grossos, se levantou em meio a alguns murmúrios.

— P-por que os guardas andam armados? — perguntou ele, timidamente.

— Ah, você não precisa se preocupar — respondeu a Condessa com um sorriso encorajador. — Eles estão aqui para sua proteção. Não é preciso ter medo deles. — E, depois de uma pausa, acrescentou: — Contanto que você siga as regras da escola, é claro. Além disso, aquelas não são armas comuns. Observem... Ei, você — disse ela, virando-se e apontando para um guarda que seguia à frente do esquadrão. — Ele parou, imitado imediatamente por seus companheiros. — Me dê sua arma.

Otto notou que, apesar de assentir, ele pareceu ficar muito nervoso. O guarda caminhou na direção da Condessa, abrindo o coldre e estendendo a ela o que parecia ser uma pistola muito grande, com um cano estranhamente largo.

— Obrigada — agradeceu com um sorriso. — Você pode ir agora. Pegue uma nova arma no almoxarifado ao fim de sua patrulha.

O guarda, parecendo extremamente aliviado ao ser dispensado, se virou e marchou de volta para a frente de seu esquadrão. Sem aviso, a Condessa levantou a arma, apontando para as costas do homem e puxou o gatilho. Um brilho forte, um zumbido alto e o que parecia uma onda de choque distorcendo o ar marcaram o disparo da pistola, que atingiu o centro das costas do guarda. Ele imediatamente caiu desacordado, como uma marionete que teve as cordas cortadas. Algumas crianças soltaram gritos assustados, e Otto notou que alguns dos guardas chegaram a se afastar nervosamente do companheiro atingido.

— Esta é uma arma atordoante de pulso sincrônico ou, como os guardas preferem chamá-la, um tranquilizador. Ela dispara um pulso de energia que não causa danos permanentes, mas deixa o alvo inconsciente instantaneamente por até oito horas. A tecnologia foi desenvolvida recentemente pelos próprios cientistas do C.O.V.A., em substituição aos antiquados dardos tranquilizantes antes utilizados por nossos seguranças. O tranquilizador é muito mais confiável e, segundo fui informada, o único efeito colateral é uma forte dor de cabeça. O projeto deles inclui um dispositivo que impede que sejam disparados por alguém não autorizado, portanto não há nada a temer quanto a isso.

"Ah, claro", pensou Otto, "a não ser esquadrões de capangas carregando pistolas de energia experimentais por aí. Realmente não há nada com o que se preocupar".

Ele percebeu que Wing olhava preocupado para o tranquilizador, franzindo a testa.

— Que houve? — sussurrou ele.

— Eu tive um encontro inesperado com homens portando armas desse tipo pouco antes de ser trazido pra cá. Você não gostaria de ser atingido por uma dessas coisas, acredite — respondeu Wing, franzindo ainda mais a testa.

— Eu acho até que já fui — retrucou Otto. — Pelo menos aquele zumbido é a última coisa de que me lembro antes de acordar naquele helicóptero. — E a dor de cabeça lancinante que sentia ao acordar parecia comprovar a teoria.

A Condessa apontou despreocupadamente para a figura amarrotada do segurança inconsciente.

— Levem-no para seus aposentos e, quando ele acordar, agradeçam em meu nome por ter nos proporcionado uma demonstração tão eficaz. — Dois guardas deram um passo à frente, levantando o companheiro pelos braços e apoiando-o nos ombros, e seguiram atrás do esquadrão, que se apressara em marchar para longe daquela sala tão logo ordenado.

— Agora, precisamos realmente nos apressar para chegar ao almoxarifado e vesti-los da forma apropriada. Vamos, crianças. — A Condessa seguiu depressa por um dos corredores, acompanhada pelo grupo de novatos.

Capítulo 3

Enquanto continuavam pelo caminho, eles passaram por algumas salas de aula com janelas voltadas para o corredor. Otto tentava observar o que acontecia nelas, mas não era possível distinguir muitos detalhes. Em uma ele pôde notar que um professor de jaleco branco desenhava um circuito elétrico complicadíssimo em uma lousa branca. Os alunos vestiam cores sortidas, o que sugeria que a aula era comum a todos os cursos. Em outra sala, os alunos, todos vestidos de azul, observavam um professor, que usava um uniforme militar de camuflagem, mover miniaturas em uma maquete muito bem detalhada de um petroleiro. Vez ou outra o professor voltava-se para a turma, aparentemente para explicar algum ponto específico.

Por todo o caminho havia placas de sinalização, e Otto ia registrando o conteúdo delas mentalmente. A maioria parecia apontar direções para outros locais na instalação, como "TESTE DE ALCANCE PARA ARMAS LASER", "O LABIRINTO", "CENTRAL DE OPERAÇÕES", "ENFERMARIA", "ÁREA DE DETENÇÃO", "PISTA DE CORRIDAS" e assim por diante. Uma das placas em particular, em que se lia "BASE DE SUBMARINOS", deixou Otto interessado. Isso explicaria como a ilha era abastecida secretamente. Ele memorizava os nomes e direções indicadas pelas placas, expandindo aos poucos o mapa tridimensional do C.O.V.A. que ele vinha montando em sua cabeça.

— E aqui estamos — disse a Condessa, parando em frente a duas pesadas portas de metal. — Chegamos ao almoxarifado. Aqui vocês receberão seus uniformes e terão suas medidas tomadas para a confecção de qualquer equipamento especializado que venham a necessitar no futuro. Também os apresentarei ao Centromente, de quem vocês dependerão, como todos aqui, pelos próximos anos. — Ela se voltou para as portas fechadas e disse: — Centromente, aqui fala a Condessa. Tenho uma nova leva de alunos, e eles necessitam de uniformes. Podemos entrar?

— Bem-vinda, Condessa. Acesso concedido — respondeu uma voz suave e comedida.

As portas deslizaram lateralmente permitindo a passagem, e eles seguiram a Condessa para o interior da sala. A iluminação ardia os olhos de tão forte. Paredes, teto e chão eram revestidos por painéis brancos entremeados por luminárias de luz intensa. O mais estranho era que a sala também parecia estar completamente vazia, como uma grande e brilhante caixa branca.

A Condessa andou até o centro da sala e disse:

— Centromente, queira por favor apresentar-se aos novos estudantes.

Ouviu-se um leve chiado, e um cilindro branco se ergueu do chão da sala, ao lado da Condessa. Subitamente, um fino raio de luz azul vertical saiu do topo do cilindro e foi se expandindo e tomando forma. A estranha bolha de luz azul foi aos poucos moldando o que parecia ser o diagrama em 3-D de um rosto humano, suspenso diante do grupo de crianças atônitas. A cabeça azul flutuante então falou com aquela mesma voz suave que eles haviam ouvido fora da sala.

— Saudações, novo grupo Alfa. Eu sou Centromente e minha função é servir. Em que posso ser útil hoje?

— Centromente é uma entidade artificialmente inteligente de última geração. Ele controla a rede principal de segurança, além de diversas outras operações diárias do C.O.V.A. Vocês gostariam de lhe perguntar? — indagou a Condessa.

Eles se entreolharam, inseguros sobre o que perguntar à estranha aparição suspensa no ar diante deles. Otto notou que a menina ruiva escocesa parecia ser a mais fascinada pelo rosto azul flutuante. Enquanto a observava, ela levantou a mão lentamente.

— Com licença — disse ela, ao que o rosto azul respondeu prontamente:

— Como posso ajudá-la, senhorita Brand? — Estava claro que apresentações não seriam necessárias.

— Pode me chamar de Laura — disse ela, sorrindo.

— Como posso ajudá-la, Laura? — replicou Centromente.

— Bom, é que eu conheço um pouco de computadores, sabe, mas eu nunca vi algo como você antes. Você é novo? — indagou Laura, inclinando ligeiramente a cabeça para o lado.

— Meu sistema está on-line há quatro meses, três semanas, dois dias, quatro horas, trinta e sete minutos e três segundos. Isso é novo? — respondeu Centromente, inclinando a cabeça para o lado imitando a menina.

— Nossa! Sim, isso é bem novo. Você deve ser muito sofisticado para ser capaz de dirigir um lugar enorme como este sozinho. — Laura parecia bem à vontade conversando com Centromente, como se não fizesse diferença o fato de ele ser, afinal, apenas uma máquina.

— Meus recursos computacionais são mais que adequados para garantir o perfeito funcionamento do lugar. Por exemplo, neste mesmo momento estou conduzindo 41 conversações além desta, em outros pontos da instituição — explicou Centromente.

"Impressionante", pensou Otto. Um sistema assim requer um computador com capacidade de processamento maior que qualquer outro que ele já tenha ouvido falar. O mais preocupante, no entanto, era que isso significava que a supervisão do sistema de segurança do C.O.V.A. não estava sujeita a erros humanos e tornaria muito remota a possibilidade de não ser detectado, para não dizer impossível.

— E onde você está? Quero dizer, onde a sua unidade central de processamento está localizada? Aqui mesmo? — perguntou Laura.

— Eu sou uma rede neural distribuída. Em outras palavras, pode-se dizer que estou em todas as áreas deste estabelecimento simultaneamente. A localização do meu núcleo de processamento central é confidencial — respondeu Centromente.

— E, com certeza, não do seu interesse, minha querida — acrescentou a Condessa, lançando um olhar de leve reprovação na direção de Laura. — Alguém mais?

— Sim, tenho uma pergunta — disse Otto, levantando a mão.

— Como posso ajudá-lo, sr. Malpense? — indagou Centromente, virando-se em sua direção.

— Eu estava aqui imaginando: se o seu trabalho é garantir a eficiência das operações do C.O.V.A., isso deve incluir constante vigilância sobre tudo e todos — sugeriu Otto. Ele estava ansioso para determinar se os sistemas de monitoramento de Centromente eram tão eficazes quanto temia que fossem.

— Minha função primária é garantir o funcionamento ininterrupto desta instalação. Para que meus deveres sejam cumpridos com máxima eficiência, é preciso manter a localização de cada recurso do C.O.V.A. sob constante monitoração. Desse modo, é possível garantir contentamento e saúde a cada um dos funcionários e alunos do C.O.V.A. — respondeu de mediato Centromente.

"Era óbvio que Centromente estava sempre de olho em tudo o que acontecia no C.O.V.A.", refletiu Otto. Contudo, ele tinha plena noção de que qualquer rede de computadores, por mais sofisticada que fosse, podia ser violada, e agora direcionava seu pensamento para a questão de como conseguir desabilitar um sistema como aquele. Num estalo, uma ideia começava a se formar na cabeça de Otto, e a próxima pergunta veio de forma quase instintiva.

— Entendo. Então, *você* é feliz, sendo parte do C.O.V.A.? — perguntou Otto, bruscamente.

O rosto azul flutuou imóvel e silencioso por um instante. As luzes da sala pareceram diminuir de intensidade de forma sutil, voltando ao normal no momento que Centromente respondeu:

— Eu não estou autorizado a exibir respostas emocionais. — Nova pausa. — Meu papel é garantir o bem-estar de todos e manter o bom funcionamento dessa unidade. Esse é o meu propósito. Respostas emocionais são ineficientes. — Pode ter sido uma falsa impressão causada pela luz, mas Otto podia jurar ter visto uma mudança de expressão no rosto azul da inteligência artificial enquanto esta emitia a evidente resposta pré-programada, algo que lembrava um desconfortável franzir de sobrancelhas.

A escolha de palavras foi bem interessante, refletiu Otto: *não autorizado* não quer dizer *incapaz*. Extremamente interessante. Pelo canto do olho ele notou que Laura olhava em sua direção com a expressão curiosa.

— Acho que já podemos prosseguir com a questão dos uniformes, Centromente — disse a Condessa, já impaciente.

— Sim, Condessa — respondeu a inteligência artificial.

Nisso houve um forte clarão de luz azul, englobando a sala inteira.

— Medição completa. Todos os alunos, por favor, dirijam-se aos cubículos para troca de roupa — continuou Centromente. Os painéis que revestiam uma das paredes se retraíram, revelando pequenas salas, uma para cada criança presente.

— Crianças, por favor, usem os cubículos para trocar suas roupas. Vocês têm cinco minutos. — A Condessa ficou observando enquanto eles se dirigiam para os cubículos.

Otto entrou em uma das saletas e a porta se fechou com um assobio atrás dele. Um espelho cobria completamente uma das paredes do cubículo, e na parede oposta havia uma pequena tela. Ela se acendeu, mostrando o rosto de Centromente.

— Por favor, remova suas roupas e as deposite no cesto de transporte. — Uma caixa saiu deslizando da parede.

— Toda a roupa? — perguntou Otto.

— Sim, por favor — afirmou Centromente.

— E você vai ficar olhando? — perguntou Otto, com um sorriso amarelo.

— Eu estou sempre olhando, sr. Malpense. Por favor, prossiga.

Otto sabia que era tolice ficar envergonhado por se despir em frente a uma máquina, mas mesmo assim se sentiu desconfortável ao tirar as roupas e colocá-las no cesto. Ele não pôde deixar de imaginar a porta abrindo com ele ali parado, nu, e todas as outras crianças apontando e rindo dele. Ele se sentiu vulnerável, e Otto detestava sentir-se assim.

Assim que colocou a cueca no cesto, o compartimento se retraiu de volta para a parede e ouviu-se um som abafado, sibilante. Imediatamente outro painel se abriu, revelando um macacão preto, um par de tênis pretos e, para o alívio de Otto, roupas de baixo limpas. Ele vestiu as meias e o calção, pegando em seguida o macacão do cabide. Estava bem passado e possuía o emblema com o punho e o globo bordado em prata no peito. Otto vestiu o macacão e fechou o zíper. A gola alta, marcada com uma tacha branca solitária, incomodava um pouco o pescoço, apesar de o uniforme como um todo se ajustar perfeitamente ao seu corpo, como se tivesse sido feito para ele. Por último, ele calçou os tênis e se admirou no espelho. Ele tinha que admitir que o uniforme lhe caíra muito bem, apesar do evidente contraste com a cor de seu cabelo.

— Tudo está de seu agrado, sr. Malpense? — indagou Centromente. A voz suave assustou Otto. Enquanto se vestia, ele esqueceu-se quase completamente da presença do guardião digital. Otto supôs que seria bem fácil esquecer que Centromente estava sempre observando tudo, e se perguntou quantas vezes a inteligência artificial teria ouvido conversas indiscretas de alunos do C.O.V.A. Sim, Centromente estaria sempre ali e, pelo modo que ele havia descrito o funcionamento do seu sistema, por *todo lugar*, literalmente.

— Sim, muito obrigado, Centromente. Tudo está perfeito — respondeu Otto.

— Muito bem. Você pode se reunir aos outros agora.

Otto virou-se para a porta, esperando que ela se abrisse.

— Só mais uma coisa, sr. Malpense. — Otto virou-se de volta para a tela de Centromente. — Respondendo a sua pergunta anterior... Eu não sou feliz.

Otto abriu a boca para falar, atônito, mas antes que ele pudesse dizer algo a imagem de Centromente desapareceu, a tela ficou escura e a porta do cubículo se abriu.

45

A maioria dos outros alunos já estava reunida na sala, os novos uniformes negros contrastando nitidamente com a sala tão branca. Wing também lá estava, parecendo ainda mais imponente em seu novo uniforme, se é que isso era possível. Otto caminhou na direção dele.

— Como estou? — perguntou Otto, sorrindo.

— Excelente — respondeu Wing. — Preto cai muito bem em você.

— Verdade? Acho que estou parecendo com um copo de chope escuro... — brincou Otto.

Wing soltou uma gargalhada, algo novo para Otto. Era uma risada alta, ressoante que fez com que os outros olhassem na direção deles.

— Muito obrigado. Eu não ria com vontade há muito tempo e já estava ficando com medo de ter esquecido como se ri. — Wing deu um tapa no ombro de Otto, fazendo-o estremecer. Foi quase como ser atingido por um saco de tijolos.

Otto localizou a Condessa e ficou satisfeito em ver que ela estava sendo importunada pelas veementes reclamações da garota norte-americana, que insistia em saber quando ela teria suas roupas de volta.

— Diga — disse Otto, afastando Wing um pouco mais dos alunos que estavam se agrupando próximos à Condessa. — Por acaso Centromente disse algo esquisito para você dentro do cubículo?

— Não — respondeu Wing, meio desconcertado. — Ele só tirou minhas medidas de novo no cubículo porque achou que havia algo errado com as primeiras, mas nada além disso. Por que a pergunta?

— Ah, por nada. — Otto ainda não tinha certeza se era uma boa ideia comentar sobre o que Centromente lhe dissera. Pelo menos não até ele compreender o significado exato daquilo.

A conversa entre a Condessa e a loura norte-americana estava ficando cada vez mais acalorada. A menina parecia ficar cada vez mais furiosa.

— ...eram roupas de grife, sabe? E o que eu ganho em troca? Um macacão de lixeiro! E, *ainda por cima*, tive que me despir na frente daquela... coisa! — exclamou ela, apontando para o rosto azul de Centromente, que ainda flutuava sobre o pilar branco. — Isso foi horrível, tipo assim, o cúmulo da vergonha. Agora você me diz que eu não posso...

A Condessa se abaixou e sussurrou algo no ouvido da menina. Otto não foi capaz de ouvir o que ela disse, mas a expressão no rosto da garota mudou de indignação furiosa para indiferença lívida em questão de segundos.

— V-você tem t-toda razão. Afinal, quem precisa de roupas caras? — gaguejou a menina, se afastando da Condessa. — Eu amei esse uniforme, e mesmo que pudesse não mudaria nada nele.

— Eu sabia que nos entenderíamos e você enxergaria as coisas do meu modo, querida — acrescentou a Condessa, com um sorriso condescendente. Ela parecia um gato brincando com um camundongo. A simples lembrança da sua própria experiência com o poder de persuasão da Condessa fez com que Otto sentisse um calafrio na espinha.

— Está tudo bem, meu amigo? Você parece perturbado. — disse Wing, curioso com a expressão de Otto.

— Nada de mais. Acho que um fantasma passou por aqui — respondeu Otto, com um sorriso esmaecido. — Precisamos ser cuidadosos com ela, Wing. — Ele olhou na direção da Condessa. — Eu não sei o que ela faz com as pessoas, mas não acredito que ela seja muito partidária da liberdade de expressão.

— Ou de qualquer outro tipo de liberdade, por sinal — assentiu Wing.

A Condessa se dirigiu novamente ao grupo.

— Agora que a srta. Trinity e eu chegamos a um acordo, devemos nos apressar para o refeitório. Imagino que estejam famintos. — Um murmúrio coletivo mostrou que ela estava certa. — Queiram se reunir, por favor. Vejamos se falta alguém. — Ela analisou a turma de estudantes.

Atrás deles ouviu-se o ruído da porta de um cubículo se abrindo.

— Com licença, um de vocês poderia me ajudar com este zíper? Ele está emperrado!

Franz surgiu à porta de seu cubículo, puxando furiosamente o zíper do macacão. Ele havia conseguido fechá-lo até a metade, mas agora brigava para fazer com que subisse mais. Algumas crianças se cutucaram, soltando risadinhas maliciosas.

Laura lançou um olhar furioso para um dos gozadores e partiu decidida em direção a Franz.

— Eu ajudo. — Ela deu um forte puxão no carrinho do zíper, mas este mal se moveu. — Você vai precisar respirar fundo, Franz — disse ela para o garoto, já vermelho por causa do esforço. Franz assentiu e inspirou profundamente, fazendo com que seu rosto ficasse ainda mais vermelho e as bochechas se inflassem como as de um trompetista. Laura forçou o zíper, que se movia milímetro por milímetro, até que se soltou na altura do peito de Franz, deslizando até o final do fecho, na gola.

— Agora está um pouco apertado demais — engasgou Franz, cuja cabeça parecia querer explodir como um balão estupidamente cheio.

— Perdão — desculpou-se Laura, baixando o zíper alguns centímetros, soltando o colarinho que enforcava Franz. Ele expirou ruidosamente, ofegante, e seu rosto pareceu ficar um pouco menos vermelho.

— *Ja*, obrigado. Está muito melhor agora. Você é muito gentil — agradeceu Franz, sorrindo para Laura. — Condessa, estou achando que meu uniforme estaria muito pequeno, *ja*?

A Condessa suspirou e dirigiu-se a Centromente.

— Centromente, o uniforme do sr. Argentblum parece não estar ajustado corretamente. Pode ter havido algum erro nas medidas? — indagou.

— Não houve erro na medição. O uniforme do sr. Argentblum foi confeccionado usando o maior molde existente nos meus bancos de memória. Já preparei um molde alternativo e providenciarei para que um novo uniforme seja entregue em seus aposentos — explicou Centromente.

— Muito bem — a Condessa suspirou novamente. — Receio que terá que se contentar com isso por enquanto, sr. Argentblum. Você poderá vestir seu novo uniforme mais tarde. Agora, como prometido, é hora do almoço.

Os olhos de Franz brilharam com a menção do almoço, e a expressão indignada que havia surgido quando Centromente declarara, de maneira tão insensível, que ele necessitava de um uniforme especial foi substituída por um largo sorriso. Otto suspeitava de que Franz seria capaz de almoçar nu em pelo, caso necessário, e, por mais que tentasse impedir, aquela imagem se formou em sua mente e ele desconfiou de que tal cena iria assombrá-lo para sempre.

— Tudo bem, Otto? Você parece meio pálido. A Condessa tentou manipular sua mente de novo? — indagou Wing, visivelmente preocupado.

Otto imaginou uma cena dantesca onde um Franz nu comia feijão com a mão, diretamente da panela.

— Não, Wing, é algo muito pior que isso...

Otto e Wing estavam de pé com as bandejas nas mãos, esperando pacientemente na fila para se servirem no balcão. O refeitório ocupava uma caverna inteira e o ruído das centenas de estudantes conversando ecoava nas paredes de rocha nua. O salão era organizado com grandes mesas circulares, cada uma portando a logo do C.O.V.A. e circundada por meia dúzia de cadeiras. Otto não sabia dizer se todos os alunos da escola estavam reunidos ali: uma contagem rápida das mesas sugeria que havia mais de mil pessoas almoçando na caverna. Era difícil saber o que cada um comia, mas era possível distinguir uma infinidade de pratos de cores diferentes distribuídos pelas mesas, e a grande mistura de cheiros beirava o insuportável. O estômago de Otto roncou, como se quisesse lembrálo de que o cardápio do dia não importava muito, desde que substancioso e livre de toxinas estranhas.

Uma grande mesa oval disposta sobre uma plataforma era visível no ponto mais distante da sala. Lá estava sentado o Dr. Nero, em uma posição privilegiada, capaz de observar o salão inteiro. A Condessa sentava à sua esquerda, mas os outros ele não reconhecia, apesar de ser relativamente seguro concluir serem os demais membros do corpo docente. À direita de Nero estava um senhor idoso, enrugado de uma maneira que aparentava ter mais de cem anos de idade. Vestia um jaleco branco sobre um terno de *tweed,* e seu cabelo lembrava fogos de artifício explodindo de tão arrepiado. A gravata que ele ostentava era de um vermelho vivo, e seus óculos continham um estranho conjunto de lentes extra anexado à armação, de modo que era possível trocar a lente conforme necessário. Ao seu lado se encontrava um enorme homem negro em uniforme militar de camuflagem, com várias medalhas no peito e boina preta na cabeça. Usava em uma das mãos algo semelhante a uma luva de metal e atacava veroz o bife em seu prato.

A coisa mais bizarra na mesa, no entanto, não era sequer humana. No lado oposto ao do Dr. Nero havia um gato branco e felpudo que usava uma coleira cravejada de pedras preciosas, sentado em uma cadeira especial. O animal comia em uma tigela de prata colocada sobre a mesa, à sua frente e, pela reação dos outros professores ali sentados parecia ser tudo bastante normal. Otto já tinha ouvido falar de bichos de estimação mimados ou até tratados como gente, mas o lugar de honra aparente em que o gato se encontrava indicava que, não importa quem fosse seu dono, ele era considerado tão importante quanto qualquer outra pessoa na mesa, talvez até mais. Otto divagava sobre a quem poderia pertencer o gato, afinal nem a Condessa, nem o Dr. Nero pareciam ser do tipo que trataria bichos de estimação assim. Enquanto isso, a fila continuava andando em direção a uma porta de acesso à área indicada como "Balcão de serviço". Lá dentro, atrás de um balcão de aço inoxidável muito bem-iluminado, estavam vários homens com roupas e aventais brancos, servindo os alunos. A variedade de escolhas ali era impressionante. Considerando que o C.O.V.A. recebia alunos de todas as partes do mundo, Otto imaginou que a cozinha precisava satisfazer inúmeros gostos e necessidades alimentares. Havia dezenas de pratos quentes no balcão, muitos que Otto nem era capaz de reconhecer. Assim como no refeitório, o aroma de todas as comidas era delicioso, mas um pouco estonteante, com centenas de ervas, molhos e temperos competindo pela atenção do olfato. O primeiro do grupo de novatos a ser servido foi Franz, que de alguma maneira conseguiu ser o mais rápido de todos e foi o primeiro a entrar na fila.

A fila continuou avançando, e logo Otto e Wing puderam se servir, escolhendo rapidamente o que queriam do grande sortimento de comida disponível. Eles pegaram seus talheres e voltaram ao refeitório. Uma rápida olhada ao redor da caverna foi suficiente para que eles encontrassem Franz e a menina norte-americana sentados a uma das mesas, e Otto e Wing caminharam em sua direção. Franz comia depressa e ruidosamente, como se sua vida dependesse disso. Contrastando com isso, a norte-americana cutucava a comida em seu prato com cara de poucos amigos.

— Tudo bem se nos sentarmos aqui? — perguntou Otto, fazendo com que a norte-americana desviasse o olhar do prato para ele.

— À vontade — respondeu ela, desolada, e voltou a cutucar a comida com um suspiro.

Otto e Wing se sentaram e, enquanto se ajeitavam, uma voz fraca e tímida perguntou, atrás de Otto:

— Posso me sentar aqui? — A voz pertencia ao garoto careca que usava um par de óculos de lentes grossas, e ele apontava para a cadeira ao lado de Otto.

— Por favor — respondeu Otto. O garoto sentou-se, sorridente. — Meu nome é Otto, e esse é Wing — continuou Otto, apontando para Wing, que, em vez de comer, encarava a tigela em sua frente com desconfiança. — E você é?...

— Nélson... Nélson Mortecerta — respondeu o garoto careca com voz tímida. Otto fez o que pôde para não rir diante de um nome tão incongruente com a aparência simples do menino. Wing, no entanto, parou de contemplar a comida e virou-se para observar Nélson no momento em que ouviu seu nome.

— Por acaso você tem alguma relação com o falecido Diábolo Mortecerta? — indagou Wing.

— Sim, ele era meu pai — respondeu Nélson, parecendo envergonhado e até um pouco triste.

Otto nunca ouvira falar de Diábolo Mortecerta, mas pela reação de Wing ficou claro que se tratava de alguém importante.

— Meu pai era um grande admirador de seu trabalho — continuou Wing. — Ele me contava muitas histórias sobre as aventuras de Mortecerta. É uma grande honra conhecer o filho de alguém tão importante. — Nélson começava a ficar cada vez mais desconfortável, e seu rosto, mais vermelho. — A morte dele foi um acontecimento muito triste. Sinto muito por sua perda — acrescentou Wing, pesaroso.

— Obrigado — agradeceu Nélson, com um sorriso amarelo. — Mas nunca serei um homem à altura de meu pai. Ele sempre dizia que eu deveria ter mais autoconfiança, mas acho que nunca vou conseguir me tornar um verdadeiro Mortecerta.

— Eu também conheço a sensação de viver à sombra do próprio pai — assentiu Wing, assistindo.

— Quem está vivendo à sombra de quem? — perguntou Laura, ao sentar-se no último assento vazio da mesa.

— Acho que todos nós vivemos à dele — comentou Otto, apontando com a cabeça na direção do Dr. Nero.

— É, concordo com você. — Laura sentou-se e apontou para o generoso almoço. — Bom, pelo menos o C.O.V.A. sabe que o caminho mais rápido para conquistar alguém é pelo estômago.

— Ou manipulando seus pensamentos — retrucou Otto, sorrindo para Laura. Wing deu uma risadinha, sacudindo a cabeça. A garota norte-americana baixou o garfo e suspirou.

— O que não entendo é como eles conseguem manter este lugar em segredo durante tanto tempo. Quer dizer, existem centenas de pessoas que já viram isso aqui e, pelo que foi dito naquele filme, o C.O.V.A. existe há mais de quarenta anos. Com certeza alguém já deveria ter dado com a língua nos dentes sobre isso, não? — Ela pegou o garfo novamente e voltou a remexer a comida no prato.

— Meu pai vivia dizendo que existem maneiras de manter grandes segredos por muito tempo — comentou Franz, virando sua tigela para capturar os últimos bocados de seu almoço.

— Talvez o grande segredo seja o fato de ele próprio ter sido aluno aqui, ou que iria me mandar para esse lugar horrível. — Ele gesticulou para as paredes em volta.

— É exatamente isso o que eu não entendo — disse Laura, intrigada. — Por que mamãe e papai aprovariam minha vinda para cá? Não sou um tipo de supervilã mirim e não consigo imaginar os dois concordando com isso, é simplesmente muito esquisito. Quer dizer, não imagino um cara batendo na nossa porta e dizendo: desculpe incomodar, senhor e senhora Brand, mas, se vocês não se importarem, gostaríamos de raptar a sua filha e treiná-la para dominar o mundo junto a um grupo de outros pequenos megalomaníacos.

— Bem, alguém deve ter matriculado você — disse a norte-americana. — Se mamãe e papai me mandaram para cá, pode apostar que existe uma boa razão. Eles sempre disseram que eu estudaria na melhor escola possível, então é provável que esta seja a melhor. Meu pai sempre diz que nada é bom demais para a Shelby dele.

Otto desconfiou de que os pais de Shelby poderiam simplesmente ter procurado por uma escola que a mantivesse trancada por alguns anos em um lugar seguro, bem longe deles. Ainda assim, havia algo em Shelby que o incomodava. Sempre fora um especialista em detectar mentiras, e alguma coisa nela não estava batendo. Ele suspeitava de que Shelby escondesse algo, como se essa personalidade desagradável dela fosse uma encenação. Decidiu prestar mais atenção e tentar descobrir a verdade.

Havia outra questão que incomodava Otto. Quem o matriculara? Alguém o havia selecionado e estava pagando a conta por sua nova vida no C.O.V.A., mas ele não fazia ideia de quem pudesse ser, ou por quê. "Apenas mais uma dúvida numa lista que crescia rapidamente", pensou ele.

— Deve ter sido minha mãe quem me matriculou — disse Nélson. — Ela sempre quis que eu seguisse os passos de meu pai. Sempre disse que um dia eu aprenderia a ser como ele. Imagino que era disso que ela falava. — Ele não parecia muito entusiasmado com a ideia de se tornar Mortecerta Júnior.

— Bem, imagino que cada um de nós tenha feito alguma coisa para merecer um lugar no C.O.V.A. — disse Otto. — É só uma questão de entender o que foi exatamente. — Ele tinha quase certeza de que os eventos dos últimos dias explicavam a sua presença ali, mas estava curioso para saber quais características especiais qualificavam os outros como recrutas do C.O.V.A.

Pelo jeito com que Laura parecia levemente desconfortável com esse assunto, Otto suspeitava de que, apesar do que havia dito, ela provavelmente também tinha plena noção do motivo pelo qual merecera um lugar no C.O.V.A.

Estranhamente, Wing se mantinha em silêncio durante a conversa, e Otto se perguntou qual qualidade nele havia atraído a atenção do C.O.V.A. Não parecia algo que ele quisesse compartilhar com os outros; ainda não, pelo menos.

— E quanto a você? — Franz apontava com o garfo na direção de Otto. — O que você fez para estar aqui?

Otto temia que isso fosse acontecer, mas também não tinha certeza se seria uma boa ideia dividir isso com os outros no momento. Ele ainda não os conhecia bem o suficiente para contar-lhes tudo.

— Não estou bem certo. Acredito que cedo ou tarde todos nós descobriremos o que fizemos para merecer isso.

"Hora de mudar de assunto", pensou Otto.

— De qualquer modo, vocês viram aquela sala de aula que passamos no caminho para cá, com... — Um cutucão no ombro interrompeu Otto.

Vendo que os demais na mesa olhavam espantados para alguma coisa atrás dele, Otto virou-se devagar. De pé estavam dois garotos enormes. Ambos tinham cabelo louro, cortado rente ao crânio, à escovinha. Apesar de não muito altos, eram largos, com o desenho dos ombros parecendo se misturar com o queixo, o que fazia com que nenhum dos dois parecesse ter pescoço. Eles usavam macacões azuis bastante justos, o que não queria dizer que fossem gordos; pareciam ser músculo puro, na verdade. Otto se lembrou da preleção que receberam mais cedo; macacão azul significava o curso Mercenário.

— Essa mesa é nossa — disse um dos brutamontes. — Saiam... agora. — Ele olhava Otto de uma maneira que sugeria que era melhor acatar a ordem, a não ser que você gostasse de ouvir o som de ossos quebrando. Os seus ossos, especificamente. Otto retribuiu o olhar.

— Desculpe — retrucou Otto. — Eu não falo *gorilês*. Acho melhor você arrumar um intérprete.

— Que você disse? — O brutamonte franziu o cenho.

— Eu disse que a sua limitada capacidade de comunicação tornará muito difícil estabelecer um diálogo coerente entre as nossas espécies — disse Otto, com um suspiro, e ouviu o som das cadeiras de seus colegas de mesa sendo arrastadas para trás.

— Acho que esse verme está zoando a gente, seu Montanha — disse o aspirante a mercenário para o colega.

— Também acho, seu Mamute. Que pena. A gente vai ter que mostrar pra ele o que acontece com os vermes que não fazem o que a gente diz — concordou o outro.

Com isso, o valentão chamado Mamute pegou a cadeira de Otto e levantou-a *com Otto e tudo*. Ele parecia não fazer esforço algum ao erguer o ainda sentado Otto à altura de seus olhos, como se para examiná-lo mais de perto. Wing começou a se levantar da cadeira, mas Otto lançou-lhe um rápido olhar e aceno de cabeça, como que dizendo "não". Wing sentou-se novamente, com expressão preocupada.

— Ele é um carinha engraçado. Vai ser uma pena partir seu corpo em dois — disse Mamute, com um sorriso maligno.

— Você se importaria de me baixar, só um pouco? — Otto sorria também. — É que o seu hálito está vindo direto no meu rosto e acabei de comer. — Otto sabia que não era nada sábio provocar Mamute desse jeito, mas se havia uma coisa que ele odiava era um valentão.

— Você devia calar essa boca. Nem vai conseguir falar depois que eu quebrar seus dentes.

— Ah, fique quieto. — Otto esticou o braço e bateu com o dedo indicador em um ponto sensível, logo abaixo da orelha de Mamute.

Uma breve expressão de espanto passou pelo rosto do brutamonte, e então seus olhos reviraram e ele desabou, deixando a cadeira cair com um estrondo que ecoou pela sala e arrepiou a espinha de Otto. Todos na sala se viraram espantados na direção deles enquanto o incrédulo Montanha olhava atônito para o companheiro, que agora ressonava tranquilamente deitado no chão.

— Você já era! — gritou Montanha e, com um olhar assassino, partiu em direção a Otto como se fosse um rinoceronte desgovernado. Otto levantou-se depressa, com a terrível sensação de ter dado um passo maior que as pernas.

Percebeu um movimento à direita e, como um relâmpago, Wing surgiu, se interpondo entre ele e o mercenário enfurecido. Montanha não teve chance de reagir quando Wing, em um único movimento, se abaixou e estendeu uma das pernas, dando uma rasteira que arremessou o rapaz ao ar. Sem ter como lutar, o enorme garoto voou até atingir a beirada da mesa com o queixo. Os outros alunos se afastaram rapidamente quando a mesa virou, espalhando o resto de suas refeições sobre o ressonante Mamute e o agonizante Montanha.

Otto estava impressionado com a velocidade com que Wing se movera.

— Você está bem, Otto? — perguntou Wing.

— Estou legal — respondeu Otto. — Pelo menos por enquanto.

Já havia avistado Dr. Nero e a Condessa se aproximando rapidamente.

— Ai, ai, ai! — exclamou o Dr. Nero, olhando para o mercenário desmaiado e seu companheiro tonto. — Parece que você já começou a fazer amigos, sr. Malpense.

O fato de o Dr. Nero já saber seu nome não soou bem para Otto.

— Foram eles que começaram! — exclamou Laura, indignada, apontando para Montanha e Mamute.

— E, ao que me parece, vocês dois terminaram. — Nero lançou um olhar repreensivo para Otto e Wing e cutucou o inconsciente Mamute com o pé. Montanha se levantou, gemendo, com a cabeça coberta de molho.

— Sr. Montanha, leve o sr. Mamute para a enfermaria e peça que façam um exame completo em vocês — instruiu Nero.

"Não se preocupe", pensou Otto, "não tem como esses dois cabeças-duras sofrerem danos mentais mais sérios".

58

Montanha lançou um olhar assassino para Otto e Wing antes de levantar Mamute pelos braços e arrastar o companheiro, que roncava levemente, para fora da sala.

— Agora expliquem-se, cavalheiros — exigiu a Condessa. — O C.O.V.A. não tolera violência *não autorizada* entre alunos, especialmente aqueles que sequer completaram seu primeiro dia.

— Eu estava apenas me apresentando — contrapôs Otto, inocentemente. — Mas receio que os tenha ofendido sem querer, de algum modo.

— Sr. Malpense — disse Nero, encarando Otto fixamente —, me perdoe se acho difícil acreditar que o senhor faria algo por acidente. Esse não me parece um jeito apropriado de começar a sua estada aqui, concorda?

— Claro que não, Dr. Nero. Não acontecerá de novo. — Otto olhou para o chão, tentando passar a melhor impressão de criança arrependida. Ele podia estar preparado para arrumar briga com dois brutamontes descerebrados como Montanha e Mamute, mas ainda não estava preparado para encarar o Dr. Nero. Melhor convencer o bom doutor de que ele andaria na linha, por agora.

— Assegure-se disso. Eu detestaria ter que tomar medidas disciplinares — disse Nero, com uma pausa. — Não gosto de ver vidas promissoras jogadas fora. — E Otto tinha certeza de que ele não estava falando sobre desperdiçar oportunidades educacionais.

Capítulo 4

O resto da tarde passou rápido enquanto eles corriam de uma área do C.O.V.A. para outra, visitando todos os lugares-chave da escola e sendo apresentados àquelas que seriam suas primeiras salas de aula. Notavelmente, eles foram apresentados à enfermaria, que mais parecia um mini-hospital do que uma daquelas saletas empoeiradas geridas por uma enfermeira de escola, como o nome sugeria. Houve também um momento de tensão, uma vez que eles chegaram à enfermaria ao mesmo tempo que Montanha e Mamute recebiam alta de seu exame completo. A forma pela qual eles olharam para Otto e Wing ao passar pelo grupo quase fez com que, pela primeira vez, agradecessem a presença da Condessa ali. Não restava dúvida que seria bastante sábio evitar qualquer encontro casual com os valentões, especialmente em possíveis corredores desertos da escola.

Eles também foram levados a conhecer a caverna de educação física, onde viram grupos de estudantes exaustos sendo instruídos pelos professores de ginástica a fazerem exercícios que mais pareciam treinamento militar. Tão logo um grupo completava a pista de obstáculos que ocupava o comprimento inteiro da caverna, imediatamente começava a escalar as longas cordas que pendiam do teto. Otto nunca foi um grande fã de exercícios físicos, então não estava nem um pouco ansioso pela primeira sessão naquela caverna. Wing, no entanto, parecia animado com a grande variedade de aparelhos de musculação e equipamentos de ginástica, chegando a fazer um estranho comentário de como aquilo o lembrava sua casa.

Durante todo o trajeto, a Condessa continuava a explicar os detalhes sobre o funcionamento do C.O.V.A. e respondia à maioria das perguntas sobre a escola. Otto, obviamente, se interessava mais pelas perguntas das quais ela se esquivava do que por aquelas que ela respondia de forma quase mecânica. Como antes, ela se mantinha relutante em fazer comentários sobre qualquer forma de transporte para fora da ilha ou de comunicação com parentes, mas ele notou que a condessa também evitava responder sobre quantas pessoas havia na ilha e sobre o tipo de fornecimento de energia eles utilizavam. Até considerou tentar forçar uma resposta para aquelas perguntas, mas desistiu ao ser lembrado por Wing que a única resposta que ele conseguiria da Condessa o deixaria temporariamente desorientado e amnésico.

E então eles finalmente voltaram à Sala de Planejamento Dois, onde a excursão começara naquela manhã. Todos, mais uma vez, estavam sentados à volta da grande mesa preta. Apenas um detalhe havia mudado na sala. Em frente a cada um deles, organizados cuidadosamente sobre a mesa, estavam o que pareciam ser pequenos e ultramodernos telefones celulares, em preto fosco com a logo prateada do C.O.V.A. impressa na frente do aparelho. A Condessa assumiu seu lugar na cabeceira da mesa e se dirigiu a eles.

— E assim, crianças, seu passeio introdutório pelo C.O.V.A. chegou ao fim. Não tenho dúvidas de que alguns de vocês tenham sentido alguma dificuldade em absorver todas as informações, mas com o decorrer do tempo vocês verão que é muito fácil se adaptar à vida no C.O.V.A. Também estou certa de que ainda têm muitas perguntas não respondidas, e é com isso em mente que eu gostaria de lhes apresentar uma última coisa antes de dispensá-los para seus aposentos. — Ela levantou um aparelho idêntico àqueles que estavam sobre a mesa, diante das crianças. — Este é um computador de bolso exclusivo do C.O.V.A., mais conhecido entre alunos e funcionários como Caixa-Preta. Foi criado para prover toda a assistência que vocês necessitarem no processo de adaptação à vida no C.O.V.A., e será útil nos próximos meses. Cuidem bem dele e NÃO o percam. Agora, por favor, peguem suas Caixas-Pretas e as abram da seguinte maneira... — A Condessa abriu a cobertura do aparelho, levantando-a.

Todos repetiram a instrução da Condessa obedientemente e houve uma série de bipes ao redor da sala, sinalizando a inicialização do sistema das máquinas. A tela do aparelho de Otto mostrou a logo do C.O.V.A. por alguns segundos antes de dar lugar ao conhecido rosto azul de Centromente.

— Boa tarde, sr. Malpense. Em que posso ser útil? — inquiriu a suave voz mecânica.

Por toda a sala pôde-se ouvir a voz de Centromente saudando cada aluno pelo nome.

— A Caixa-Preta provê uma interface móvel direta com Centromente e, desse modo, vocês poderão consultá-lo a qualquer momento, para resolver qualquer questão. Ele pode fornecer detalhes sobre seus horários ou alguma tarefa escolar importante que vocês precisem completar. Além de ser capaz de aconselhá-los a respeito de outros aspectos da vida escolar em que vocês possam ter dúvidas — continuou a Condessa. — A Caixa-Preta é praticamente indestrutível: é à prova d'água, de choque, de fogo, de radiação, e funciona até mesmo, segundo informações, no vácuo. Este é o seu material escolar mais importante e deve estar com vocês o tempo todo. O não cumprimento dessa norma é considerado gravíssimo e passível de severa punição.

Otto podia apostar que essa norma estrita significava que era muito mais fácil rastrear os movimentos de um aluno obrigado a carregar uma Caixa-Preta para onde quer que fosse. Ele também achou o nome um pouco perturbador, afinal Caixa-Preta era também o nome do equipamento usado em aeronaves para determinar a causa de um desastre aéreo, no caso de não haver sobreviventes. Ele se perguntou se as Caixas-pretas do C.O.V.A. serviriam para o mesmo propósito, caso algum "acidente" acontecesse com um aluno. Apesar de tudo, com certeza uma conexão direta com Centromente poderia vir a ser muito útil.

— Agora, como prometido, os guiarei até o centro de alojamentos e vocês poderão instalar-se em seus aposentos. Sigam-me, por favor. — A Condessa seguiu para a porta da Sala de Planejamento, enquanto o grupo se levantava para acompanhá-la.

☹ ☹ ☹

— Esta é a área de alojamentos número sete — disse a Condessa.

A ampla caverna de teto alto possuía um impressionante saguão no centro, com uma bela queda-d'água em um dos cantos, que cascateava de uma pequena abertura próxima ao teto, descendo rente à parede e desaguando em um lago cristalino. Distribuídos pelo saguão, havia grupos de confortáveis poltronas e sofás, muitos destes ocupados por alunos de outros cursos, a julgar pelos diferentes uniformes. Alguns sentavam sozinhos trabalhando, seja folheando livros ou rabiscando em blocos de papel, enquanto outros estavam em grupos, entretidos em animados bate-papos ou jogos. Havia até mesmo alguns nadando no lago, ao pé da cascata.

As paredes da caverna eram margeadas por largas varandas, distribuídas por quatro andares. As varandas eram decoradas com trepadeiras e diversas plantas tropicais, e elevadores subiam e desciam em tubos transparentes transportando pessoas rapidamente por entre os andares. Portas brancas e idênticas se abriam para cada uma das varandas, rugindo com o movimento de abrir e fechar.

— Aqui vocês passarão a maior parte do tempo em que não estiverem em aula. Existem várias instalações de uso comum nesta área para seu proveito, incluindo bibliotecas e salas de jogos, mas eu deixarei os detalhes para o monitor do bloco explicar. Vejamos, onde está o Sr. Khan? — A Condessa procurou em volta do saguão. — Ah, ali está ele. Sigam-me.

— Puxa, isso parece... hum... legal — disse Nélson, enquanto eles seguiam a Condessa pelo largo saguão.

— Contanto que não tenhamos todos que dividir o mesmo banheiro — retrucou Shelby.

Otto observava que a área havia sido projetada na mesma escala grandiosa comum às outras instalações vistas por eles até agora no C.O.V.A. Era como se o arquiteto responsável tivesse sido instruído para fazer o projeto de modo a impressionar ao máximo os estudantes pela imponência. Não restava dúvida de que a ideia central era passar aos alunos a impressão de serem apenas pequenos componentes em uma grande e complexa máquina. Era definitivamente muito difícil não se deixar impressionar pela construção descomunal, mas Otto se agarrava à ressalva de que maior não necessariamente significa melhor.

A Condessa parou ao lado de um grupo de três sofás dispostos ao redor de uma mesinha. Estavam ocupados por três alunos mais velhos — dois rapazes e uma moça — tão envolvidos em uma discussão acalorada que não perceberam a aproximação da Condessa.

— Não importa o que você diga. Ele é apenas um homem, não pode ser indestrutível — disse uma menina negra e alta, que usava uniforme branco.

— Então como você explica o fato de ele ainda estar aqui há tanto tempo, sobrevivendo a inúmeras tentativas de assassinato? — perguntou um rapaz magro com nariz curvado e uma cicatriz vertical que cruzava um dos olhos. Usava o macacão preto característico dos Alfas.

— Mais intrigante ainda é o seguinte: por que ele não envelhece? Ele deveria ter algo como sessenta, setenta anos agora, mas aparenta trinta e poucos — acrescentou o terceiro aluno, um belo rapaz indiano, com cabelos longos e pretos caídos sobre os ombros e um cavanhaque cuidadosamente aparado. Também usava o macacão preto do curso Alfa.

— Talvez ele não seja realmente a mesma pessoa desde o início. Talvez eles simplesmente alterem a aparência de outro homem mais jovem para substituí-lo, de tempos em tempos — retrucou a menina.

— Ah, convenhamos, Jô, essa ideia é ridícula — disparou de volta o indiano. — Como se as pessoas não fossem capazes de perceber a diferença. Continuo afirmando que ele é a mesma pessoa, e se...

— Aham — pigarreou a Condessa, e o rapaz se virou, assustado. Ao vê-la de pé ali, ele se levantou num pulo.

— Desculpe, Condessa. Não a vimos chegar. Estávamos debatendo sobre... hum... é... — O rapaz olhou para os com-

65

panheiros como se esperasse que alguém quisesse completar a frase para ele.

— Eu sei perfeitamente sobre o que vocês estavam conversando, sr. Khan, e acredito que o assunto seja extremamente impróprio aos novos recrutas, concorda? — disse ela com um olhar austero.

— Claro, Condessa. Com toda a certeza. — O rapaz parecia um pouco desconcertado por ter sido repreendido diante dos outros alunos.

— Excelente. Agora eu gostaria de apresentá-lo aos seus mais novos recrutas Alfa. — Ela apontou para o grupo de crianças atrás dela. — Eles residirão na área sete, e pensei que seria apropriado que você lhes explicasse a disposição de suas acomodações.

— Claro, Condessa. — O rapaz voltou sua atenção para os novatos, em um largo sorriso.

Otto reparou que havia seis tachas no colarinho do uniforme do rapaz, como em um dado. Os outros dois alunos que estiveram discutindo com o indiano também tinham seis tachas na gola, e Otto supôs que, tal como a única tacha em sua própria gola, elas indicavam o ano escolar atual do aluno. A única diferença notável era o fato de as tachas de Khan serem prateadas, provavelmente refletindo sua posição de relativa autoridade.

— Muito bem — disse a Condessa, dirigindo-se novamente ao grupo. — Eu os deixarei aos preciosos cuidados do sr. Khan. Estou certa de que logo nos reencontraremos em aula. Consultem suas Caixas-Pretas para detalhes sobre o horário. As aulas começam de manhã cedo. NÃO se atrasem.

Otto não pôde evitar sentir certo alívio ao ver a Condessa ir embora.

— Então vocês são os novos verm... digo, alunos do primeiro ano, certo? Bem-vindos ao C.O.V.A. Meu nome é Tahir Khan, e sou o monitor responsável por esta área do alojamentos. — Tahir parecia bastante amigável, mas Otto começava a perceber que as coisas ali nem sempre eram como pareciam.

"Se o primeiro dia de vocês foi meio parecido com o meu, tenho certeza de que têm milhares de perguntas que precisam de respostas urgentes, mas receio não ser capaz de lhes dizer muito além do que já sabem. A melhor coisa a fazer é usar as Caixas-Pretas para tirar suas dúvidas com o Centromente. Não se preocupem caso pareça muita informação no momento, vocês vão aprender rápido por aqui. É uma necessidade — continuou ele, com um sorriso irônico. — Então me permitam mostrar seus quartos, e vocês poderão acomodar-se antes do jantar. Venham."

Ele cruzou a caverna em direção a um dos elevadores. Foi um pouco complicado apertar todo mundo na cabine, mas finalmente as portas se fecharam e o elevador disparou para o quarto andar. Chegando lá, Tahir parou em frente a uma das portas brancas.

— Esta é uma Unidade de Habitação Geminada Padrão, mas nós as chamamos de celas — disse ele, com o mesmo sorriso irônico. — Não se preocupem, é apenas um apelido. Elas são bastante confortáveis, na verdade.

Tahir colocou a mão sobre um painel plano afixado na parede ao lado da porta, que fez um bipe e brilhou por um instante. A porta abriu.

— Bem, não caberemos todos aqui, então fiquem próximos da porta e eu vou mostrar-lhes o básico — continuou Tahir, entrando no quarto.

O quarto em si era decorado em branco e prateado e parecia bem confortável, apesar de pouco espaçoso. Próximas à porta ficavam duas escrivaninhas, uma de cada lado do quarto, e sobre elas havia monitor, mouse e teclado. Ao lado dos computadores havia, em cada uma das mesas, pilhas idênticas de livros e outra pilha de canetas, cadernos e outros artigos de papelaria. Logo em seguida, viam-se dois armários de aço inoxidável, também idênticos, embutidos na parede e, finalmente, duas camas de solteiro. No espaço entre as camas, na parede oposta à porta de entrada, havia outra porta branca.

— Este lugar é provavelmente o único onde vocês vão conseguir alguma privacidade por aqui, então aproveitem bem. Os computadores nas escrivaninhas são diretamente ligados ao Azulão... Perdão — desculpou-se Tahir, percebendo a confusão momentânea em vários rostos. — Alguns de nós chamamos Centromente assim. Bem, ali estão os armários. Pendurem o uniforme no guarda-roupa à noite e vocês acharão um limpo pela manhã. E, antes que alguém pergunte, não, eu não sei como é possível fazerem essa troca sem ninguém perceber. Aparentemente, eles se materializam lá.

"Interessante", pensou Otto.

— Ali estão as camas, e atrás da outra porta, banheiro. Eu não vou explicar como funciona cada coisa aqui. Vocês são Alfas, não subalternos, então não acho que seja necessário. — Otto detectou uma boa dose de presunção, ou arrogância mesmo, no jeito como Tahir disse aquilo. Ele parecia orgulhoso demais de estar usando o uniforme negro.

"Os quartos são todos iguais, então tentamos dar alguma vida a eles. Mas já vou avisando para não pintarem nada. O zelador ficaria chateado com isso, e vocês não vão querer chateá-lo, eu garanto. — Ele deu um passo para fora do quarto e a porta deslizou automaticamente, se fechando. — O mecanismo de abertura das portas é ligado a estes sensores — explicou, apontando para o painel onde ele havia colocado a mão um pouco antes. — Desse modo não há necessidade de chaves, o que é bom, pois é pouco provável que alguém venha a perder a mão direita. Pelo menos não no primeiro ano... — Ele não parecia estar brincando, e isso era bem preocupante.

"Usem as Caixas-Pretas para perguntar a Centromente qual o quarto de cada um e quem será seu companheiro de quarto. Vocês ainda têm uma hora até o jantar. Aproveitem esse tempo para se familiarizar com o local. Se precisarem de ajuda, normalmente posso ser encontrado no saguão ou, simplesmente, me liguem do celular. Muito bem, isso é tudo por agora. Eu preciso ir ou perderei o treino de Grappletag. Boa sorte! — terminou, dando uma piscadela para o grupo de novatos e caminhando para a varanda.

As crianças começaram a acionar suas Caixas-Pretas e perguntar a Centromente para qual quarto foram designados. Otto fez o mesmo, abrindo a tampa de seu aparelho.

— Boa tarde, sr. Malpense. Em que posso ser útil? — perguntou o rosto azul.

— Boa tarde para você também, Centromente. Eu gostaria de saber para qual quarto fui designado, por favor — respondeu Otto.

— Você está designado para a área de acomodações sete, quarto 4.7. Posso ser útil em mais alguma coisa? — perguntou Centromente.

— Não, isso é tudo. Obrigado, Centromente. — E o rosto azul desapareceu.

Otto percebeu que Wing também conversava com sua Caixa-Preta, e viu quando um grande sorriso apareceu em seu rosto.

— Parece que somos companheiros de quarto, Otto — disse ele, ainda sorrindo.

— Espero que você não ronque — riu Otto.

— Como um caminhão, meu amigo. Como um caminhão — respondeu Wing, com um sorriso ainda maior.

☻ ☻ ☻

O quarto 4.7 era exatamente idêntico ao que foi mostrado na apresentação, como Tahir disse que seria. Otto sentou-se à sua escrivaninha e deu uma olhada na bem-arrumada pilha de livros didáticos. Pelos títulos, Otto duvidava de que aqueles livros fossem adotados em qualquer outra escola do mundo. Havia títulos como *Minas terrestres: manual de utilização, ameaças eficazes, maldade elementar, Tudo o que você precisa saber sobre dominação global!, Guia introdutório a armas de destruição em massa* e muitos outros semelhantes.

Wing estava sentado na cama, concentrado, estudando a Caixa-Preta.

— Então, o que temos para amanhã? — perguntou Otto.

— A primeira aula é de Estudos Vilanescos com... — Wing olhou mais uma vez o aparelho para confirmar — com o Dr. Nero. Bem, no mínimo, este deve ser um jeito *interessante* de começar o dia.

Otto lançou um olhar incrédulo para o companheiro de quarto.

— E depois?

— Depois teremos Educação Tática com o coronel Francisco — respondeu Wing, checando a Caixa-Preta. — Seguida de Tecnologia Aplicada, com o professor Pike, logo depois do almoço, e, finalmente, Furtividade e Subterfúgio com a srta. Leon.

— Acho que vai ser um dia muito instrutivo. Mal posso esperar para começar — ironizou Otto, colocando o livro que estava folheando de volta na mesa. Ele se levantou sentou-se em sua cama, de frente para Wing, e então fez um sinal chamando a atenção do amigo.

— Nós temos que dar o fora desta ilha o mais rápido possível — acrescentou ele, baixando o tom de voz.

— De acordo. O C.O.V.A. é certamente impressionante, mas não anseio passar os próximos anos da minha vida praticamente como um prisioneiro — disse Wing, franzindo a testa.

— É exatamente como me sinto — concordou Otto. — O problema é como. Não vi uma única indicação de saída para a superfície, e passei o dia inteiro procurando.

— Eu também, mas, mesmo que consigamos encontrar uma saída, o que faríamos ao chegar à superfície? Duvido que nos deem tempo suficiente para construir uma jangada ou algo parecido.

— Talvez não precisemos. Você reparou na placa indicando a base de submarinos? — indagou Otto, agora quase sussurrando. Ele vasculhara o quarto cuidadosamente tão logo a porta havia se fechado, mas ainda não tinha certeza se o quarto estaria grampeado ou não. Parecia seguro, mas, até ter certeza absoluta, era melhor não presumir que o quarto oferecia completa privacidade.

Wing olhou para Otto atentamente e respondeu num sussurro.

— Sim, eu vi, mas você está realmente propondo que roubemos um submarino para escapar daqui? Como iríamos pilotá-lo? Acho que uma requisição para aulas de navegação em de submarinos pode levantar suspeitas.

— Eu consigo, não preciso de aulas — disse Otto, tranquilo.

— Você sabe pilotar um submarino? — perguntou Wing, perplexo.

— Não, mas aprendo rápido — respondeu Otto, com um sorriso malicioso.

— Você vai precisar mesmo. E terá que me desculpar se eu escolher não apostar a minha vida na sua capacidade de improviso. — Wing parecia começar a se irritar com a sugestão ridícula de Otto.

Otto desconfiou de que Wing achasse que ele estava ficando maluco. Ele entendia a incredulidade, mas sabia perfeitamente que, se tivesse alguns minutos para estudar qualquer veículo sem interrupção, ele seria capaz de aprender a pilotá-lo. Considerando que seja fisicamente possível para uma pessoa manejá-lo, é claro. O problema seria convencer Wing disso. Um simples "Confie em mim, sei o que estou dizendo" não seria o bastante para que ele concordasse em arriscar a própria vida.

— De qualquer modo, isso não importa muito até conseguirmos ter alguma noção de como é a segurança ao redor da base de submarinos — completou Otto. — O fato de ser sinalizada tão abertamente mostra que nossos anfitriões têm plena certeza de que é segura.

— De fato, segurança é um assunto sério aqui — concordou Wing, assentindo.

E isso nem fazia jus à realidade. Durante o passeio Otto havia visto inúmeras câmeras de segurança, praticamente em cada canto da instituição. Eram pequenas esferas de aço, do tamanho de uma bola de tênis, com uma lente preta cercada de diodos azuis, que provavelmente serviam para lembrar aos alunos que aqueles eram os olhos do onisciente Centromente. Uma pessoa deveria ser invisível para perambular pelo C.O.V.A. sem ser detectada, ou então... Otto sentiu um familiar formigamento quando o começo de um plano começou a se formar em sua cabeça.

— Bem, vamos simplesmente manter os olhos e ouvidos abertos por enquanto e observar se surgir alguma oportunidade. De qualquer modo, eu não o agradeci propriamente por ter salvado a minha pele no almoço, hoje. Não sei o que teria feito sem a sua ajuda.

— Você parecia estar lidando com a situação de forma admirável — respondeu Wing. — A forma como você subjugou o primeiro adversário foi eficientíssima.

— Basta saber que botões apertar. — Otto sorriu. — Ou, mais precisamente, que terminais nervosos acionar.

— Só receio que tenhamos atraído uma atenção indesejável para nós. O Dr. Nero não pareceu nada satisfeito com o que aconteceu — acrescentou Wing, franzindo a testa.

Otto sabia o que Wing queria dizer. Ele raramente encontrava pessoas que considerasse como iguais, e quando as encontrava imediatamente as colocava na categoria de "perigosos". No momento o Dr. Nero era o número um nessa categoria. Otto teria que ser muito discreto para conseguir a maior quantidade de informações possível sobre Nero sem chamar sua atenção. Tinha certeza de que não seria bom estar no topo da lista de prioridades do doutor. Inadvertidamente, uma imagem mental de um Dr. Nero gigante usando uma lupa para focar raios do sol sobre uma pequena formiga de cabelos brancos se formou na mente de Otto. Ele sacudiu a cabeça para afastar a imagem perturbadora e levantou-se.

— Bem, só espero que não haja uma reprise de nossa perfomance agora no jantar. Falando nisso, é melhor irmos ou chegaremos atrasados.

Wing não estava brincando quando falou sobre roncar. Otto estava deitado em sua cama usando protetores de ouvido improvisados com papel higiênico. Ele não ouvia Wing, mas podia jurar que sentia sua cama vibrar levemente.

O jantar havia transcorrido sem incidentes. Montanha e Mamute estavam lá, mas sentaram em uma mesa distante, com um grupo de brutamontes semelhantes, todos vestidos com o azul dos mercenários. Salvo alguns olhares sanguinários percebidos por Otto ou Wing casualmente, eles se mantinham distantes dos novos recrutas. Talvez os guardas que patrulhavam o salão tivessem algo a ver com isso. Também ficou claro que o corpo docente não jantava com os alunos, pois a mesa elevada esteve vazia durante aquela refeição. Otto divagou sobre o que eles estariam fazendo naquele horário.

Após o jantar, Wing e ele passaram algum tempo explorando a área de alojamentos. As atividades incluíram um fracassado jogo de dardos, do qual Otto desistiu após Wing acertar na mosca por nove vezes consecutivas. Quanto mais tempo Otto passava ao lado de Wing, mais o bem-educado oriental o surpreendia. Mais de uma vez ele tentou sondar o passado de Wing, mas o rapaz sempre se mostrava relutante em levar o assunto adiante, de modo que Otto acabou desistindo, temeroso de que a curiosidade atrapalhasse a amizade que surgia entre eles. Afinal, se eles não conseguissem um plano viável para escapar da situação atual, teriam seis longos anos para se conhecer melhor.

O plano que Otto cultivava em sua mente ainda estava em formação, mas, quanto mais ele se concentrava no assunto, mais complexos os detalhes se tornavam. Sabia que precisava parar de pensar nisso conscientemente e que com o tempo os problemas iriam se resolvendo, mas ele estava impaciente, sentindo-se de pés e mãos atados.

Enquanto estava ali, deitado, insensível ao barulho infernal vindo da direção de Wing, ele se viu repassando mentalmente os eventos das últimas semanas, que culminaram com sua chegada no C.O.V.A. Analisando agora, tudo parece ter começado com aquela carta...

Capítulo 5

— **E**les não podem fazer isso! — gritou Otto, gesticulando em direção à carta que estava na mesa à sua frente. — Eu passei anos trabalhando para este lugar funcionar direito, e agora isto!

Ele se levantou da cadeira de escritório surrada, com forro de couro, e caminhou pela sala. O velho sótão era rodeado por prateleiras cheias de livros e pedaços espalhados de centenas de equipamentos eletrônicos diferentes. De pé no centro da sala estava uma mulher de meia-idade usando um caro e elegante *tailleur*. Os olhos vermelhos não escondiam que ela esteve chorando recentemente.

— Não sei mais o que fazer, sr. Malpense. Eu trouxe a carta para o senhor assim que a li. Essas pessoas horríveis vão fechar o orfanato, e não há o que possamos fazer. Passei minha vida inteira trabalhando aqui e simplesmente não sei o que será de mim se o orfanato for fechado... Ah, sr. Malpense, isso é tão terrível... — E com grandes soluços ela começou a chorar novamente.

— Não se preocupe, sra. McReedy, pensarei em algo. — Otto pôs a mão no ombro dela e lhe estendeu um lenço, com o qual ela assoou o nariz ruidosamente. — Eles não podem achar que fecharão nossas portas sem uma briga. A história do orfanato São Sebastião não termina aqui.

— Perdoe-me, sr. Malpense, mas o senhor sabe o quanto me abalo com essas coisas. — Ela suspirou e enxugou o canto dos olhos com o lenço. — Acredito no senhor, mas essa carta parece tão definitiva... Não vejo como poderíamos mudar isso.

Otto pegou a carta da escrivaninha novamente e a releu. Havia muitos termos técnicos e excessivamente floreados, mas tudo se resumia a um fato. O orfanato São Sebastião seria fechado em duas semanas, e aquela era a decisão final da subprefeitura local. Eram mencionadas falhas em atingir objetivos e projetos de reorganização da estrutura de suporte a crianças carentes, mas tudo isso soava como desculpas esfarrapadas para Otto. Eles queriam fechar o orfanato DELE, e havia apenas 15 dias para dissuadi-los.

☺ ☺ ☺

Ele chegara no São Sebastião há 12 anos, deixado em um berço no degrau da porta no meio da noite, sem forma alguma de identificação a não ser um pedaço de cartão com o nome Otto Malpense escrito a mão. A equipe do orfanato estava acostumada a lidar com esse tipo de situação e realizou o procedimento padrão de notificar a polícia sobre a entrega noturna, na esperança de que fosse possível encontrar a família de Otto. A busca foi infrutífera, no entanto; não houve como descobrir quem abandonou a criança naquela noite escura e tempestuosa. Então, não havendo mais o que fazer, o estranho bebê de cabelos brancos foi aceito, e o orfanato São Sebastião se tornou a casa de Otto.

Quando ele chegou lá, São Sebastião estava longe de ser o mais bem-equipado ou administrado dos orfanatos de Londres. A velha casa havia sido construída há mais de 150 anos e já mostrava o desgaste causado pelos longos anos de atividade ininterrupta. A fachada ornamentada estava completamente escondida por hera, e os muitos remendos já feitos no telhado eram nítidos, muitos improvisados com o material que estivesse à mão. O interior do prédio não era muito melhor. Os canos velhos faziam barulho, os soalhos irregulares estalavam e, como tudo era muito grande e velho, não era possível manter uma limpeza cuidadosa, acumulando poeira em vários lugares. Os dormitórios eram antiquados, com fileiras de beliches de aço e apenas um banheiro mal-conservado para cada vinte ou trinta crianças. Para reformar as seções mais antigas do prédio muito dinheiro seria gasto, então estas caíram em desuso, parecia haver quilômetros de corredores abandonados e entregues à poeira e às traças. De algum modo, São Sebastião conseguiu manter as portas abertas através dos anos, talvez por ser o único orfanato naquela área da cidade. Contudo, o orçamento do orfanato diminuía cada vez mais e isso acelerava a decadência da velha casa. Na verdade, os funcionários passavam tanto tempo fazendo reparos improvisados quanto cuidando das crianças.

A princípio, Otto parecia ser uma criança perfeitamente normal, com a cor de seu cabelo sendo a óbvia exceção, mas ao crescer ele começou a demonstrar algumas características que foram, aos poucos, o destacando em relação às outras crianças. Aos três anos ele aprendeu a ler sozinho. Otto costumava passar horas sentado na sala de estar do orfanato lendo os livros que eram deixados pelas crianças mais velhas, o olhar fixo, concentrado. Os funcionários achavam muito curioso.

— Olhem pra ele! Parece até que está lendo! — comentava um.

— Não, ele só está imitando as outras crianças! — emendava outro.

Mas ele não estava apenas imitando o que ele via outras pessoas fazendo. Ao observar as letras nas páginas, o cérebro dele estava *processando* o que via. De início as palavras não representavam nada para ele, mas aos poucos, o significado daquilo ficava cada vez mais claro, como se o conhecimento simplesmente se desenvolvesse em sua mente. Não apenas isso, ele ainda era capaz de lembrar cada palavra exata de cada uma das páginas que olhava. Ele absorvia conhecimento dos livros.

Em uma ocasião, quando tinha cinco anos, ele desmontou o telefone da sra. McReedy. Não era algo incomum as crianças de São Sebastião desmantelarem coisas, mas não no caso de Otto. Rodeado pelos componentes do telefone, ele conseguia perceber exatamente o que cada peça fazia e como, de modo que, quando remontadas, sua função podia ser aprimorada. E realmente, quando ele finalmente remontou o telefone, o aparelho funcionava bem melhor do que antes. Depois de dois meses, quando a nova conta de telefone chegou, a sra. McReedy percebeu que as ligações que fizera naquelas semanas não haviam lhe custado nada. Ela questionou isso junto à companhia telefônica, que por sua vez afirmou que os sistemas deles não eram sujeitos a esse tipo de erro e que ela não devia ocupar o tempo deles afirmando ter feito ligações que obviamente não fez.

Bem jovem ainda, antes de começar a frequentar a escola, Otto passava muitas horas explorando os mais obscuros recantos do velho prédio. E ele tinha um talento especial para sumir sem ser notado. Ele se reunia normalmente com as outras crianças da pré-escola no salão de estar e fingia participar das brincadeiras, até que alguma coisa desviasse a atenção do funcionário responsável e, antes que alguém notasse, Otto desaparecia. Na primeira vez que aconteceu, o pânico foi completo e os funcionários quase enlouqueceram revirando a casa, em vão, à procura dele. Apesar da busca intensa, não encontravam nenhuma pista que pudesse levar ao seu paradeiro. A sra. McReedy estava prestes a ligar para a polícia, reportando o desaparecimento, quando Otto voltou ao salão, caminhando tranquilamente. Ele esteve sumido durante horas e estava coberto, dos pés à cabeça, de poeira e fuligem. Quando perguntado onde esteve o dia inteiro, ele olhou confuso para a sra. McReedy e respondeu simplesmente "Aqui". Insistir na questão foi inútil. Com o tempo isso se tornou algo tão comum que as pessoas desistiram de procurar por ele, sabendo que ele acabaria aparecendo, ileso e surpreso, muitas vezes até irritado, com a preocupação deles.

Os integrantes da equipe do orfanato não eram as únicas pessoas a testemunhar o comportamento incomum de Otto. A poucos metros do orfanato, descendo a rua, havia uma biblioteca, uma das maiores e mais antigas de Londres. Era um velho prédio em estilo gótico, como o São Sebastião, construído há centenas de anos, e funcionava como uma segunda casa para Otto. A sra. McReedy já desistira de procurar novos livros no orfanato para aquele garotinho, que lia tão rápido que parecia estar apenas checando os números de página. Então ela o levava até a biblioteca sempre que podia, onde o deixava aos cuidados do sr. Littleton, o bibliotecário e muito amigo da sra. McReedy. O sr. Littleton ficava feliz em poder cuidar de Otto. O garoto não dava trabalho algum, segundo ele. Ele sentava lá e folheava livro após livro o dia inteiro, sem a menor preocupação. Ninguém, pelo menos a princípio, era capaz de acreditar que uma criança da idade de Otto poderia estar realmente lendo e compreendendo o que estava nos livros àquela velocidade.

Mas ele estava. Apesar de que ler, para ele, não funcionava do mesmo modo que para a maioria das pessoas. Do mesmo jeito que ele aprendeu a ler sozinho, as informações pareciam transferir-se diretamente dos livros para o seu cérebro. Ele não conseguia explicar, mas quanto mais lia, mais sabia, e quanto mais sabia, mais fácil era compreender o que já havia lido. E ele lia realmente tudo, de Tolkien a Tolstói, de Sun Tzu aos jornais diários, geralmente escolhendo uma seção específica da biblioteca por dia e devorando as prateleiras sem descanso. Os funcionários da biblioteca faziam piadas sobre o menino esquisito que sentava no chão e fingia ler, cercado de pilhas de livros. Imaginavam que ele talvez não fosse muito normal, mas parecia seguro e feliz ali. Todos, menos o sr. Littleton, que aos poucos foi percebendo que Otto *realmente* lia os livros, ou melhor, praticamente os absorvia. Ele tentou convencer seus colegas, mas eles começavam a achá-lo tão doido quanto o estranho garotinho. De vez em quando, ao passar por onde Otto estava, o sr. Littleton parava, pegava um livro na prateleira e entregava ao menino.

— Não deixe de ler este aqui. Você vai gostar.

— Obrigado, sr. Littleton — respondia Otto a cada vez, sorrindo para o gentil senhor, e acrescentando o livro a uma das pilhas ao seu redor. Sua fisionomia já parecida com a de um adulto.

Tudo isso tornava a ideia de escola tradicional completamente irrelevante para Otto. Os outros órfãos iam normalmente para a escola pública local, mas logo ficou claro que Otto era ligeiramente mais *avançado* que seus colegas. Suas sessões de leitura na biblioteca cobriram tantas áreas diferentes que, aos dez anos, ele compreendia melhor os assuntos que a maioria dos professores. Os professores, por sua vez, não gostavam muito de ser repetidamente corrigidos por um menino de 10 anos de idade, e o diretor da escola chegou a fazer uma reclamação formal à sra. McReedy, que convocou Otto a seu escritório.

— O que vou fazer com você, Otto? — perguntou ela, com um olhar preocupado.

— Qual o problema, sra. McReedy? — replicou Otto, sem saber o que ele teria feito.

Ela olhou para a papelada à sua frente e disse, com um olhar severo:

— Parece que alguns dos seus professores, ou melhor, *todos* os seus professores, têm reclamado que você atrapalha as aulas. Isso é verdade?

— Bom, se você chama expor a terrível incompetência deles de atrapalhar, então sim, acredito que eu tenha feito isso. — Otto encarou-a de volta. A essa altura, a sra. McReedy já se acostumara com o modo de falar de Otto, misturando sagacidade e rudeza, e conseguia perceber o que deixava os professores irritados.

— Otto, você tem 10 anos. Você não é qualificado para julgar se os professores estão fazendo um bom trabalho ou não. Nenhuma das outras crianças tem problemas com isso — continuou ela, já meio exasperada com a atitude dele.

— Eu não sou como as outras crianças, e você sabe disso. Elas levam tanto tempo pra entender as coisas que eu fico entediado. Não tenho culpa se sou melhor do que elas — comentou Otto, simplesmente. — Eu já aprendi tudo que está sendo dado nas aulas e acabo me perguntando o que estou fazendo lá. — Ele cruzou os braços, desafiante.

— Não seja bobo. Você não pode ignorar sua educação, Otto. O que você fará quando sair daqui se não tiver uma qualificação? — A sra. McReedy não conseguia acreditar que estava tendo essa conversa com alguém da idade de Otto.

— Ah, tenho certeza de que pensarei em algo, sra. McReedy. — Otto sabia que não precisava se preocupar com qualificações e provas. Essas coisas são para crianças normais, e ele já tinha plena noção de que estava bem longe de ser normal.

— Então o que você sugere que façamos? — perguntou ela, secretamente torcendo para que ele aparecesse com uma sugestão válida, uma vez que ela não estava se saindo tão bem nisso. Se Otto continuasse com tal atitude, certamente seria expulso da escola, e isso poderia trazer questionamentos sobre a capacidade dela em cuidar das crianças do orfanato.

— Você poderia ser minha professora — respondeu Otto, prontamente.

— Já faz muito tempo que não ensino alguém, Otto — disse ela, com um sorriso condescendente. — E, se os professores da escola não são bons o suficiente, o que faz você pensar que eu seria?

— Não, eu não estou sugerindo que você realmente tente me ensinar algo. Concordo que não levaria a nada. A ideia é dizer que você vai ser minha professora particular, aqui mesmo no orfanato, só para manter as aparências — explicou Otto, solícito.

— E quem seria seu professor, então? — A sra. McReedy começava a ficar confusa.

— Eu mesmo, é claro — respondeu Otto calmamente. — A maioria dos professores da escola apenas lê os livros didáticos em voz alta. Isso eu posso fazer sozinho, e muito mais rápido que eles. Para todos os efeitos, você seria minha professora particular, e ninguém precisa saber a verdade. — Ele parecia muito satisfeito com a ideia.

A sra. McReedy parou para pensar na proposta de Otto. A ideia fazia sentido, mesmo não sendo exatamente algo honesto. Era evidente para qualquer um que conhecesse Otto que ele nem queria, nem precisava de uma educação tradicional, e, pelo menos assim, não haveria questionamentos sobre a capacidade dela em conduzir o orfanato. Na verdade, ser vista como a professora de uma aparente criança-prodígio poderia fazer muito bem para a reputação dela. Ela olhou para Otto e respondeu cuidadosamente:

— Digamos por um momento que eu concorde com o seu plano. É imperativo que todos pensem que eu estarei lhe dando aulas, e nós podemos saber a verdade.

— Será nosso segredo, sra. McReedy — respondeu Otto, com um sorriso. — Eu imagino que haja algum tipo de bolsa paga a pessoas capazes de prover educação de primeira linha a uma criança como eu. Uma bolsa substancial, algo como alguns milhares de libras por ano, talvez...

Foi como se uma luz se acendesse na cabeça da sra. McReedy. O olhar dela ficou vago enquanto fazia os cálculos, e ela, mesmo tentando, não conseguiu evitar o sorriso que se formava.

A inteligência especial de Otto não se limitava a compreender instantaneamente livros e máquinas. Pessoas eram simples para ele também. Com uma única conversa, ele era capaz de perceber os anseios e motivações de qualquer um. O caso da sra. McReedy era surpreendentemente simples. Orgulho e ganância; as duas melhores iscas para manipular alguém. Maquiavel ensinara isso a ele.

— Ah, duvido que chegue a tanto — ela tentou minimizar, com uma expressão de felicidade que indicava o contrário. — Eu vou fazer uma pesquisa rápida. Não prometo nada ainda, mas pode valer a pena analisar a possibilidade.

— Espero que seja possível — respondeu Otto. — Eu acho mesmo que seria melhor para todo mundo.

"Principalmente para mim", pensou ele.

☆ ☆ ☆

Não foi surpresa para Otto que tudo foi acertado pela sra. McReedy com uma pressa quase indecente. Ele também notou que, subitamente, a sra. McReedy começou a usar roupas mais caras e, de vez em quando, aparecia com uma joia nova aqui ou ali. Obviamente, ele era um aluno lucrativo. Ele não se importava com isso, muito pelo contrário, desde que ela estivesse tão interessada quanto ele em manter os detalhes do "acordo" em sigilo.

E foi assim que Otto passou os três anos seguintes livre para fazer o que quisesse. Ele falava sério quando disse à sra. McReedy que iria cuidar da própria educação, e mergulhou de cabeça nessa tarefa nos meses subsequentes. Continuava lendo tudo que lhe passava pela frente e começou a experimentar o desenvolvimento de aparelhos e máquinas cada vez mais complexos, testando os limites de seu conhecimento. Cada vez que encontrava um problema que não compreendia, ele parava para estudar algum artigo ou teoria que levasse a uma resposta. Por causa do constante aumento no grau de complexidade de seus experimentos, ele logo percebeu que precisaria de um espaço maior, e de mais privacidade, para ter mais tranquilidade para trabalhar. O velho sótão do orfanato se transformou na solução para esse problema, e ele começou a adaptá-lo às suas necessidades. O estreito lance de escadas que dava acesso ao sótão ficava escondido em um canto do último andar do prédio e, a julgar pelo estado do aposento, ele tinha certeza que ninguém entrava lá havia anos. Mas o lugar era perfeito para o que ele queria e as semanas que se seguiram foram totalmente ocupadas pelo trabalho de limpar o lixo acumulado e preparar o sótão para sua nova função. "Até em decoração", pensou Otto. Ele não tinha muita certe-

85

za do que o levou a colocar a escrivaninha e a grande cadeira estofada de couro no lado oposto da entrada, mas, do mesmo jeito que o grande mapa-múndi pendurado na parede sobre eles, simplesmente tudo parecia se encaixar.

Paralelamente aos estudos, Otto começou também a estreitar as relações com as outras crianças do orfanato. Pelo menos com aquelas que ele considerava mais úteis. A maioria dos outros órfãos, mesmo os mais velhos, parecia considerá-lo um tipo de líder, por razões que o próprio Otto desconhecia a princípio. As crianças, por sua vez, concluíram que, se ele não precisava ir à escola, se parecia poder fazer o que queria, quando queria, e se era alguém que sra. McReedy sempre relutava em criticar, ele era um exemplo a ser seguido.

No entanto, o orfanato São Sebastião continuava a envelhecer e a necessitar de reparos. Havia até mesmo áreas do prédio que cruzaram a fronteira de desconfortáveis e sujas, se tornando locais realmente inseguros. Otto estava determinado a interromper esse processo de decadência e iniciou um grande projeto de restauração do velho prédio, para levá-lo ao máximo possível de sua antiga glória. Não que ele tenha arregaçado as mangas e assumido pessoalmente a tarefa de fazer os reparos. Isso seria trabalho braçal, coisa que ele definitivamente abominava. Em vez disso, ele contratou o serviço de companhias de toda a cidade de Londres, as quais foram convencidas de que a emissora BBC faria uma reportagem sobre a reforma do prédio e, compreensivelmente, ofereceram seus serviços de graça, em troca da publicidade. O programa de tevê, intitulado *Pense nas Crianças*, era produto da mente criativa de Otto, que descobriu ser possível fazer milagres com uma grande mentira, um papel timbrado e uma caixa postal anônima. As doações recebidas de tais empresas não pararam nas reformas do prédio. Durante os meses seguintes o orfanato recebeu todo tipo de doações, como livros, DVDs, aparelhos de *videogame*, tevê e som, equipamento esportivo, entre outras. Otto não tinha interesse em ficar com nada disso para ele próprio; sabia que, se as crianças do São Sebastião estivessem felizes, era muito menos provável que alguém viesse xeretar os afazeres dele. Além de evitar visitas de fiscais do governo, seguindo rumores de instalações ou tratamento inadequados.

Agora, sentado em sua escrivaninha, relendo a carta recebida naquela manhã, ele começava a achar que todo aquele esforço havia sido em vão. Ele conseguira, após anos de trabalho duro, transformar o orfanato São Sebastião em um lugar que ele gostava, e agora um burocrata qualquer ameaçava destruir tudo. Levaria uma eternidade para recriar uma atmosfera tão agradável e elegante em outro orfanato, e ele não tinha tempo ou disposição para começar tudo do zero novamente. Na verdade, sem alguém tão fácil de influenciar quanto a sra. McReedy, tal tarefa poderia até se mostrar impossível. Ele precisava encontrar um jeito de interromper esse processo, mas como?

☻ ☻ ☻

"PRIMEIRO-MINISTRO INICIA CRUZADA PELAS CRIANÇAS" era a manchete do artigo de jornal que Otto lia. O texto resumia perfeitamente como o plano de mudanças radicais no funcionamento dos orfanatos do país era um projeto pessoal do primeiro-ministro e como ele não media esforços para acelerar o trâmite de tais planos pelo parlamento britânico. A popularidade das medidas não era grande mesmo dentro do partido governista, mas a influência pessoal do primeiro-ministro assegurava a aprovação das mesmas. Otto largou o jornal e cruzou os braços, pensativo, analisando o plano que começava a se formar em sua mente. Era algo arriscado e audacioso, um pouco estúpido talvez, mas era a única ideia entre muitas que lhe passaram pela cabeça que poderia funcionar.

Ele apertou um botão no pequeno aparelho de interfone em sua mesa. Após alguns segundos, a voz da sra. McReedy respondeu:

— Olá, Otto. Posso fazer algo por você? — A voz dela ainda soava triste.

— Sim, sra. McReedy. Você poderia mandar Tom e Penny aqui em cima, por favor? — pediu ele, educadamente.

— Certamente, Otto.

Ele se endireitou na cadeira, voltando a analisar os muitos detalhes de seu plano. Poucos minutos depois, alguém bateu levemente na porta do sótão.

— Entrem — disse Otto em voz alta, e Tom e Penny entraram na sala. Tom era o mais velho dos dois; um garoto bonito e bem alto para sua idade. Penny tinha a mesma idade de Otto e uma aparência adorável; o melhor exemplo de doce menina inocente que alguém poderia imaginar. Qualquer um ficaria embevecido pela simpatia dos dois, até perceber, bem mais tarde, o misterioso sumiço da prataria, do DVD e das joias da família.

— Bom dia! — cumprimentou Otto, animado. — Eu tenho uma lista de compras aqui e estava pensando que vocês, se não estiverem ocupados, poderiam resolver isso para mim.

— Sem problemas, Otto. Do que você precisa? — respondeu Tom, solícito.

— Ah, nada de mais, só o habitual. Alguns componentes eletrônicos, uns livros, softwares, coisas assim. — Otto entregou um pedaço de papel para Penny. — Aqui está a lista, e me avisem se houver dúvida.

— Sem problemas, Otto. Mas isso pode levar uns dois, três dias — respondeu Penny, analisando a lista atentamente.

A escolha dos dois para essa tarefa não foi por acaso. Otto sabia que aquela dupla possuía uma incrível habilidade em adquirir qualquer coisa de que ele precisasse, por mais rara e obscura que fosse. Otto tinha plena certeza de que, se dissesse a eles que gostaria de ver a roda-gigante mais famosa de Londres desmontada e reconstruída no jardim do orfanato, eles pelo menos tentariam. No entanto, eles insistiam em dizer que não eram ladrões, que o talento deles era convencer as pessoas de *dar-lhes* que precisavam.

Otto estava sempre de olho nos "talentos" especiais que as crianças do orfanato possuíam. Ele sabia que as pessoas sempre tendem a confiar mais em crianças, uma tendência que, se bem explorada, era utilíssima. Para completar, eram órfãs e não havia adulto que confiasse nelas. Apesar de tudo, Otto desencorajava as crianças a participarem de atividades claramente criminosas, pois tais atos poderiam atrair atenção indesejada. Mas pequenas desonestidades e trapaças astutas não eram problema.

Penny entregou a lista a Tom, que a perscrutou rapidamente.

— Para que você precisa de tudo isso? — indagou o garoto, parecendo espantado.

— Nada importante. Tenho algumas ideias novas e quero fazer alguns experimentos. — Otto não pretendia revelar seu plano; eles provavelmente pensariam que ele enlouquecera passando tanto tempo sozinho ali no sótão.

— Tudo bem — assentiu Tom, não parecendo muito satisfeito com a resposta. — Mas, como Penny disse, pode levar algum tempo até conseguirmos tudo.

— Dois ou três dias não serão problema — respondeu Otto. — Só não deixem pistas que possam ser rastreadas até aqui. — O sigilo era parte importante do plano. Não poderia haver deslizes, pois ele só funcionaria se fosse completamente inesperado. — Se conseguirem tudo o que pedi, vocês ganharão um extra na mesada da semana, um extra bem generoso.

A dupla abriu um sorriso.

— Isso seria ótimo — respondeu Penny. — Uma tevê nova no dormitório das meninas seria legal também.

— Vou ver o que posso fazer — consentiu Otto, sorrindo. — Digamos que, quanto mais rápido vocês conseguirem os itens da lista, maior a tevê. Que tal?

— Justo. — Penny balançou a cabeça, concordando.
— Vamos, Tom. Temos que agilizar isso.

A dupla desceu a escada, e Otto abriu o jornal de novo. Havia outra manchete que chamara sua atenção:

PRIMEIRO-MINISTRO FAZ PREPARATIVOS PARA
A CONVENÇÃO PARTIDÁRIA DE BRIGHTON

O artigo seguia descrevendo como o primeiro-ministro falaria para o partido e como os analistas políticos acreditavam que esse seria seu discurso mais difícil até então. A foto que acompanhava o artigo mostrava o chefe do governo saindo de seu escritório, no histórico prédio localizado no número 10 da rua Downing, com uma fisionomia visivelmente estressada.

— Difícil? Você não tem noção do quanto, meu caro... — disse Otto consigo mesmo, olhando para a foto.

Depois de alguns dias, Penny e Tom retornaram com todos os artigos solicitados por Otto. Mais uma vez, foram relutantes em revelar detalhes de como conseguiram alguns dos itens mais exóticos da lista, mas Otto confiava na discrição deles. Tudo o que ele precisava fazer agora era começar a montar o aparelho que seria de importância crucial do plano. Ele sabia que a teoria por trás do desenvolvimento era sólida, mas era preciso testar exaustivamente para ter certeza de que funcionaria com perfeição. Apesar da ansiedade, Otto sentia-se estranhamente calmo quando trabalhava em alguma nova criação.

A sra. McReedy, por outro lado, parecia estar à beira de um colapso nervoso. Nada que Otto dissesse era capaz de acalmá-la ou fazê-la acreditar que o orfanato pudesse ser salvo, de modo que ela parecia cada vez mais resignada com o seu fechamento. Otto suspeitava de que o principal motivo do nervosismo dela fosse a possível vinda de auditores para analisar as contas do orfanato e descobrir o uso impróprio dos fundos direcionados à educação privada de Otto.

Àquela altura ficara impossível conter os boatos, e a todo o momento um dos outros órfãos interpelava Otto sobre algum rumor que ouviram pelos corredores. Otto se mantinha prudente e evitava responder as perguntas dos colegas, sabendo que, caso seu estratagema funcionasse como planejado, em pouco tempo eles não teriam mais com o que preocupar. Por enquanto, infelizmente, aquela aparente indiferença não ajudava muito a acalmar o crescente nervosismo instaurado no orfanato.

Finalmente, a apenas um dia de colocar seu plano em prática, Otto conseguiu terminar a construção de seu aparelho. Ele estava em seu escritório, arrumando apressado a mochila com todos os materiais necessários para os próximos dias. Alguém bateu à porta, e Otto, sem parar o que fazia, gritou para que o visitante entrasse.

— Você queria me ver, Otto? — perguntou a sra. McReedy, com uma voz nitidamente cansada.

91

— Sim, sra. McReedy, queria informá-la de que me ausentarei por alguns dias. Tenho negócios urgentes que necessitam de minha atenção — respondeu ele, enquanto arrumava a mochila.

— Mas você tem mesmo que ir, Otto? Com tudo que está acontecendo, não sei se consigo ficar aqui sozinha. — Ela parecia que ia começar a chorar a qualquer momento, como vinha fazendo nos últimos dias. Otto parou de arrumar a mochila, caminhou até ela e pôs a mão em seu ombro, para reconfortá-la.

— Não se preocupe, sra. McReedy. Serão apenas dois ou três dias, e, se tudo correr como planejado, não precisaremos mais nos preocupar com a ameaça de fechamento do nosso orfanato — disse ele, sorrindo.

— Então, para onde você está indo?

— Para o litoral, sra. McReedy — respondeu Otto, abrindo ainda mais o sorriso. — Me envolver com política.

Capítulo 6

A viagem até o litoral foi muito tranquila. Otto foi de trem e se registrou no hotel que previamente reservara pela internet. O aposento era muito simples, o que não importava muito, pois ele não tinha intenção de passar a noite ali. Ele apenas necessitava de uma base com alguma privacidade para que pudesse preparar o equipamento que usaria mais tarde. Tão logo tudo estava preparado e verificado, ele saiu para inspecionar seu alvo.

Não foi difícil encontrar o centro de convenções. A segurança era tão rigorosa que simplificava a tarefa. Otto assistira ao chefe da equipe de segurança declarando à televisão que um verdadeiro "cinturão de ferro" seria montado ao redor do centro de convenções e que ele considerava impossível alguém sem as credenciais corretas se aproximar da área onde a convenção do partido governista seria realizada. O comandante confiava cegamente na perfeição de seu esquema de segurança, o que para Otto era como balançar um pano vermelho para um touro. Ele sabia que, quanto maior e mais complexo fosse o esquema de segurança, maior a chance de haver uma pequena brecha a ser explorada por alguém inteligente o bastante.

Mas a intenção de Otto não era exatamente entrar no prédio; ele sabia que isso beirava o impossível. Em vez disso, ele precisava apenas encontrar um lugar para posicionar seu aparelho, e o resto seria bem fácil. Ele caminhou calmamente pela beira da praia, próximo à primeira linha de segurança, procurando pelo melhor local. O que encontrou foi um bueiro a apenas uns duzentos metros do centro de convenções. Perfeito. Ao caminhar em direção ao bueiro, ele remexeu a mochila em busca do pequeno bolso onde estaria o aparelho. De lá saiu uma pequena esfera metálica, do tamanho de uma bola de pingue-pongue. Ele sorriu consigo mesmo, pensando no quanto isso seria fácil. Ajoelhando ao lado da tampa do bueiro, ele fingiu estar amarrando o sapato e, depois de uma rápida espiada para ver se alguém estaria prestando atenção nele, soltou a bolinha no bueiro, através de um buraco na tampa. Ele terminou de amarar os cadarços do tênis calmamente, para não levantar suspeitas e, depois de convencido de que ninguém o observara, levantou e caminhou de volta pela beira da praia, afastando-se do centro de convenções. O discurso do primeiro-ministro aconteceria em uma hora, aproximadamente. Isso daria a ele tempo suficiente para voltar ao hotel e se preparar para a diversão.

Otto olhou em volta para certificar-se de que ninguém estava no corredor do hotel e entrou rapidamente em seu quarto. Ele largou a mochila sobre a cama, aliviado em ver que tudo estava exatamente como ele havia deixado. Ligou o notebook que estava sobre a mesa, conectado por um curto cabo a algo que se assemelhava a uma pequena antena parabólica prateada. A máquina inicializou e uma janela apareceu na tela com as palavras AGUARDANDO INICIALIZAÇÃO piscando no centro. Otto rodou algumas rotinas de verificação, ficando satisfeito em ver que os diagnósticos mostravam que a interface de controle do aparelho parecia funcionar perfeitamente. Pegou uma Coca-Cola no frigobar e sentou-se à frente do computador. Otto digitou um comando e a mensagem na janela de status se alterou para INICIALIZANDO SISTEMA DE PROPULSÃO AMBULANTE.

A quase um quilômetro de distância, no fundo do bueiro que Otto encontrara mais cedo, uma rachadura apareceu ao redor da esfera de metal. Da fenda de poucos milímetros de largura saíram oito pequenas hastes articuladas. As hastes se contorceram até sua posição final, que transformou a esfera em algo que parecia um cruzamento entre uma aranha e uma bola de *pinball*.

No quarto de hotel, o menino mal podia conter sua felicidade em ver o complicadíssimo aparelho em funcionamento. A quantidade de tecnologia empregada na construção do pequeno objeto havia sido enorme; era um grande alívio ver que tudo funcionava perfeitamente. Tinha feito vários testes no sótão do orfanato, sem dúvida, mas ainda assim era emocionante ver o aparelho em ação de verdade. Com mais um comando, uma nova janela se abriu na área de trabalho do computador. Ela exibia uma imagem bastante granulada, transmitida por uma microcâmera embutida no aparelho. Usando uma alavanca de controle acoplada no computador, ele girou o pequeno robô lentamente, tentando obter uma noção melhor dos arredores. Ele sabia que o centro de convenções ficava a mais ou menos duzentos metros a nordeste daquele local, e logo conseguiu localizar um cano que seguia aproximadamente naquela direção. Empurrando a alavanca de controle para a frente, ele fez o robô-aranha correr pelo encanamento, através do sistema de esgotos, em direção ao centro de convenções. De ramificação em ramificação, ele foi tentando ajustar o curso, buscando a direção correta.

O processo de conduzir o aparelho pela rede subterrânea de esgotos se estendeu por vários minutos. O layout do sistema de esgotos parecia bem simples na planta que ele tinha, mas, na prática, navegar pelo labirinto escuro de canos estava sendo uma tarefa bem mais complexa do que ele imaginara.

Já estava começando a ficar preocupado em ter feito uma curva errada em algum lugar quando encontrou seu alvo. Uma luz esmaecida surgiu de uma abertura à frente, ao que Otto percebeu imediatamente que estava no lugar certo. Ele conduziu o robozinho por essa nova abertura e a luz foi se tornando cada vez mais forte com a aproximação da fenda no fim do túnel.

Um novo movimento na alavanca de controle fez o aparelho escalar as paredes escorregadias do cano, em direção à abertura iluminada acima.

— A dona Aranha subiu pela parede... — cantarolou Otto enquanto o robô se aproximava da abertura do cano.

Apertando uma tecla, ele fez com que a microcâmera se estendesse do corpo do aparelho em uma haste flexível. Otto girou a câmera, olhando através do que ele agora reconhecia como sendo o ralo de um estreito boxe de chuveiro revestido de ladrilhos brancos. Felizmente o boxe estava vazio e, retraindo a câmera, ele dirigiu o robô-aranha para fora do ralo. Ele parou por um momento para estudar as plantas do centro de convenções que estavam espalhadas na mesa, junto ao computador. Elas não foram fáceis de conseguir, especialmente sem levantar suspeitas, e Otto acreditava que estariam um pouco desatualizadas, mas torcia para que ainda fossem úteis para o propósito dele. De acordo com as plantas, o aparelho emergira na seção de chuveiros do vestiário, perto da piscina. O acesso mais próximo à galeria de ar condicionado central seria no próprio vestiário, então Otto direcionou o aparelho, que saiu em disparada pelo chão ladrilhado do boxe, em direção a seu novo alvo. ⋆

Alguns homens estavam trocando de roupa no vestiário e Otto fez o possível pra não ter que olhar para aqueles corpos flácidos enquanto guiava o robô pelas sombras dos bancos. Ele girou a aranha, tentando localizar, através da câmera, onde estaria a saída de ar condicionado que supostamente havia ali. Finalmente ele a encontrou, no alto da parede mais distante, o que significava que ele precisaria esperar os ocupantes deixarem o vestiário para prosseguir. Depois de alguns minutos, que mais pareceram uma eternidade, os homens terminaram de se vestir e saíram, dando a Otto a oportunidade esperada. O aparelho estaria completamente exposto enquanto escalava a parede, então ele precisava ser rápido. Ele moveu a alavanca de controle o máximo possível para frente, de modo que o robô moveu-se a toda velocidade e logo estava escalando a parede em direção à abertura de ventilação.

Inesperadamente, o microfone do aparelho captou vozes próximas. Alguém estava entrando no vestiário! Ainda faltavam alguns metros para que a pequena aranha metálica atingisse seu alvo, e ela já estava se movendo a toda velocidade possível. Só restava a Otto torcer para que o tempo fosse suficiente enquanto observava na tela a pequena grade se aproximando. Otto girou a câmera para ver o que acontecia no vestiário e ficou aterrorizado ao ver dois policiais entrando no aposento, um deles conduzindo um enorme cão, que farejava o ar, como se curioso. O microfone embutido no robô-aranha captou a conversa deles.

— Não faz nem duas horas que checamos isso aqui. Não acredito que ele nos mandou repetir a busca — disse um deles, parecendo entediado.

— Você sabe como o chefe é — retrucou o outro. — Regras são regras.

Otto percebeu que o cachorro estava farejando insistentemente a área em frente ao boxe pelo qual o robô havia aparecido. Aquilo não fazia muito sentido, o aparelho não deveria ter cheiro, uma vez que era feito apenas de metal e plástico; por que o cachorro estaria interessado naquele boxe? O cão se virou, farejando o chão, seguindo o caminho exato da aranha. Otto então percebeu o motivo. "Como sou burro", pensou. O aparelho em si não tem cheiro perceptível, mas ele acabara de atravessar algumas centenas de metros de canos de esgoto e, provavelmente, agora estaria impregnado com um odor característico. O suficiente para um cão farejador perceber.

O robô finalmente alcançara a abertura de ventilação, e Otto cuidadosamente manobrou as duas pernas frontais sob a borda da grade, tentando abrir um espaço de tamanho suficiente para que o minúsculo aparelho conseguisse entrar. Com sorte as dobradiças da grade não estariam emperradas e a força das perninhas seria suficiente para abrir. O tempo era curto, mas aos poucos ele percebeu que a fenda que se abria aumentava progressivamente. Ainda tenso, ele moveu a câmera novamente e viu o cachorro ainda farejando o chão, avançando entre os bancos em direção à parede onde estava o duto de ventilação, puxando o policial que o conduzia.

— Parece que o Rex achou alguma coisa — comentou o guarda, ajoelhando-se ao lado do cão. — O que você achou, garoto? Farejou alguma coisa? Pode ir buscar, então. — Ele soltou a correia da coleira e o cachorro trotou em direção ao seu alvo. Faltava pouco para que o robozinho passasse pela abertura mínima na base da grade, e um último empurrão na alavanca de controle resolveu o problema. O aparelho estava dentro do duto, que seguia em suave declive para a escuridão.

Infelizmente, o cão captou esse último e discreto movimento e agora latia insistentemente em direção à saída de ventilação, arranhando a parede com as patas da frente como se tentasse escalar os ladrilhos para chegar mais perto da pequena grade.

Os dois policiais se aproximaram do cão, intrigados com o comportamento irrequieto dele.

— Ele farejou algo lá em cima, com certeza — disse o guarda que carregava a correia do cão, cada vez mais curioso com o que chamara a atenção de seu companheiro canino. — Melhor checar aquela saída de ar.

Ao ouvir isso, Otto suou frio. Ele tentou afastar o robô da grade o máximo possível, tentando achar um lugar onde a escuridão o escondesse, mas restavam apenas alguns segundos e pouco espaço para manobrar. O rosto de um dos policiais apareceu do outro lado da grade, apertando os olhos para enxergar algo na penumbra do duto.

— Não consigo ver muita coisa daqui — informou ele ao companheiro.

— Basta abrir a grade. Veja, tem uma dobradiça — respondeu o outro, já impaciente.

Se ele abrisse a grade, não havia como não perceber o aparelho de Otto parado ali. Do mesmo modo, se Otto tentasse movê-lo, era bem provável que o policial ouviria o movimento das pernas contra a superfície de metal do duto de ventilação. Otto pensava freneticamente, buscando uma solução milagrosa. É claro! Ele rapidamente bateu em uma tecla, e a janela de status mudou para a mensagem DISPOSITIVO DESATIVADO.

No duto de ventilação, as perninhas da aranha-robô se retraíram e a gravidade cuidou do resto. De volta à forma original de esfera, o aparelho rolou silenciosamente pelo escuro duto descendente no exato momento em que o policial abria a grade. Otto ainda podia ouvir suas vozes.

— Não tem nada aqui. Não sei o que deixou Rex tão agitado.

— Provavelmente algum cheiro da cozinha vindo pelo ar-condicionado. Você conhece esse cachorro. Sempre esfomeado.

As vozes foram sumindo aos poucos enquanto os policiais terminavam a busca no vestiário e se foram. No quarto de hotel, Otto tentou relaxar por um instante, ouvindo seu coração desacelerar. "Essa foi por pouco", pensou. Mas ele precisava manter a calma agora. Restava apenas meia hora para levar o aparelho para a posição final, e ele ainda teria que navegar por uma rede de dutos de ventilação desconhecida. Não havia tempo a perder.

A pequenina aranha mecânica corria pelos dutos de ventilação, com suas esguias pernas metálicas movendo-se rapidamente. "Só mais essa curva", pensou Otto enquanto movia suavemente a alavanca de controle, guiando o robô para seu alvo. O aparelho dobrou uma curva e, passando por uma abertura no duto, parou em um pequeno espaço escuro, com menos de um metro de altura. Otto sabia que essa área ficava exatamente abaixo do palco onde o primeiro-ministro começaria seu discurso dali a cinco minutos. Girando a câmera, ele vasculhou os arredores à procura do alvo. E ali estava, a alguns metros de distância, um feixe de cabos saindo de um buraco no soalho do palco. Ele manobrou o robô para que se aproximasse dos cabos e ele pudesse identificar o que buscava. Otto apertou uma tecla do notebook e a janela de status mudou.

PINÇAS DE INTERFACE INICIALIZADAS, era o que se lia na tela.

Sob o palco, um par de pequenas pinças de metal, semelhantes às de um caranguejo, se estenderam do corpo do robô. Otto guiou as pinças cuidadosamente até o cabo correto e pressionou outra tecla, fazendo com que elas se prendessem fortemente a ele, cortando a capa de proteção e tocando no metal.

INTERFACE ESTABELECIDA, reportou a janela de status.

"Tudo bem, o mais difícil já passou", pensou Otto. Ele rodou mais algumas rotinas de verificação, sorriu ao ver que tudo estava funcionando como deveria e virou-se para a televisão que estava sobre uma mesinha no canto do quarto. Otto ligou a tevê pelo controle remoto e zapeou os canais até encontrar o que queria. Um repórter falava para a câmera, com o palco do centro de convenções ao fundo, sob o qual o engenho de Otto estava secretamente posicionado. Otto esperou sentado por alguns minutos, dedicando parte de sua atenção ao repórter explicando a importância do discurso do primeiro-ministro. Otto concordava que o primeiro-ministro lembraria aquele dia como um marco em sua carreira política.

O jornalista terminou sua narração no exato momento em que o primeiro-ministro adentrava ao palco.

— É hora do show — murmurou Otto, virando-se de volta para o computador.

Otto sentou assistindo ao primeiro-ministro começar seu discurso, sem ouvir o que ele falava. Na verdade, ele achava políticos extremamente enfadonhos, e esse discurso não tinha por que ser diferente. "Vamos deixá-lo falar por alguns minutos para se animar", pensou ele.

Ele aguardou alguns minutos enquanto o primeiro-ministro fazia sua divagação incoerente, pontuada pelos tradicionais aplausos puxados pela claque. "Tudo bem, chega", pensou Otto, e pressionou uma tecla no notebook. Uma nova janela surgiu, sendo preenchida lentamente por um texto em ascensão. As palavras mostradas ali eram precisamente as

101

mesmas que estavam sendo ditas pelo primeiro-ministro, pois tratava-se de uma conexão direta com o *teleprompter*. Entre os blocos de texto havia instruções entre parênteses, como (PAUSA PARA APLAUSOS) ou (MOSTRAR EMOÇÃO). Otto parou por um instante, com o dedo sobre a tecla Enter do computador, observando a tevê.

— Adeus, primeiro-ministro — sussurrou ele, descendo o dedo sobre a tecla.

Otto levou dias aperfeiçoando aquele programa que começara a ser executado em seu computador. Grosso modo, o programa transmitia um sinal de curta duração diretamente para a tela de cristal inclinada do *teleprompter* do primeiro-ministro. Entretanto, aquele não era um sinal qualquer; fora desenvolvido para produzir uma resposta muito específica em quem observava a tela. Otto sabia que o texto na tela havia sido substituído durante alguns instantes por um ruído branco, um padrão aparentemente aleatório de pontos pretos e brancos, como uma tevê fora do ar. Mas aquele padrão em específico estava longe de ser aleatório; Otto levou algum tempo para cuidadosamente calculá-lo. Aquele sinal tinha a propriedade única de colocar quem o visse sob total controle hipnótico. Ele o havia testado na sra. McReedy e, depois de vários minutos assistindo-a engatinhar e latir como um cachorro, não lhe restaram dúvidas de que sua criação era perfeitamente funcional. Para a sua conveniência, os *teleprompters* modernos foram desenvolvidos de modo que, para qualquer um além do orador, parecessem uma simples lâmina de vidro transparente. Isso significava que apenas duas pessoas no mundo sabiam o que havia acontecido: Otto e o primeiro-ministro.

Otto olhou de relance para a tevê e sentiu-se feliz ao ver que o primeiro-ministro ficara estático, no meio de uma frase, encarando vagamente a tela transparente do *teleprompter*.

Alguns integrantes do gabinete ministerial sentados atrás dele pareciam confusos, incertos do que fizera seu líder silenciar-se daquela maneira. Apesar da perspectiva bastante tentadora de deixar o homem em pé ali, como uma estátua, por mais tempo, Otto tinha outros planos. Pressionando uma nova tecla, o sinal hipnótico foi substituído por mais um. Mas esse não era o texto original do discurso, e sim uma nova versão criada por Otto.

O primeiro-ministro saiu subitamente do transe em que se encontrava e voltou a discursar, como se nada tivesse acontecido:

— Povo da Grã-Bretanha! Creio que estejam cientes de que os integrantes do gabinete ministerial e eu temos os senhores e suas famílias no pior dos conceitos. Governar um bando de idiotas descerebrados como vocês tem sido um fardo quase insustentável e, francamente, eu considero que não recebemos crédito suficiente por aguentar essa incessante ladainha. — A expressão do primeiro-ministro estava perfeitamente composta, como se nada de absurdo estivesse sendo dito. No entanto, atrás dele, os integrantes do gabinete ministerial estavam atônitos, boquiabertos com aquela mudança de rumo no discurso.

"A questão é que *nós* não somos servidores públicos. Vocês é que devem nos servir, bando de retardados, e, quanto mais rápido aprenderem que seu lugar é de joelhos à nossa frente, melhor. É hora de encarar o fato de que criaturas como vocês não possuem uma fração sequer da nossa inteligência. — Ele gesticulava, englobando as pessoas sentadas atrás dele naquela afirmação. — Pelo menos metade de vocês mal sabe ler e escrever, algo que não deve mudar tão cedo, considerando o caos na educação pública."

Houve um murmúrio de revolta na plateia do centro de convenções, e alguns dos membros do gabinete sussurravam furiosamente entre si. Enquanto isso, o primeiro-ministro continuava discursando, com seu largo sorriso costumeiro no rosto.

— Portanto, minha mensagem é muito simples. Não nos importamos. Nem hoje nem nunca. Calem a boca e parem de choramingar, porque não nos importamos. Tudo o que importa é dinheiro e poder; problemas patéticos e enfadonhos como os de vocês não são do nosso interesse. — O sorriso do primeiro-ministro se alargou. — Francamente, engulam seus problemas. Obrigado.

Otto assistiu à última instrução — aquela que poria um fim na carreira política do primeiro-ministro — subir pela tela de seu computador:

(VOCÊ, ENQUANTO VIVER, NÃO
DIRÁ MAIS MENTIRAS)

O primeiro-ministro, de pé no palco, sorria para a audiência, perfeitamente convencido de que seu discurso fora memorável, o que Otto desconfiava ser verdade, de certo modo. Uma ideia maligna surgiu em sua mente. Ele não deveria fazer isso, mas não haveria outra oportunidade como aquela. Quase gargalhando, ele digitou a última instrução no computador, e o *teleprompter* anunciou:

(MOSTRE O TRASEIRO PARA O PÚBLICO)

O primeiro-ministro prontamente virou de costas, curvou o tronco e abaixou as calças. A imagem da tevê mudou rapidamente do traseiro branco do primeiro-ministro para as expressões boquiabertas e horrorizadas da audiência. Otto não conseguia mais conter o riso. Aquela, sim, era uma demonstração pervertida do verdadeiro uso do poder.

Ele assistiu à televisão por mais alguns minutos, divertindo-se com as reações desnorteadas de comentaristas políticos experientes, que tentavam desesperadamente encontrar algum sentido naquilo que acabaram de presenciar. A cena entraria para a história. Ele estava se divertindo muito, mas era hora de cobrir os rastros. Voltou-se para o computador, digitou um comando e uma nova janela surgiu com uma mensagem.

SEQUÊNCIA DE AUTODESTRUIÇÃO INICIADA

Sob o palco, a pequena aranha prateada se dissolveu em uma poça de breu, apagando qualquer traço do envolvimento de Otto. E era isso. Ele estava são e salvo e, sem o apoio pessoal do primeiro-ministro, duvidava muito de que o programa que orientava o fechamento dos orfanatos fosse levado adiante. Ele se sentia estranhamente satisfeito consigo mesmo e, até onde sabia, tinha todos os motivos para isso. Um comentário na tevê chamou sua atenção:

— Vinte e nove de agosto, uma data que será lembrada para sempre na história política do país...

29 de agosto? Era essa a data de hoje? Otto havia perdido a noção do tempo planejando tudo isso. Era seu aniversário, ou melhor, aniversário de sua chegada ao orfanato São Sebastião, que seria o mais próximo de uma data de aniversário que ele poderia ter. "Bom, que jeito melhor de comemorar", pensou, erguendo a lata de Coca-Cola em um brinde ao primeiro-ministro.

Por alguns minutos ele assistiu à cobertura sobre o caos político instaurado e então começou a organizar suas coisas e arrumar a mochila. Não havia por que continuar ali. Além disso, conhecendo a sra. McReedy, haveria um grande bolo de aniversário esperando por ele em Londres. Só a ideia foi suficiente para deixá-lo faminto.

Otto vasculhou cuidadosamente o quarto, certificando-se de que não deixara vestígios de suas atividades daquela tarde. Convencido de que o quarto estava livre de qualquer evidência que o incriminasse, ele abriu a porta e gritou ao deparar-se com uma mulher de cabelos curtos e negros, vestida inteiramente de preto, com uma cicatriz curva na face. Todos esses detalhes eram irrelevantes diante da grande pistola que ela apontava para ele.

— Devo parabenizá-lo pelo belíssimo trabalho de hoje, sr. Malpense — disse ela, com um leve sotaque estrangeiro. — Mas sinto dizer que a diversão acabou. — Ela levantou a arma.

— Eu estou desarmado! — exclamou Otto, abruptamente. — Você é uma policial, não pode atirar em uma criança desarmada! — Ele levantou as mãos para enfatizar a ideia.

Seu sorriso fez o sangue de Otto gelar.

— E quem disse que sou policial?

Otto arregalou os olhos, aterrorizado.

ZAP!

Capítulo 7

Otto acordou sobressaltado. A Caixa-Preta sobre sua mesa de cabeceira soava um alarme irritante. Ele alcançou o aparelho e abriu a tampa.

— Bom dia, sr. Malpense — cumprimentou Centromente.

— Bom dia, Centromente. Que horas são? — perguntou Otto, esfregando os olhos. Ele se sentia como se não tivesse dormido mais que cinco minutos.

— São 7h30, sr. Malpense. O café da manhã será servido no refeitório às 8h, e as aulas começarão às 9h. Posso ajudá-lo em mais alguma coisa? — inquiriu Centromente, educado como sempre.

— Não. No momento, não. Muito obrigado, Centromente — respondeu Otto, e a tela da Caixa-Preta se escureceu quando a face brilhante de Centromente desapareceu.

A Caixa-Preta de Wing soava o mesmo alarme insistente, mas ele não parecia ouvir. Continuava dormindo, tranquilo, alheio ao som irritante e cada vez mais alto que vinha do aparelho. Otto deu uma sacudidela de leve no ombro de Wing, tentando acordá-lo, e ficou atônito ao ver a mão de Wing mover-se em uma velocidade incrível, saindo debaixo da coberta e agarrando seu pulso com a força de uma torquês.

Wing piscou algumas vezes e, vendo que era Otto que estava ali, soltou-o.

— Me desculpe, Otto. Eu esqueci onde estava por um segundo — disse Wing, sentando na cama. — Ou melhor, esperava que tudo não passasse de um pesadelo. Infelizmente, não parece ser o caso. — Ele olhou para o minúsculo aposento com ar tristonho.

— Sim, ainda estamos aqui, infelizmente. Eu vou tomar uma ducha rápida. O café da manhã vai ser servido em meia hora.

Tanto Otto quanto Wing tomaram um banho rápido e vestiram seus uniformes. Novos trajes foram misteriosamente colocados nos armários durante a noite, como Tahir dissera que aconteceria. Otto havia feito uma pequena marca com uma caneta antes de guardá-lo na noite anterior, e essa marca desaparecera, o que significava que o uniforme fora substituído por um novo, ou muito bem lavado, talvez. Pretendia investigar o armário com mais atenção quando retornassem ao quarto.

Logo ao saírem, encontraram o saguão da área de alojamentos número sete fervilhando de atividade. Centenas de alunos — ou pelo menos parecia ser essa a grandeza — se encaminhavam para o café da manhã, papeando e rindo, e Otto perscrutou a multidão à procura de rostos conhecidos. Rapidamente localizou Laura sentada em uma poltrona, parecendo confusa com o intenso movimento ao redor.

— Veja, lá está Laura. — Otto mostrou a Wing onde ela estava. — Vamos lá dar bom dia.

Laura abriu um sorriso quando os dois rapazes se aproximaram.

— Dormiram bem? — perguntou ela, ainda sorrindo.

— Wing, com certeza — respondeu Otto —, embora o mesmo não possa ser dito de qualquer outra pessoa em um raio de cem metros ao redor dele. Se as baleias roncam, deve soar exatamente assim.

— Eu avisei... — retrucou Wing, sorrindo maliciosamente.

— Isso é sinal de pulmões saudáveis, pelo menos é o que meu pai costuma dizer — comentou Laura, rindo. — Embora eu acredite que em algumas noites minha mãe esteve perto de pegar uma faca de cozinha para checar se os do meu pai eram tão saudáveis quanto ele afirmava, se é que vocês me entendem.

Otto acenou positivamente com a cabeça.

— Será que é possível roncar depois de ter sido atingido por um tranquilizador? — questionou ele.

— Melhor nem pensar na ideia — retrucou Wing.

Os três ficaram nos sofás assistindo aos estudantes que viviam naquela área de alojamentos circularem pelo saguão. Alguns já começavam a se dirigir para o refeitório, obviamente com o intuito de evitar as filas.

— Então, com quem você divide o quarto? — perguntou Otto a Laura.

— Shelby — disse ela, parecendo irritada. — Ela ainda está no quarto, se arrumando. Só consegui usar o banheiro por cinco minutos, já que meia hora não é suficiente para que ela possa se arrumar adequadamente. Foi isso que ela me disse, umas vinte vezes desde que acordou, pelo menos.

— Espere só ela descobrir que no C.O.V.A. não há salão de beleza, aí sim será um inferno — comentou Otto, rindo.

Wing notou algo por sobre um dos ombros de Otto.

— Vejam, lá estão Nélson e Franz.

Otto já sabia que aqueles dois dividiriam o quarto e se perguntava como teriam passado a primeira noite. Ambos revelavam a mesma aparência aflita do dia anterior. O alemão não demorou a olhar na direção onde Otto, Laura e Wing estavam sentados e acenou para eles, cutucando Nélson e indicando o caminho. Otto acenou de volta, gesticulando para que eles se juntassem ao grupo.

— Vocês estão tendo um bom sono? — arriscou Franz, com sotaque, ao sentar-se.

— Sim, obrigada. E você? — respondeu Laura.

— *Ja*, estou conseguindo dormir, mesmo com muita fome. — Franz olhou para eles, tinha uma expressão grave no rosto, que revelava a provação a que estava sendo submetido. — Alguém viu uma máquina de doces por aí?

— Nós iremos para o refeitório em dez minutos, Franz. Para que uma máquina de doces? — retrucou Nélson, com um suspiro.

— Para incrementar as minhas reservas de energia para um longo dia de aulas, é claro. — O tapa amigável que Franz deu nas costas de Nélson foi um pouco forte demais, a julgar pela expressão de dor do garoto franzino. — E você também vai precisar, meu amigo. Mas não se preocupe, Franz vai transformar você em um homem de verdade. — Otto notou o olhar apavorado de Nélson e concluiu que ele não estava muito interessado em ser o primeiro a tentar a "dieta Argentblum".

— De qualquer modo, por que haveria uma máquina de doces se nenhum de nós tem dinheiro? — perguntou Otto. A aparente falta de um tipo de moeda corrente no C.O.V.A. já ocupara os pensamentos de Otto por um tempo, e ele finalmente concluiu que, se o dinheiro era realmente a raiz de todo o mal, introduzir tal conceito no C.O.V.A. seria jogar lenha na fogueira.

— *Ja*, eu estive pensando nisso também, mas torci para que tais máquinas fossem gratuitas. Isso seria sensato, *ja*?

Otto acreditava que os termos "máquinas de doces gratuitas" e "sensato" não deveriam nunca ser usados em conjunto quando se tratava de Franz.

— Bom, não me lembro de ter visto nada parecido ontem na excursão e também não parece ter alguma por aqui. Acho que teremos que passar sem salgadinhos e chocolates — observou Laura.

— Este é realmente um lugar maligno — comentou Franz, abatido.

Otto viu a hora em sua Caixa-Preta e disse:

— Vamos, o café da manhã será servido daqui a pouco. Temos que ir.

Os cinco se encaminharam para a saída e, quando estavam quase fora do saguão, ouviram um grito atrás deles. Era Shelby.

— Ei! Espere por mim, pessoal! — gritou ela, correndo para alcançá-los. Nitidamente ela usou bem o pouco tempo que tinha para se arrumar. De algum modo, parecia bem mais desperta que qualquer um deles e impecável, nem um fio de cabelo fora do lugar. Otto também não deixou de perceber que Laura parecia um pouco incomodada com a chegada de Shelby e perguntou a si mesmo se elas andaram brigando.

— Vamos, Shelby. Você vai nos atrasar — disse Laura, impaciente.

— Não é minha culpa se não nos dão tempo suficiente para nos aprontarmos pela manhã. Eu tive que deixar de fazer minha terapia de limpeza de aura. — Shelby parecia realmente indignada com esse ultraje.

— Tenho certeza de que você vai sobreviver sem isso — retrucou Laura, ácida.

"Sim", pensou Otto, enquanto eles se apressavam para a saída, "havia certa tensão no ar entre as duas."

111

☢ ☢ ☢

Eles chegaram cinco minutos adiantados para a primeira aula, Estudos Vilanescos, e agora estavam sentados em suas carteiras, aguardando a chegada do Dr. Nero. Otto estava ansioso para ver como seria essa primeira aula. No mínimo, seria uma boa oportunidade de observar o Dr. Nero mais de perto, algo que viria a ser útil, com toda a certeza. Ele aprendeu com Sun Tzu que a chave para a vitória era conhecer o inimigo, e ele pretendia descobrir tudo o que pudesse sobre o misterioso Doutor.

Wing sentara ao seu lado e estava folheando o livro que usariam na aula, *Maldade elementar.*

— Você chegou a ler isso? — perguntou Wing, com ar preocupado.

— Não — mentiu Otto. Na verdade, ele lera o livro inteiro na noite passada. Não levou mais do que alguns minutos fazendo isso, mas não queria que soubessem de sua habilidade de absorver informações ainda. — Algo interessante?

— Não sei se "interessante" é a palavra certa — respondeu Wing. — "Surpreendente" e "levemente assustador" me parecem mais adequadas. Estou ansioso para ver o que o Dr. Nero tem a acrescentar a esse assunto — completou, franzindo a testa.

Otto sabia o que Wing queria dizer. O livro sugeria que o mal era uma ocupação como qualquer outra, e não um conceito filosófico. O texto apresentava páginas e páginas de conselhos e exemplos práticos de como alguém pode melhorar seu desempenho maligno, ensinando como galgar os degraus de uma carreira maléfica rapidamente. Otto desconfiava de que não existissem muitos outros livros no mundo com capítulos intitulados "Eliminando a oposição", "Não se consegue poder sem esforço" e "Análise de desempenho diabólico".

Subitamente a porta se abriu, e todos ficaram calados enquanto Dr. Nero entrava e se dirigia para sua mesa.

— Bom dia, alunos. Espero que todos tenham se instalado nos novos aposentos sem maiores transtornos. — Nero contornou a mesa e observou os rostos ansiosos dos alunos. — Todos vocês sabem meu nome, mas receio não ter decorado o de vocês ainda, então me perdoem no caso de algum engano.

"Esta matéria se chama Estudos Vilanescos, e durante as aulas vocês aprenderão a desenvolver o verdadeiro potencial, a descobrir o real vilão que reside dentro de cada um de vocês. No entanto, é importante frisar que não tenho interesse em treinar criminosos comuns. Para isso, bastaria passar seis meses em uma penitenciária qualquer. Em vez disso vou ensiná-los a buscar aspirações mais elevadas, a chegar aonde nunca pensaram que pudessem. O C.O.V.A. não treina assaltantes de banco, ladrões de carro ou arrombadores de casas. Resumindo, vocês não serão criminosos comuns. Nem defendemos o uso de violência gratuita, exceto no programa Mercenário, é claro. Um verdadeiro vilão não deve sujar as mãos com coisas assim. Vocês não chantagearão indivíduos, e sim governos. Vocês não roubarão bancos; vocês os controlarão. Não sequestrarão pessoas, mas aviões inteiros.

"Sei bem o que pelo menos alguns de vocês estão pensando neste momento. 'Mas isso não é maligno? Isso não é errado?' Eu responderei. — Nero fez uma pausa, como se quisesse descobrir quem na sala poderia estar pensando daquela maneira.

"O mal — continuou ele — é um conceito erroneamente interpretado. A maioria das pessoas comuns o define utilizando palavras como "errado" ou "ruim", mas minha intenção é mostrar-lhes que o significado verdadeiro é muito mais profundo e complexo. Essas podem ser definições escolhidas por pessoas comuns, ordinárias, mas vocês não são como elas; são extraordinários e, como tais, não precisam guiar suas vidas pelas restrições dos códigos de moral dessas pessoas. Todos vocês são capazes de praticar maldades, na verdade todo mundo é, mas o grande desafio que vocês têm pela frente agora é entender que o mal não é errado. O mal tem propósitos, como a determinação de conseguir o que se quer usando qualquer meio necessário, a força em situações adversas, a inteligência em um mundo governado pela estupidez. Vocês serão os líderes de amanhã, homens e mulheres que podem, e vão, mudar a face deste planeta para sempre."

"Bombas termonucleares podem mudar a face do planeta para sempre", pensou Otto, mas isso não significa que elas devem ser vistas como exemplo para pessoas ambiciosas.

— Estou certo — continuou Nero — de que algumas vezes, ao ler livros ou ver filmes, vocês se pegaram torcendo secretamente para que o vilão vencesse. Por quê? Isso não é contra as regras da sociedade? Por que vocês pensam desse modo? É simples, na verdade. O vilão é o verdadeiro herói dessas histórias, não o idiota bem-intencionado que, de algum modo, consegue frustrar os esquemas diabólicos do vilão. O vilão tem as melhores falas, os melhores trajes, tem riqueza e poder ilimitados. Por que alguém em sã consciência NÃO gostaria de ser o vilão? Mas, vejam bem, esse é o grande problema. Se as massas percebessem como a vida seria mais divertida se todos usassem a capa preta, para onde isso nos levaria? O que seria da sociedade se as pessoas entendessem que, no mundo real, o herói raramente vence contra as esmagadoras probabilidades e que é o vilão quem ri por último? O mundo ficaria preso em um estado perpétuo de anarquia, provavelmente. Então é muito importante que uma educação desse tipo seja ministrada apenas aos merecedores, àqueles que possuem força interior e inteligência para entender e administrar o poder que têm em mãos. Que as massas fiquem com os heróis da fantasia e, nesse meio-tempo, o melhor que o mundo tem a oferecer estará à nossa disposição."

Otto tinha plena certeza de que Nero já havia feito esse mesmo discurso muitas vezes antes. O tom era o mesmo de um vendedor bem-treinado. O que não significava que não funcionasse. A classe mantinha-se atenta, silenciosamente ouvindo o que Nero tinha a dizer. Alguns alunos até tomavam notas, para sua surpresa. Do jeito que Nero descrevia, abraçar uma carreira de vilão era uma oportunidade única, imperdível.

— Obviamente, o melhor jeito de aprender algo é estudar a obra dos grandes mestres de sua especialidade. Portanto, nesta disciplina analisaremos os principais vilões da História em uma tentativa de chegar a um melhor entendimento do que separa o verdadeiro gênio do mal de um sociopata talentoso. Houve, no decorrer da História, homens e mulheres que demonstraram que a vilania não é apenas uma ocupação, e sim uma forma de arte, e essas pessoas serão as suas referências, seus heróis, os exemplos a serem seguidos.

Nero observou a sala novamente. Ele fazia questão de dar aos Alfas essa aula específica todos os anos. Era preciso ter certeza de que a escola produziria líderes, não monstros, e era tênue a linha que dividia as duas coisas. Cada criança naquela sala de aula tinha o potencial para se tornar tanto um quanto outro, e era trabalho dele, como diretor da escola, garantir que as ações de um pupilo do C.O.V.A. não modificariam o delicado equilíbrio do mundo em direção à anarquia. Criar tamanho caos, por mais atraente que fosse, não era o tipo de coisa que Nero queria de seus alunos. Era preciso ensinar-lhes a importância de discrição e estilo nessa linha de trabalho.

115

— Para começar, analisaremos hoje a carreira ilustre de um de nossos ex-alunos, o recentemente falecido Diábolo Mortecerta. — Nero pegou um pequeno controle remoto da escrivaninha e apertou um botão. Uma tela desceu lentamente do teto por trás dele, mostrando a imagem de um homem muito elegante. Ele vestia uma longa túnica negra e segurava uma espada de esgrima, cuja ponta tocava o chão. A cabeça era completamente lisa, e a expressão calma em seu rosto sugeria grande autoconfiança e competência.

Otto olhou de relance para Nélson, que não parecia nada feliz com a ideia de seu pai ser o principal assunto da aula. Nero deveria estar ciente de que Nélson era filho de Diábolo e, aparentemente, fizera uma escolha deliberada para, por algum motivo, colocá-lo em situação desconfortável.

— Como alguns de vocês já devem saber — disse Nero, caminhando até Nélson e colocando a mão no ombro do jovem —, um membro da família Mortecerta está aqui conosco, e, em primeiro lugar, todos nós gostaríamos de apresentar nossas condolências pela perda de uma pessoa tão querida, Nélson.

Nélson pareceu encolher no assento ao perceber que se tornara o centro das atenções.

— Obrigado — murmurou ele, enquanto seu rosto pálido enrubescia.

— Para aqueles que não sabem, o pai de Nélson foi um dos maiores vilões que o mundo já conheceu. Suas conquistas ao graduar-se pelo C.O.V.A. são lendárias, e não consigo pensar em melhor exemplo a ser adotado por vocês nos próximos anos.

Otto torcia para que isso excluísse a parte de morrer prematuramente.

— Para entender melhor o que faz de Diábolo uma referência tão excepcional, é preciso analisar de perto sua história e os detalhes de alguns de seus estratagemas mais famosos. Um ótimo exemplo foi o bem-sucedido sequestro do presidente dos Estados Unidos há alguns anos e a substituição do mesmo por uma réplica androide. É importante notar que levou quase três semanas para que alguém percebesse...

Durante a hora seguinte, Nero desfiou as crônicas da vida do patriarca Mortecerta, detalhando inúmeros planos malignos, cada um mais diabolicamente astucioso que o outro. Era uma aula de história diferente de tudo que Otto havia visto. Nero estava mostrando a ele um mundo diferente, o qual a maioria da população do mundo não fazia ideia que existisse. Aquele era um mundo onde legiões vilanescas estavam engajadas em uma disputa constante com as forças da justiça e que era mantido em sigilo, escondido de todos. Otto estava atônito com os fatos que aconteciam sob os narizes do grande público, sem que ninguém suspeitasse. Graças à conveniente — e bastante suspeita — falta de cobertura da imprensa e a esquemas mirabolantes dos governos para mascarar os fatos, a vasta maioria da população mundial continuava alegremente alheia a essa guerra clandestina que ocorria ao seu redor.

Otto se mantinha atento a Nélson durante toda a explanação sobre a vida de seu pai. De vez em quando, Nero contava um detalhe sobre planos ou eventos da vida de Diábolo que surpreendia o jovem Mortecerta, revelando que havia coisas sobre seu pai das quais ele mesmo não tinha noção.

Ao se aproximar o fim da aula, Nero convidou os alunos a fazerem perguntas sobre a exposição. Muitos ergueram as mãos ao mesmo tempo, e Nero apontou para um garoto de cabelos louros encaracolados no fundo da sala.

— Sr. Langstrom. O que gostaria de perguntar?

— O que aconteceu com Mortecerta? — perguntou o menino.

— Por favor, entenda que eu não gostaria de entrar em detalhes sobre isso, em respeito aos sentimentos de Nélson. É preciso lembrar que tal evento, mesmo sendo de interesse histórico para vocês, ainda está dolorosamente recente na memória dele — respondeu Nero.

Otto ficou satisfeito em ver que Nero se preocupou em poupar Nélson das minúcias sobre a morte do pai, mas ele mesmo estava curioso sobre isso. Pelo modo como Diábolo era descrito, era difícil imaginar uma situação que culminasse com sua morte. A expressão dolorida de Nélson mostrava que ele sabia exatamente o que ocorrera e que essa não era uma memória agradável.

— Sim, senhor. Desculpe-me. Nem tinha pensado nisso — concordou Langstrom. Nélson parecia aliviado ao ver que o assunto não seria levado adiante.

Nero escolheu outra mão levantada, convidando uma menina de penteado rastafári a falar.

— Alguns elementos dos esquemas dele parecem sem sentido. Por que construir uma estação espacial tripulada para operar um canhão laser orbital, quando seria muito mais simples pôr o canhão em órbita e controlá-lo do chão, ou ainda destruir seus alvos com armas convencionais? Uma operação tão complexa é muito mais fácil de ser notada. Por que correr tal risco? Todo esse esforço extra não parece tornar o plano mais eficiente.

— Excelente pergunta — elogiou Nero, sorrindo —, e a resposta é o âmago daquilo que pretendemos ensiná-los no C.O.V.A. Diábolo entendia, e espero que todos vocês também venham a entender, que um plano deve ter estilo, ou se preferirem um projeto deve ter uma trama. Existem muitas pessoas ao redor do mundo capazes de criar um esquema criminoso simples, mas nós devemos nos dedicar a mais que isso. Será que é necessário construir uma lula gigante mecânica para destruir navios? Por que simplesmente não torpedeam ou sabotam? Porque já foi feito antes. Quando se formarem pelo C.O.V.A., vocês serão desbravadores, a ponta de lança do mal, líderes para os quais o convencional nunca será suficiente. Por isso, seus projetos não podem se basear no que foi feito previamente; devem ser originais, astutos e, o mais importante, ter estilo. Deixem os criminosos comuns seguirem seus passos enquanto vocês se dedicam à inovação, a superar novos desafios, jamais caindo na mesmice.

Otto percebia a confusão no rosto dos alunos, mas tal coisa fazia perfeito sentido para ele. O que Nero descrevia era algo de que Otto sempre teve noção, essa convicção em não simplesmente vencer, mas vencer com estilo. Ele não podia negar que tal conceito era muito atraente e, pela primeira vez desde que chegara à ilha, ele se viu questionando se o C.O.V.A. não teria algo de útil a oferecer, afinal.

HUA; HUAHUAHUA, HUA!!!!

O sinal tocou indicando o fim da aula, sobressaltando Otto. Nero levantou a voz para ser ouvido em meio ao burburinho de estudantes se levantando e arrumando seus livros e anotações.

— Para a aula da próxima semana, quero que vocês estudem os três primeiros capítulos de *Maldade elementar*. Farei um pequeno teste e não aceitarei menos que nota máxima. Turma dispensada.

Capítulo 8

Otto e Wing abriam caminho pelos corredores congestionados, rumo ao departamento de Educação Tática e à primeira aula com o coronel Francisco. Franz e Nélson seguiam logo à frente deles. Franz tagarelava animadamente, enquanto Nélson parecia abatido.

— Você acha que Nélson está bem? — perguntou Wing, olhando preocupado para o colega careca.

— Não acredito que ele estivesse preparado para assistir a história da vida do pai ser contada logo na primeira aula, se é o que está perguntando — respondeu Otto.

— Deve haver outras pessoas, além de Diábolo, que valem a pena ser estudadas — comentou Wing. — Não entendo por que Nero escolheu um assunto tão emotivo.

— Você vai enlouquecer tentando entender aquele sujeito. Independentemente das razões dele, não foi fácil para Nélson. — Otto olhou mais uma vez para Nélson, que parecia perdido em pensamentos apesar da tagarelice de Franz. Otto acelerou o passo.

— Venha, vamos salvá-lo de Franz. Oi, gente — saudou Otto. — Algum de vocês ouviu alguma coisa sobre esse coronel Francisco?

— *Ja*, eu *ouvir* outros estudantes dizendo que ele é o professor mais severo da escola — respondeu Franz, meio nervoso. Otto desconfiou de que o nervosismo de Franz tivesse mais a ver com a perspectiva iminente de exercícios físicos que com qualquer outra coisa.

— Foi bom saber, considerando que os outros professores que conhecemos são uns molengas — retrucou Otto, sarcástico. — E você, Nélson? Ouviu alguma coisa interessante sobre ele?

— Não. — Nélson soava até deprimido. Ele não parecia capaz de olhar nos olhos dos outros. — Mas aposto que ele já ouviu falar no meu pai — completou, demonstrando uma amargura surpreendente.

— *Ja*, seu pai *ter sido* o bambambã daqui, eu acho — respondeu Franz, alegremente, alheio à tristeza de Nélson.

— Bom, eu só queria que todo mundo parasse de falar dele. — Nélson pareceu ficar realmente zangado por um momento, mas logo a melancolia anterior retornou. — Estou saturado de ouvir o quanto ele era maravilhoso. Essas pessoas não tinham que conviver com ele.

⚡ ⚡ ⚡

Nero estava sentado em seu escritório, impaciente, aguardando a tela localizada na parede oposta se acender. Ele ia receber uma ligação do Número Um, o único homem no mundo que o intimidava, o líder supremo da Liga Universal de Vilões Associados, ou L.U.V.A. Pouco se sabia sobre o homem além de ter criado tal liga, há quarenta anos, transformando um pequeno cartel criminoso no mais poderoso e influente sindicato que o mundo já viu. Ninguém sabia sua verdadeira identidade, uma vez que ele fazia questão de nunca encontrar alguém pessoalmente, e existiam diversas teorias sobre quem ele seria na verdade. Era fato conhecido que as poucas pessoas a tentar lhe usurpar o cargo foram eliminadas rápida e brutalmente, criando poderosos exemplos do que aconteceria com os que se atrevessem a alimentar tais ambições.

Como de costume, a ligação havia sido comunicada pelos assessores de Número Um, e Nero deveria estar a postos para atender a chamada no horário preestabelecido. Pobre do homem que não estivesse aguardando obedientemente quando Número Um chamasse; ele não era famoso por sua paciência. Então lá estava Nero, assistindo ao ponteiro maior do relógio em sua escrivaninha caminhar lentamente até o horário marcado. Ele nunca vira Número Um atrasar um segundo sequer em suas chamadas e duvidava muito que aquela seria a primeira vez.

Quando o ponteiro maior do relógio atingiu o número doze, a tela de vídeo se acendeu, mostrando a conhecida logo do C.O.V.A., o punho e o globo. O símbolo desapareceu aos poucos, dando lugar à silhueta de um homem, com as feições completamente escondidas.

— Maximiliano. É um prazer falar com você novamente — começou a figura obscura na tela.

— A honra é toda minha, Número Um. Há algum assunto em especial que queira discutir comigo? — perguntou Nero.

— Certamente. Acredito que o novo grupo de alunos tenham sido admitido com sucesso.

— Sim, senhor. O grupo deste ano reúne quase duzentos alunos, contando todos os cursos. O maior grupo que temos em um bom tempo.

— E todas as operações de resgate transcorreram sem problemas?

Nero considerou contar a Número Um sobre as dificuldades enfrentadas pelo grupo de resgate no recrutamento do menino Fanchu, mas decidiu não fazê-lo. Pensou na possibilidade de Número Um já estar ciente do incidente, afinal o homem parecia possuir fontes de informação em todos os cantos do mundo, e provavelmente confiava na discrição de seus agentes em casos como esse.

— Sim, Número Um. Tudo procedeu como planejado — respondeu Nero, mantendo a voz estável. Número Um era famoso por sua habilidade de detectar mentiras.

— Ótimo. Eu ficaria muito desapontado se alguma informação sobre a existência do C.O.V.A. vazasse para o mundo exterior. Não podemos arcar com uma nova realocação da escola.

— Nossa existência ainda é secreta, senhor. Eu lhe asseguro. — Nero sabia quais seriam as consequências no caso de essa situação mudar.

— Ótimo. Que tudo continue dessa maneira — respondeu Número Um.

Nero tinha certeza que Número Um não ligara para saber sobre o resgate do novo grupo de estudantes. O sucesso da operação já havia sido detalhado em seu costumeiro relatório para a L.U.V.A., e Número Um poderia ter facilmente acessado tais informações.

— Algo mais, Número Um? — inquiriu Nero, sabendo que haveria.

— Sim, há mais uma coisa. O menino Malpense.

Alarmes começaram a soar na cabeça de Nero.

— Sim, senhor. Ele chegou em segurança ontem.

— Sim, eu sei. Você deve estar curioso para saber quem está patrocinando a admissão dele no programa.

Nero estava mesmo curioso. Ele havia checado os arquivos de Malpense logo depois de cumprimentar os novos alunos na caverna de entrada. O relatório da Condessa sobre seu comportamento no passeio de apresentação e o incidente no refeitório haviam apenas confirmado a impressão inicial que ele teve do garoto, e Nero estava ansioso para descobrir o que fosse possível sobre esse novo aluno. Afinal, não era todo dia que o C.O.V.A. recebia um pupilo que já havia deposto um chefe de governo antes mesmo de começar seu treinamento. Nero ficara ainda mais curioso quando tentara acessar as informações sobre o patrono de Otto e fora informado pelo sistema da L.U.V.A. que seu nível de acesso não permitia visualizar aquelas informações. Aquilo havia o deixado atônito e preocupado. Tal coisa nunca acontecera antes e havia muito poucas pessoas no mundo com um nível de acesso maior que o dele.

— Sim, senhor. É relativamente incomum que eu não possa acessar as informações sobre um patrono, embora eu acredite haver uma boa razão para isso. — Nero escolheu as palavras com cuidado; conversar com aquele homem era como sapatear em um campo minado.

— Sim, há uma boa razão, e é algo, que você deveria estar ciente, pelo menos. Eu mesmo estou patrocinando a bolsa de estudos do menino Malpense.

Nero sentiu um calafrio. Número Um jamais patrocinara um aluno da escola antes.

— Entendo. Existe alguma razão em particular para o senhor ter escolhido patrociná-lo? Quero dizer, existe algo que eu precise saber que possa auxiliar no decorrer da educação dele?

— Tenho minhas razões, e você já deveria saber que elas não devem ser questionadas, Maximiliano. — A voz de Número Um pareceu tornar-se mais severa por um segundo, e Nero sentiu um frio na espinha.

— É claro, senhor. Não pensei em questionar suas razões. Estou certo de que ele se mostrará um aluno excelente. — Nero se esforçava para esconder o nervosismo na voz.

124

— Assim espero. Aguardarei relatórios constantes sobre o progresso de Malpense.

— Certamente, senhor. Algo mais?

— Assegure-se que nada de mal aconteça a ele, Nero. Sem dúvida ferimentos corriqueiros podem acontecer devido à intensidade do treinamento, mas nada de mais sério. Estou colocando-o como responsável direto pela segurança do rapaz.

— Com certeza, Número Um. Algo mais?

— Não, isso é tudo. Dê meus cumprimentos à sua equipe.

"Para lembrá-los que ele estará sempre vigiando", pensou Nero com seus botões.

— Eu darei, Número Um.

— Conversaremos de novo em breve, Maximiliano. Até logo.

A tela ficou escura de novo. Nero reclinou-se na cadeira, tentando compreender o sentido de tudo que Número Um lhe contara. Ele nunca patrocinara uma criança da escola antes, portanto era evidente que havia algo suficientemente especial no menino Malpense para levá-lo a isso, e Nero precisava descobrir o que era. Nesse meio-tempo, ele teria de instruir Raven para não apenas vigiar o garoto, mas também garantir que nada desagradável acontecesse a ele. Era incomum utilizar os talentos dela para proteger alunos, porém não havia dúvidas de que Raven seria o melhor e mais discreto guarda-costas para Otto. Não seria apropriado que nem a equipe da escola, nem os outros alunos soubessem do tratamento especial dispensado a Malpense, então ela teria que se manter o mais incógnita possível. Felizmente, como poderia ser atestado por suas vítimas anteriores, havia muito poucas pessoas capazes de ver Raven até que fosse tarde demais.

Nero puxou os arquivos sobre Otto no computador e vasculhou os detalhes novamente, procurando por algum pormenor antes ignorado que desse a ele uma pista sobre os motivos que levaram Número Um a escolher o menino. Nada era imediatamente óbvio, além da audácia de sua ação recente, mas Nero decidiu descobrir o máximo possível sobre Otto Malpense. Sua sobrevivência poderia depender disso.

Capítulo 9

O departamento de Educação Tática parecia uma escola dentro da escola. No caminho para a caverna onde teriam a primeira aula com o coronel Francisco, Otto viu salas de aula, estandes de tiro, salas de musculação, paredes de escalada, piscinas e muitas outras instalações que pareciam exclusivas daquele departamento. Ele também percebeu a presença de muito mais Mercenários naquela área do que em qualquer outra; a grande maioria possuindo o mesmo tipo físico intimidador de Montanha e Mamute. Ao seu lado, Wing estudava os arredores com um olhar treinado, como se esperasse uma emboscada a qualquer momento. Otto supôs que, assim como ele, o amigo procurava por algum sinal dos brigões do dia anterior.

O ambiente do departamento era bem diferente das outras partes da escola em que os Alfas haviam estado. Um clima de agressividade permeava a área inteira, e isso só piorava diante das expressões abertamente hostis dos brutamontes de macacões azuis que os rodeavam. Foi com certo alívio que eles finalmente chegaram à caverna correta; as pesadas portas de aço se abriram para admiti-los.

Ao passar pela entrada, eles se viram sobre uma grande plataforma de metal afixada na parede de uma caverna profunda, cujo fundo era preenchido por água escura. Pendendo do teto da caverna e alinhado à plataforma, via-se um estranho arranjo de blocos de concreto e traves, como se fosse uma pista de obstáculos suspensa. Quase na borda da plataforma estava o enorme homem negro em uniforme militar que Otto vira na mesa dos professores do refeitório, no dia anterior. Ele vestia a mesma farda camuflada e coturnos pretos minuciosamente engraxados, criando um visual imponente. Agora, olhando mais de perto, Otto percebeu que a manopla de metal que ele parecia usar era, na verdade, uma prótese de mão, perfeitamente articulada. A imagem sugeria que apertos de mão deveriam ser evitados, sob risco de uma posterior visita à enfermaria. Ele parecia o tipo de pessoa capaz de arrancar a cabeça de quem não seguisse suas instruções à risca. Quando o último dos Alfas passou pela entrada, ele urrou:

— Atenção! Ouçam bem, bando de vermes imprestáveis. Sou o coronel Francisco, mas vocês me chamarão de "senhor". Vocês obedecerão minhas ordens, prontamente, sem perguntas. Eu cuidarei, e isso é uma promessa pessoal, de transformar a vida de vocês em um inferno em caso de insubordinação. Não acho que possa fazer muito com um bando de Alfas inúteis como vocês, mas vejamos do que são capazes. Em forma!

Ele apontou para os círculos pintados no chão à frente dele, e cada um dos Alfas correu para ocupar uma posição.

— Sentido! Pés juntos, olhando para frente! — gritou Francisco para eles, ao que obedeceram sem hesitar. — Um aglomerado deprimente de criaturas invertebradas — disse o coronel, caminhando entre as fileiras de alunos. — Este é o primeiro estágio de seu programa de Educação Tática. É muito improvável que demonstrem o mínimo de aptidão para o que tentarei ensinar a vocês, mas não tolerarei desistências. Ou me dão o máximo, ou eu o arrancarei de vocês. Fui claro?

Alguns murmúrios vindos do grupo de alunos, que parecia entorpecido e em estado de choque confirmavam que sim.

— Não consigo ouvi-los! Quando eu fizer uma pergunta, espero uma resposta alta e clara. A primeira e última palavra a sair de suas bocas será "senhor". Fui claro? — Ele encarou os Alfas, desafiador.

— Senhor, sim, senhor! — respondeu o grupo em uníssono, alto e claro.

— Muito bem. Pretendo iniciar o treinamento familiarizando vocês com o uso de um dos equipamentos mais básicos no C.O.V.A. — O coronel caminhou até uma estante contendo estranhos objetos escuros e pegou um. O objeto se assemelhava a um tipo de bracelete de metal, com uma empunhadura de um lado e uma estranha engenhoca afixada na armação, com um tipo de ponta de flecha prateada à mostra. — Esta é uma unidade de lançamento tático de arpão nível quatro — rugiu o coronel, firmando o aparelho no braço. — Todos terão que aprender cada aspecto de sua operação e uso tático. Não é um dispositivo complicado, portanto até mesmo vocês, Alfas, são capazes de entendê-lo.

Otto começava a perceber de onde vinha a hostilidade que os Mercenários mostravam em relação aos Alfas.

— O gatilho primário se localiza na empunhadura, aqui — disse ele, apontando o local. — Isso vai disparar o cabo do arpão... deste modo.

Ele apontou o dispositivo para o teto da caverna e pressionou o botão. Houve um leve estalido, e um dardo de metal, preso a um cabo fino, disparou do cano do dispositivo, penetrando no teto rochoso acima deles.

— O controle secundário se localiza bem abaixo do dedão e é usado parar acionar a carretilha, liberando ou retraindo o cabo.

Ouviu-se um leve rangido vindo do aparelho, e o coronel elevou-se ao ar, a vários metros acima das cabeças dos alunos. Após ficar pendurado por alguns segundos, ele pressionou o comutador na direção oposta e baixou-se de volta à plataforma.

— Puxem o gatilho novamente para soltar o arpão. — Ele apertou o botão, o dardo soltou-se do teto, e, com um novo rangido agudo da carretilha, o cabo recolheu-se de volta à unidade com uma velocidade impressionante. O arpão se encaixou no lugar com um estalo. — Individualmente, esses aparelhos podem ser usados para escalar ou descer em segurança, mas um par de lançadores pode ser ainda mais útil. — O coronel voltou à estante e pegou outro lançador de arpões, ajustando-o no outro braço. Ele então caminhou até a borda da plataforma e disparou o arpão na direção dos estranhos obstáculos que pendiam do teto. O dardo atingiu um bloco de concreto e afixou-se firmemente. — Observem com atenção. Vocês terão que fazer o mesmo em breve.

Dizendo isso, o coronel pulou da plataforma e se balançou sustentado pelo cabo do arpão em direção ao centro da caverna. Ao atingir o ponto mais distante do arco, ele liberou o cabo e começou a cair, causando alguns murmúrios de espanto na audiência de alunos. Imediatamente, o coronel disparou o segundo arpão, fixando o dardo em outro bloco mais distante. Tal ação interrompeu sua queda e o lançou em novo balanço em direção ao outro lado da caverna. Ele continuou o processo, alternando os braços, balançando-se a uma velocidade constante e desviando de alguns obstáculos por poucos centímetros. Movia-se com agilidade e graça surpreendentes para um homem daquele tamanho e logo se viu livre do campo de obstáculos.

Ao se aproximar da parede oposta da caverna, girou 180 graus e balançou-se de volta, alternando os cabos sempre no último momento, de forma a evitar colisões com os obstáculos. Por fim, aterrissou suavemente em frente à plateia de Alfas. Uma demonstração impressionante, e ele nem parecia ofegar.

— Como puderam notar, quando usados aos pares, os lançadores podem servir para transportá-los em alta velocidade através de ambientes elevados. É preciso alguma prática para atingir um nível básico de competência no uso desse equipamento e, por isso mesmo, quero que cada um de vocês pegue um par de lançadores e faça uma tentativa em cruzar a caverna até a plataforma na parede oposta. — O coronel apontou para uma plataforma idêntica àquela onde se encontravam, mas parcialmente obscurecida pela disposição dos obstáculos. Todos os alunos pareciam apreensivos em tentar a travessia, temendo como seria uma queda até a piscina de águas escuras no fundo da caverna.

Franz levantou a mão, timidamente.

— Sim! — rugiu o coronel, sobressaltando Franz.

— Isto *parecer* bastante perigoso. E se cairmos? — perguntou Franz, olhando nervosamente para a água lá embaixo.

O coronel foi até ele, curvando-se para encará-lo.

— Eu pareço alguém que colocaria vocês em uma situação perigosa? — rosnou ele, com o nariz a apenas alguns centímetros do rosto de Franz.

Franz parecia um rato encurralado. Aquela era uma pergunta para a qual não havia resposta certa.

— Hum... Sim. — Franz escolheu a resposta que parecia menos provável de provocar uma desgraça iminente.

— Muito bom. Pois é exatamente quem sou. E você acaba de se oferecer como voluntário para ser o primeiro, verme — disse o coronel com um sorriso maligno.

Franz parecia horrorizado, mas percebeu que discutir com ele não levaria a nada. Então se encaminhou até a estante de lançadores de arpão, parecendo um condenado. O coronel escolheu sem demora um par de lançadores para Franz e os ajustou nos braços dele, explicando para os demais como prendê-los corretamente.

— Certo. Vejamos do que você é capaz — disse o coronel, gesticulando para Franz assumir sua posição na beira da plataforma. Franz chegou lá e parou, olhando para baixo com uma expressão aterrorizada.

— Eu *esperar* que a água seja funda — resmungou ele, levantando o braço lentamente para mirar o arpão para um ponto mais distante do teto.

Ele apertou o botão, e o dardo disparou, fixando-se no teto com um barulho surdo. Olhou então para baixo novamente e depois por cima do próprio ombro para o coronel.

— Eu *achar* que não posso fazer isto — disse ele, nervosamente, com o rosto lívido.

— Só há um jeito de descobrir, verme — retrucou o coronel, dando um forte empurrão nas costas de Franz, arremessando-o para fora da plataforma.

— AAAAAAAAAAAAHHHH!! — gritou Franz ao despencar da plataforma. Ele girava e se retorcia, parecendo um peixe fisgado em um anzol. Enquanto a demonstração do coronel fora um show de graça e agilidade, Franz parecia uma bola de demolição desgovernada. Completamente em pânico, Franz esqueceu-se de lançar a segunda linha e após alguns segundos estava girando parado no lugar, pendurado pelo cabo, com os olhos fechados. O coronel não parecia contente com aquilo.

— Atire o segundo cabo, seu saco de banha — berrou ele para um Franz encalhado. — Ou ficará o dia inteiro pendurado aí!

Franz ergueu o braço, obediente, com um dos olhos ainda fechado, e disparou o segundo arpão para uma direção qualquer, torcendo para que o teto estivesse ali. O dardo voou, puxando o cabo, e atingiu um dos blocos de concreto que pendiam do teto. Franz continuava parado no lugar, agora suspenso pelos dois braços.

— Agora solte a primeira linha — instruiu o coronel. Franz obedeceu e balançou-se novamente, em direção ao meio da caverna. Esse processo continuou por vários minutos e, apesar das instruções urradas pelo coronel, Franz movia-se lentamente em direção à outra plataforma, sempre com uma parada entre um balanço e outro. Por fim, após um último balanço, Franz soltou o cabo precipitadamente e despencou de alguns metros no ar até a plataforma, aterrissando de forma grotesca, tal qual um saco de batatas.

— Muito bem, quem é o próximo? — O coronel examinou o grupo, escolhendo a próxima vítima. — Você serve — rosnou ele, apontando para Shelby. — Vejamos se consegue fazer melhor que o nosso primeiro voluntário.

— Claro, sem problemas — respondeu ela.

Shelby não parecia preocupada com a perspectiva de fazer a travessia da caverna. Ela se dirigiu calmamente até a estante, prendeu um lançador em cada braço e se aproximou da beira da plataforma. Ao chegar bem na beirada, ela se virou e piscou para o coronel antes de saltar com os braços abertos para o vazio, sem nem mesmo disparar o primeiro cabo. Os demais alunos engasgaram de susto quando Shelby desapareceu. Então, em uma fração de segundo, tudo pareceu acontecer ao mesmo tempo: um dardo cruzou o espaço, vindo de debaixo da plataforma, e Shelby balançou-se em direção ao centro da caverna como um foguete. Parecia totalmente relaxada; seu movimento não carregava o menor vestígio dos

133

volteios apavorados que fizeram da tentativa de Franz aquela lentidão desesperadora. Ao invés disso, Shelby parecia absolutamente confortável com o desafio, soltando um cabo momentos antes de disparar o outro, usando a velocidade ganha nas pequenas quedas para impulsionar os próximos balanços, fazendo-os cada vez mais rápidos. Ela voava entre os obstáculos das duas plataformas, evitando colisões por questão de milímetros, para finalmente pousar do outro lado graciosamente. Era difícil dizer quem estava mais surpreso com o espetáculo, os alunos ou o coronel, cuja boca estava aberta em estupefação.

— Bom... Hã... Sim. É assim que deve ser feito. Sim, muito bom. — Era evidente que o coronel nunca tinha visto alguém fazer a travessia da caverna daquela forma logo na primeira vez. Otto cutucou Wing, trazendo uma expressão curiosa nos olhos. Não era surpresa para Otto que havia mais em Shelby do que a aparente personalidade irritante; era óbvio que ela escondia um segredo. Ele só tinha que descobrir que segredo era aquele.

Durante a meia hora seguinte, o resto da turma tentou a travessia. Muitos tiveram a confiança inflada pelo desempenho de Shelby, mas descobriram que o exercício era muito mais difícil que parecia. Isso levou a mais de um aluno tendo que fazer a humilhante, para não dizer encharcada, subida pela escada que levava da água até a plataforma. Nélson foi um desses desafortunados, mergulhado na água após bater de cara em um bloco de concreto. O forte impacto atraiu um "Ahhh" solidário da audiência. Agora ele estava de pé, ensopado, na plataforma com a aparência desolada e a perspectiva de um hematoma gigante em sua bochecha.

Otto não se surpreendeu muito quando Wing fez a travessia rápida e eficientemente, parecendo bastante à vontade com aquela versão distorcida de trapézio. Seu desempenho não foi tão preciso quanto o de Shelby, mas também não encontrou grandes dificuldades. Otto estava apreensivo sobre como se sairia na travessia, mas, assim que começou, achou surpreendentemente fácil. Nunca foi uma pessoa ativa fisicamente, mas ao se balançar pelo ar foi descobrindo que o procedimento vinha a ele quase de forma instintiva. Era como se pudesse ver sua trajetória desenhada no ar à sua frente; era só uma questão de física, afinal, e, naquele momento, ele não passava de um tipo de pêndulo estilizado. Ele poderia não ter a mesma habilidade de Shelby ou Wing, mas aterrissou em segurança do outro lado sem ter que se juntar ao grupo de alunos mal-sucedidos, os quais aguardavam cada um no meio de sua poça d'água particular.

O coronel parou em frente à turma, parecendo decepcionado.

— Com pouquíssimas exceções, o desempenho de vocês foi previsivelmente terrível hoje. Nada surpreendente em se tratando de Alfas. — Ele caminhou pela fileira de estudantes, parando em frente à Shelby e cutucando-a. — Qual seu nome, verme? — perguntou asperamente.

— Shelby Trinity, senhor — respondeu ela.

— Você parece já ter feito isso antes, Trinity — disse ele, examinando-a de perto.

— Não, senhor. Foi sorte de principiante, senhor — respondeu Shelby, tentando esconder o leve sorriso que surgiu em seu rosto por um instante.

— Se isso é verdade, você é a principiante mais sortuda que já encontrei. Seu desempenho foi aceitável. Continue assim.

Otto sabia que aquela descrição ficava bem aquém da verdade. O desempenho dela havia sido tão bom quanto o do próprio coronel, e aquela fora sua primeira tentativa. O coronel continuou pela fila, parando novamente em frente a Otto e Wing.

— Vocês dois também mostraram um mínimo de aptidão natural. Com treino vocês podem se tornar só levemente desengonçados. — Otto supôs que aquilo era o mais próximo que o coronel chegaria de um elogio. — Muito diferente dos demais vermes, cujo desempenho coletivo esteve em alguma categoria entre desesperador e horroroso. Quando esse curso terminar, espero ver cada um de vocês, Alfas, fazendo essa travessia em um piscar de olhos, chegando ao fim perfeitamente secos. Fui claro? — rosnou ele.

— Senhor, sim, senhor! — responderam os alunos, em uníssono.

O coronel abriu um sorriso malévolo.

— Espero que sim, para o seu bem. Da próxima vez pode ser que haja algo faminto na água. Turma dispensada!

— Mas se você mover o inversor de fase quantum vai provocar um circuito fechado de ressonância catastrófico.

— Não se ele for posicionado antes da matriz de indução.

Otto olhava fixamente para o projeto de circuito à sua frente; a conversa com Laura era estranhamente empolgante. Ele nunca havia encontrado alguém com quem pudesse discutir questões técnicas complexas de igual para igual, e era animador ter esse tipo de debate com quem entendia as sutilezas da eletrônica digital avançada. Quando o professor Pike anunciou que os dois trabalhariam em grupo na aula de Tecnologia Aplicada, ele ficou apreensivo por achar que Laura o atrapalharia, mas agora Otto percebia que ela era tão informada no assunto quanto ele, talvez mais, até. Estava adorando discutir com ela como o projeto de circuito que receberam poderia ser melhorado. Obviamente, o objetivo do teste era apenas descobrir os erros mais evidentes no projeto, mas esses eles encontraram logo nos primeiros dois minutos.

O mesmo não podia ser dito dos outros pares sentados às bancadas ao redor da sala, que pareciam estar sofrendo para compreender o complexo projeto que o professor Pike havia passado. Ele era com certeza o professor menos organizado que eles haviam conhecido até aquele momento; inclusive chegou cinco minutos atrasado para a aula. A aparência desleixada não mudara muito desde que Otto o viu pela primeira vez na mesa dos professores no refeitório. O menino suspeitava de que ele podia até estar com as mesmas roupas do dia anterior. Ele usava um jaleco branco manchado sobre um terno de *tweed* surrado e o cabelo branco desgrenhado parecia que nunca havia visto, nem de relance, um pente. Quando entrou apressado na sala de aula, ele carregava uma enorme pilha de papéis e livros, que largou, sem a menor cerimônia, ruidosamente sobre a mesa, só aumentando a bagunça que lá estava. Nem mesmo se apresentou, apenas distribuiu os projetos de circuito falhos antes de retornar à sua mesa para estudar a papelada que havia trazido.

Otto tinha a nítida impressão de que os alunos eram apenas uma distração irritante para o professor e de que aquele exercício havia sido escolhido simplesmente porque tomaria bastante tempo, em vez de proporcionar alguma informação mais relevante. Pelo menos ele tinha agora uma boa oportunidade para conversar com Laura. Por outro lado, Wing, que tinha Nélson como dupla, parecia fazer pouco, se algum, progresso com o problema apresentado pelo professor. Alguns alunos reclamaram por não conseguirem entender nem mesmo do que se tratava o projeto, mas o professor simplesmente respondeu que eles deveriam ser capazes de resolver algo tão simples e que fizessem o melhor possível. Para Otto, aquilo se tratava de um sistema indutor para algum tipo de raio de energia, mas separado dos demais componentes era difícil precisar a função exata que tal coisa teria.

— Pode ser parte daquelas armas tranquilizantes — sugeriu Laura —, mas a energia gerada parece alta demais.

— O que quer que seja, não parece uma boa ideia estar na frente disso quando acionado — assentiu Otto.

— Ou nem estar no mesmo continente, talvez — brincou Laura.

Considerando algumas da armas que foram sugeridas na aula de Estudos Vilanescos, essa ideia poderia nem ser exagerada.

— Coisinha razoavelmente avançada para um primeiro dia, não? — continuou Laura, olhando para as expressões confusas ao redor deles.

— Parece, mas você não teve muita dificuldade com isso — observou Otto.

— Não, mas essa é a minha especialidade: computadores, eletrônica, coisas assim. De qualquer modo, este projeto é de alta tecnologia. Me parece o mesmo que dar uma peça de Rachmaninoff para alguém tocar em sua primeira aula de piano, não?

Otto balançou a cabeça concordando. Era um desafio complicado demais para ser dado na primeira aula, especialmente quando muitos dos alunos podem nunca ter tido experiência alguma com eletrônica sofisticada. Provavelmente era mais um dos testes do C.O.V.A., o equivalente eletrônico de atravessar um abismo balançando-se em um cabo.

O professor parecia nem perceber que havia uma aula em curso e continuava concentrado no estudo dos documentos que havia trazido consigo. O caos em que se encontrava sua mesa era refletido no resto da sala de aula. Quase todo espaço da sala era preenchido por estranhos aparelhos não identificados ou pilhas de papel. Atrás da mesa do professor havia um quadro-negro com as palavras "NÃO APAGUE" escritas no alto, em letras grossas. Abaixo dessa instrução, havia uma equação incrivelmente complexa, que ocupava cada centímetro do quadro. Otto se perdeu depois de analisar algumas linhas, vendo que a equação se embrenhava por áreas da matemática que ele desconhecia. Obviamente, o professor tinha muita coisa na cabeça.

— Então, você conseguiu arrancar alguma coisa da Shelby? — perguntou Otto a Laura, quase em um sussurro.

Laura esteve papeando com Shelby durante o almoço; toda a irritação com a ocupação excessiva de chuveiros da companheira aparentemente esquecida depois da performance dela na aula de Educação Tática pela manhã.

— Não, ela só disse que era ginasta na escola antes de vir para cá e que aquilo parecera fácil. — A expressão de Laura deixava claro que ela não ficara satisfeita com aquela explicação.

— Lógico, porque aulas normais de ginástica normalmente incluem exercícios semelhantes àquele, certo? — Otto era tão cético quanto Laura a respeito de essa ser uma explicação plausível para o desempenho de Shelby.

— Bom, eu não consegui tirar mais nada dela. Ela apenas agiu como se fosse a coisa mais normal do mundo e mudou de assunto. Vou ver se consigo descobrir mais hoje à noite. — Laura deu uma olhada para Shelby, que estava do outro lado da sala, em par com outra menina.

— Falando em segredos, o que você fez que chamou a atenção do C.O.V.A.? — perguntou Otto casualmente, ainda olhando para o projeto de circuito.

— Eu não faço ideia... Hã... Aquilo ali é um transdutor de conversão de onda? — A tentativa atrapalhada de Laura para mudar de assunto não conseguia esconder que suas bochechas ficaram vermelhas de repente.

— Não, é um resistor de alinhamento de fase — Otto não pretendia deixá-la escapar tão facilmente. — Ah, você deve ter alguma ideia.

— Eu poderia perguntar o mesmo — respondeu ela suavemente.

— Mas eu perguntei primeiro. — Otto sorriu, e as bochechas dela ficaram ainda mais vermelhas.

— Tudo bem, mas você tem que me prometer não contar a ninguém, e vai ter que me contar como veio parar aqui também — respondeu ela, olhando para Otto com uma expressão séria.

— Combinado. Então?

— Não foi nada de mais. Sabe, tinha essa menina na minha antiga escola, Mandy McTavish, e eu achava que ela andava falando de mim pelas costas, mas não sabia o quê. Então resolvi ouvir umas conversas dela no celular, só isso. — Laura parecia um pouco desconfortável ainda, e Otto sabia que tinha mais alguma coisa que ela estava escondendo.

— Então o C.O.V.A. recrutou você porque você espionou uma colega da escola? Foi isso?

— Bom, eu não tinha o equipamento que precisava para fazer isso, então tive que pegar umas coisas emprestadas.

— Emprestadas?

— É, mais ou menos. Sabe, tem uma base da força aérea perto da minha cidade, e eu usei uns equipamentos deles.

— Você invadiu uma base aérea? — Otto não conseguiu esconder o tom de espanto na voz.

— Não exatamente. Eu só forjei um código de acesso e invadi a rede de computadores deles. — Ela parecia ainda mais envergonhada. — Eles sempre têm alguns daqueles aviões de vigilância aérea eletrônica, sabe? Aqueles do Sistema Aéreo de Alerta e Controle. Eu simplesmente mudei as ordens de vigilância por alguns dias, só isso...

Otto abriu um sorriso.

— Está me dizendo que usou parte do sistema de vigilância contra ataques nucleares para espionar as fofocas da sua colega sobre você?

— Eu sabia que você ia achar idiota — respondeu ela, tristonha. — Promete não contar para ninguém?

— Claro! — Longe de achar aquilo idiota, Otto estava bastante impressionado. Os sistemas que controlavam as funções daqueles aviões provavelmente tinham os mais sofisticados sistemas de segurança digital do mundo. Era fácil entender por que o C.O.V.A. se interessou por Laura. — Isso é fantástico. Você não tem o menor motivo pra ficar envergonhada.

Ela deu um sorriso encabulado.

— Eu pensei que tinha apagado meu rastro, mas pelo jeito alguém viu o que fiz e por isso vim parar aqui. — Otto percebeu pelo tom de Laura que ela estava tão ansiosa para sair daquele lugar quanto ele. Aquilo poderia vir bem a calhar, pois o plano de fuga que começava a se formar em sua cabeça poderia muito bem utilizar os talentos da menina.

— Você fala como se estivesse muito a fim de se mandar deste lugar — sussurrou ele. — Eu sei bem como você se sente. — Ele deu uma piscadela para ela.

— Você tem alguma ideia de como fazer isso? — perguntou ela, disfarçadamente, fingindo estudar o projeto de novo.

— Talvez. Mas é bem arriscado. — Otto olhou de relance para o professor, mas ele continuava concentrado na tarefa.

— Duvido que seja mais arriscado que tentar sobreviver neste lugar pelos próximos anos — retrucou Laura.

141

— Certo, falamos disso mais tarde, com mais privacidade. — Era arriscado continuar a conversa naquela sala. Eles podiam querer fugir daquela ilha, mas isso não significava que todos os outros alunos sentissem o mesmo. Precisavam ser cuidadosos.

— Combinado. — Laura sorriu para ele. — Agora me conte a sua história, Otto. Trato é trato.

Otto não tinha vontade alguma de contar isso a ninguém; nem para Wing ele havia contado. Mas ele sentia que podia confiar esse segredo à Laura. Além do mais, ela tinha os olhos verdes mais impressionantes que ele já vira...

— Bom, digamos que o surto do primeiro-ministro britânico uns dias atrás não foi surpresa para mim... — Ele sorriu quando ela arregalou os olhos.

— Foi você que fez aquilo? — A expressão incrédula de Laura sugeria que ela achava difícil de acreditar que ele tinha sido o responsável pela renúncia involuntária do primeiro-ministro.

— Nosso segredo, certo? — lembrou Otto a ela.

— Claro, mas como...

— Muito bem, tempo esgotado. Tragam seus testes aqui para a mesa. — O professor Pike interrompeu a pergunta dela.

— Eu consigo ser muito persuasivo quando quero — disse Otto, pegando a planta do projeto.

Ele estava embevecido com a expressão chocada no rosto dela; normalmente não tinha por que repartir os detalhes de seus planos com outras pessoas. Não fazia sentido aumentar as chances de ser pego por vangloriar-se de seus sucessos, mas ele sabia que nesse caso específico já era tarde demais para se preocupar com isso.

Otto levou o projeto corrigido até a mesa do professor. Ao se aproximar, Pike olhou para ele com uma expressão confusa no rosto.

— Você não é baixo demais para um aluno do último ano? — perguntou ele, olhando Otto de cima a baixo.

— Hã?... Não somos alunos do último ano, professor. Somos do primeiro — respondeu Otto, sem ter certeza do que o professor perguntou.

— Mas esta é uma aula de tecnologia avançada. O que os alunos do primeiro ano estão fazendo em minha aula de tecnologia avançada? — O professor observou a tacha única no colarinho de Otto. — Ai, Deus. — Ele puxou um pedaço de papel surrado de um dos bolsos do jaleco e o examinou. — Ah, claro. Parece que meu horário está desatualizado. Então vocês são do primeiro ano, certo? Por isso não reconheci vocês. — Parecia óbvio que o caos do laboratório era apenas um reflexo da personalidade de seu ocupante.

Otto entregou o projeto de circuito para o professor, ciente de que ele e Laura não deveriam ser capazes de completá-lo. Ele gostaria que eles não tivessem rabiscado as melhorias no circuito no verso do papel.

— Receio que esse exercício tenha sido um pouco avançado demais para vocês. Peço desculpas por isso. — O professor pegou o projeto da mão de Otto e o examinou de perto. — Mas ainda assim você parece ter ido muito bem, senhor?...

— Malpense, senhor. Otto Malpense. E minha colega Laura ajudou muito com o exercício.

— Isto é definitivamente excelente. Eu não havia considerado usar uma matriz de fase variável antes, mas poderia funcionar, sim. — O professor parecia mais interessado nas modificações que eles sugeriam para o circuito que perguntar sobre a capacidade deles em conseguir cumprir uma tarefa tão avançada.

Enquanto o professor analisava o projeto, Otto deu uma olhada na mesa. O coração dele disparou ao perceber o que estava ali. Aquelas eram as plantas baixas do complexo da escola! Ele fitou intensamente as plantas, que estavam de cabeça para baixo para ele, gravando-as na memória em alguns segundos. Ele fechou brevemente os olhos e ainda podia ver as plantas tão claramente como se as tivesse fotografado. Esta podia ser a chance de que eles precisavam. Ele olhou para os outros papéis sobre a mesa. Um chamou sua atenção em particular, algo intitulado "Dispositivo de transferência de consciência nível 2", mas os detalhes do projeto estavam escondidos sob outra folha de papel.

De repente, o professor olhou de novo para Otto, percebendo que este olhava para os papéis em sua mesa. Ele virou as plantas para baixo sem dizer uma palavra e observou Otto cuidadosamente.

— Bom, isso vai me causar certo transtorno. Eu deveria ter começado o curso básico de tecnologia hoje, mas, a julgar por esse projeto, o curso vai acabar sendo simples demais para vocês dois, concorda? — O professor parecia desmiolado, mas Otto sabia que seria burrice subestimá-lo.

— Ah, eu tenho certeza de que nós precisamos aprender o básico também, professor — respondeu Otto, cuidadosamente.

— É claro que precisam, Otto. É claro que precisam... — Os olhos do professor se estreitaram um pouco, e Otto percebeu um vislumbre de um lado do professor bem diferente da personalidade vacilante que ele projetava. — Vejamos como os outros se saíram, certo? — Otto subitamente começou a se questionar se o teste avançado teria sido mesmo um acidente. Ele gostaria muito que Laura e ele não tivessem sido tão minuciosos em completar o exercício; sobressair-se muito parecia não ser uma boa ideia no C.O.V.A.

Os outros alunos foram se aproximando da mesa com seus testes e logo ficou claro que somente Laura e Otto foram capazes de fazer algum progresso. O professor não poupou pedidos de desculpas a todos pela aparente confusão e assegurou à turma que as aulas seguintes não seriam tão complicadas, para o alívio de todos.

Quando Otto retornou à bancada deles, Laura perguntou-lhe como eles tinham ido com o exercício. De rabo de olho, ele percebeu o professor prestando atenção neles.

— Fomos bem — respondeu Otto —, talvez um pouco bem demais.

Capítulo 10

O dia parecia interminável para os novos alunos, e era com uma boa dose de alívio que eles agora se encaminhavam para a última aula do dia, Furtividade e Subterfúgio. Aquele tinha sido um dia letivo muito peculiar, diferente de tudo que haviam experimentado antes, e Otto estava curioso para ver se todos os dias seriam tão pouco convencionais quanto aquele ou se foi simplesmente um batismo de fogo.

Os alunos adentraram uma espécie de anfiteatro com duas fileiras de assentos. A professora, a srta. Leon, não estava presente, mas pelo menos Otto descobrira a quem o gato mimado que ele havia visto no almoço do dia anterior pertencia. O bicho branco felpudo estava deitado, enroscado em si mesmo, sobre a escrivaninha localizada na frente da sala, aparentemente dormindo e alheio à presença dos Alfas.

Depois de um minuto ou dois, a turma toda estava sentada e conversando entre si, aguardando a chegada da professora. O barulho incomodou o gato, que levantou e espreguiçou-se, fitando as crianças reunidas ali com olhar inquisitivo.

— Boa tarde, crianças. — A voz feminina tinha um sotaque francês e parecia estar vindo da frente da sala, mas ainda não se via a professora. Todos na sala se calaram, curiosos para descobrir de onde vinha aquela voz sem corpo. — Sou a srta. Leon. Bem-vindos à sua primeira aula de Furtividade e Subterfúgio.

Otto e Wing se entreolharam, perplexos. *A voz vinha do gato!*

— Vocês terão que me desculpar por minha atual condição. Será o bastante dizer que os experimentos iniciais do professor Pike em imbuir humanos com habilidades de certos animais não foram tão bem-sucedidas quanto ele esperava. Imagino que ele descreveria isto como uma transferência de consciência semipermanente. No entanto, a explicação simples é que, graças a uma tecnologia em fase muito mais experimental do que fui levada a crer, estou residindo neste corpo, enquanto meu pobre e confuso gato está apreciando ter polegares pela primeira vez.

Otto presenciara uma quantidade enorme de coisas estranhas nos últimos dois dias, mas aquilo estava em um patamar superior de estranheza. Várias bocas pendiam abertas, em choque, pela sala.

—A julgar pelas expressões em seus rostos, vocês consideram tal situação razoavelmente incomum, mas lhes asseguro de que nada se compara à sensação de acordar com uma cauda pela primeira vez. Esse é o tipo de coisa que estraga o dia de qualquer pessoa. O gentil professor me garantiu que ele conseguirá, eventualmente, reverter o processo, mas, por enquanto, vocês terão que se acostumar com minha forma atual, que, verdade seja dita, possui algumas vantagens.

Com isso, o gato saltou dois metros à frente da escrivaninha, aterrissando precisamente sobre um banco alto posicionado bem à frente dos alunos.

— O objetivo desta matéria é bem simples: ensiná-los como se manter invisíveis àqueles que os procuram; como agir e mover-se silenciosamente. Uma disciplina que, sem dúvida, será muito útil a vocês no futuro. Ao completar este curso, vocês serão capazes de passar despercebidos até em ambientes de altíssima segurança.

Pelas expressões incrédulas da maioria dos alunos, percebia-se que ainda estavam tendo dificuldades em aceitar o fato que um gato estava falando com eles e ainda nem haviam pensado nos objetivos daquela matéria. Otto percebera que, quando a srta. Leon falava à classe, a boca do gato não se mexia, e ele estava ficando curioso para descobrir como ela conseguia falar. Ele olhou para a coleira incrustada de pedras preciosas que o gato portava e notou que o que ele achava ser uma grande pedra azul no centro da coleira era, na verdade, uma pequena lâmpada azul. Ele supôs que aquilo deveria ser um tipo de unidade de fala sintética e que Centromente tivesse uma parcela significativa em provê-la com uma voz.

— Será que ela usa o banheiro ou uma caixa de areia? — perguntou um garoto atrás de Otto para o colega ao lado.

A srta. Leon moveu-se muito rápido. Só deu tempo de perceber um borrão branco pulando entre os alunos. Otto virou-se para trás e viu o gato sentado na carteira atrás dele, com uma das garras afiadas no nariz do garoto que fizera o comentário, que por sua vez estava paralisado de terror.

— Um gato pode ouvir um camundongo se movendo na grama a trinta metros de distância, mesmo ventando muito, então você poderia ter tranquilamente gritado sua observação espirituosa para a turma toda em vez de sussurrar, menino idiota. Para o seu conhecimento, a garra que está agora quase rompendo a pele do seu nariz é apenas uma das minhas dezoito. Todas afiadas como esta, e sei onde fica cada parte sensível do seu corpo, as mais vulneráveis, onde o uso dessas garras irá doer mais. Diante disso, você teria algum outro gracejo para repartir com a turma?

148

— Não, srta. Leon — respondeu o garoto com a voz trêmula. O rosto estava lívido de pânico.

— Ótimo. — Ela retraiu a garra, liberando o garoto e, em seguida, foi pulando de carteira em carteira até voltar ao banco à frente da sala. — Começaremos com alguma teoria básica sobre como evitar sistemas de segurança para melhor prepará-los para alguns exercícios práticos. — Otto percebeu que a lâmpada azul piscava levemente enquanto ela falava; o que confirmava as suas suspeitas.

A srta. Leon falou por aproximadamente vinte minutos, descrevendo os princípios básicos de infiltração e furtividade. Otto estava surpreso com a rapidez que ele e seus colegas se acostumaram a ter um animal como professor, mas a essa altura, os outros alunos, assim como ele, estavam provavelmente vacinados contra situações bizarras vivenciadas no C.O.V.A.

— Portanto, é importante que vocês aprendam a reconhecer os padrões presentes em todo sistema de vigilância, para localizar as falhas e se aproveitar delas... Desculpe-me, srta. Trinity. Eu a estou entediando?

Otto virou-se para Shelby a tempo de vê-la parar de rabiscar no caderno e rapidamente se endireitar na cadeira, com uma expressão envergonhada no rosto.

— Talvez você ache que eu não seja capaz de ensinar-lhe algo, correto? — continuou a srta. Leon. — Afinal, você já possui extensa experiência prática nessa matéria, não?

Laura, sentada ao lado de Shelby, olhou para a colega, curiosa.

A srta. Leon inclinou a cabeça e seus bigodes estremeceram.

— Ah, não me diga que não contou a ninguém. Você deveria saber que não há necessidade de guardar segredos no C.O.V.A. Somos todos amigos aqui, Shelby, ou deveria chamá-la de Espectro?

Foi como se uma máscara tivesse sido arrancada do rosto de Shelby. Ela fechou a cara e encarou o gato com olhar gélido.

— Não sei do que a senhorita está falando — retrucou Shelby, sombria, e sem perder o contato visual com a srta. Leon.

— É claro que não. Suponho que você tenha sido recrutada para o programa Alfa do C.O.V.A. graças à sua cútis perfeita. Não teria algo a ver com a possibilidade de saber algo sobre os milhões de dólares em joias desaparecidos nos últimos 12 meses, de alguns dos lugares mais bem-guardados do mundo. Tal noção seria ridícula, não seria? — A expressão do rosto de Shelby sugeria que ela sabia perfeitamente bem do que a sra. Leon falava. Por toda sala de aula os alunos se cutucavam e sussurravam. O Espectro se tornara quase uma celebridade recentemente. Um ladrão capaz de passar pelos mais intransponíveis sistemas de segurança, não deixando traços de sua presença e roubando apenas as joias mais extraordinárias. A única pista deixada pelo ladrão era um cartão em que se lia "O Espectro agradece", no local onde alguma joia extremamente valiosa esteve. A princípio, as seguradoras conseguiram manter os roubos em sigilo, mas a imprensa conseguiu informações sobre os acontecimentos. A história estimulou a imaginação do grande público, suscitando muita especulação sobre a verdadeira identidade do bandido invisível. Otto supunha que pouca gente acreditaria que tais roubos teriam sido obra de uma menina de 13 anos. Shelby parecia sentir mais irritação que embaraço com o fato de a srta. Leon não só saber exatamente quem ela era quanto ter resolvido revelar para a turma inteira.

— Suponho que não faz mais muito sentido negar, faz? — O tom de voz de Shelby tinha uma entonação grave e fria que Otto não ouvira antes. O disfarce de menina mimada irritante havia desaparecido.

— De modo algum, *chéri*. Estive acompanhando seus feitos com algum interesse. Você é... promissora. Um diamante em estado bruto, eu diria. Tem um talento natural raro; não é preciso se fazer de tímida e esconder isso dos outros aqui. — A srta. Leon quebrou o contato visual com Shelby e falou para a turma novamente. — Como estava explicando, o reconhecimento de padrões nos sistemas de segurança é vital caso...

Ao que a srta. Leon continuou com sua aula, Shelby passou a ouvir com mais atenção, aparentemente alheia ao fato de ter se tornado o centro das atenções. Otto sabia que não poderia ser o único a notar o modo que ela encarava a nova professora. Aquela seria uma batalha de egos muito interessante, pensou ele.

A aula finalmente chegou ao fim, encerrando o primeiro dia letivo, e a srta. Leon, após dispensar a turma, saiu rapidamente da sala com a cauda para cima. Vários alunos se aproximaram de Shelby, nitidamente interessados em conhecer a celebridade que esteve escondida entre eles, mas o olhar paralisante que Shelby lançou ao vê-los se aproximar os fez pensar melhor e desistir rápido da ideia. Laura, no entanto, não seria afastada tão facilmente.

— Então, você planejava me contar isso em algum momento? — perguntou ela enquanto Shelby recolhia os livros em sua mochila.

— Não se eu pudesse evitar, mas parece que anonimato não é algo que as pessoas respeitem por aqui — respondeu Shelby, irritada, enfiando o último livro na bolsa.

— Você poderia ter me contado. Sabe que eu não contaria a ninguém.

— Olha, não quero falar sobre isso. Tudo que eu queria era dar o fora dessa ilha o mais rápido possível e voltar para minha vidinha antiga, mas agora que todos sabem quem sou, como conseguirei fazer isso? — retrucou Shelby, cada vez mais irritada. — Me deixe em paz, por favor.

— Tudo bem, tudo bem. — Laura deu um passo para trás, com as mãos levantadas. — Só queria saber se você estava bem, só isso.

— Estou, sim — rosnou Shelby, empurrando Laura para abrir caminho em direção à porta.

Otto e Wing se aproximaram de Laura, que estava com um ar preocupado, vendo Shelby ir embora.

— Como ela está? — perguntou Otto.

— Não muito bem. Acho que ela esperava guardar esse segredo por mais tempo.

— Não me parece justo ela ter sido exposta assim, publicamente — acrescentou Wing —, mas ela não conseguiria manter a verdadeira identidade em sigilo por muito mais tempo. Bastou ver o desempenho dela com os arpões hoje cedo. Você pode ser capaz de esconder sua identidade, mas é muito difícil esconder suas habilidades.

Otto pensou um pouco sobre isso. Todos eles haviam demonstrado sinais de alguma habilidade excepcional durante o dia e, de certo modo, parecia que haviam sido induzidos a mostrar do que eram realmente capazes. Podia estar até sendo paranoico demais, mas realmente parecia que eles estavam instruindo a equipe do C.O.V.A. sobre suas capacidades ao mesmo tempo em que eram por ela instruídos. Otto não sabia o que Dr. Nero seria capaz de fazer com tais informações, mas não tinha dúvidas que a equipe de professores reportaria a ele cada detalhe dos eventos que se sucederam durante aquele dia.

— Agora eu já *ver* tudo. Um gato falante. O que mais falta? — perguntou Franz ao se juntar a eles.

— Veja bem, Montanha e Mamute são gorilas falantes, então acho que um gato falante não é muita surpresa — respondeu Otto, com um largo sorriso. — O que isso sugere mesmo é que ser voluntário para experimentos do professor Pike pode ser uma péssima ideia.

— Ah, não deve ser de todo ruim — sorriu Laura. — Ouvi dizer que gatos dormem durante 75% do dia. Eu com certeza gostaria de fazer algo assim no momento.

Otto entendia perfeitamente. Estava exausto, e seus ombros doíam por causa da sessão de balanço com os lançadores de arpão. O cérebro dele também estava cansado, sobrecarregado de informações e tentando analisar tudo o que ele havia visto e ouvido. Qualquer que fosse o propósito de expô-los a tantas situações bizarras no decorrer do dia, no mínimo servia para deixá-los um pouco desorientados.

Nélson se aproximou e começou a conversar com Franz sobre os eventos diários, dando a Laura a oportunidade de puxar Otto e Wing para um canto. Olhando em volta para verificar que ninguém os ouvia, ela sussurrou:

— Shelby também quer ir embora daqui. Vocês acham que vale a pena falar com ela sobre o que conversamos mais cedo?

Wing levantou uma sobrancelha interrogativa para Otto. Ele estava obviamente surpreso que o pequeno comitê de fuga agora incluía Laura também.

— Talvez. Por que você não tenta conversar com ela mais tarde, quando ela estiver um pouco mais calma? — sugeriu Otto.

— Precisamos ser cautelosos. Ainda não sabemos em quem podemos confiar — acrescentou Wing. O breve olhar que ele dirigiu a Otto dizia por si que ele não estava certo de que eles já deveriam falar sobre isso com Laura.

— Eu sei. Mas não podemos agir sozinhos. Vamos precisar de toda ajuda que conseguirmos, e a experiência dela em burlar sistemas de segurança pode vir bem a calhar. Fale com ela, Laura, mas tente ser o mais casual possível. Ainda há muito que não sabemos sobre ela.

— O mesmo pode ser dito sobre nós, Otto. Temos que confiar uns nos outros se vamos mesmo dar o fora daqui — retrucou Laura.

— Eu sei, mas seja cuidadosa — concordou Otto. — Se a equipe do C.O.V.A. perceber alguma pista do que estamos planejando, podemos acabar saindo da ilha em caixões.

Um convite para jantar vindo do Dr. Nero não era algo que um membro do corpo docente do C.O.V.A. tivesse a opção de recusar. Então lá estava a Condessa, o coronel Francisco e o professor Pike sentados à mesa de jantar de Nero, conversando entre si e aguardando a chegada do anfitrião. A srta. Leon também estava lá, sentada em uma almofada de veludo colocada sobre uma cadeira que a levantava ao nível da mesa. A sala não ficaria deslocada em uma casa de campo inglesa e só a falta de janelas sugeria que eles estavam em um local subterrâneo. Um empregado de Nero ocupava-se de servir os pratos e bebidas para os convidados. Após mais alguns minutos, Nero finamente entrou.

— Desculpem pela demora. Tive que cuidar de alguns assuntos que me tomaram mais tempo que eu imaginava. — Ele virou-se para o criado vestido de branco. — Ivan, sirva o primeiro prato, por favor.

Cerimonioso, Ivan começou a servir a sopa aos comensais, com a srta. Leon como exceção. Ela recebeu finas fatias de salmão defumado em uma tigela de prata.

— Então, como nossos novos Alfas se saíram em seu primeiro dia? Acredito que não houve dificuldades imprevistas, correto? — perguntou Nero a seus convidados.

— O desempenho foi como esperado — respondeu Francisco. — Você estava certo sobre a garota. Ela mostrou uma competência singular. Os outros também se saíram de acordo: Fanchu e Malpense mostraram-se bastante capazes, enquanto o restante como previsto revelou a típica inaptidão. Vai levar algum tempo, mas vou colocá-los em forma.

Nero assentiu com a cabeça.

— Tabitha, algum problema?

— Não — respondeu a srta. Leon, levantado a cabeça da tigela. — Como esperado, a srta. Trinity não revelara a verdadeira identidade para seus colegas, mas agora, como se diz por aí, o coelho saiu da toca. Acredito que ela esteja se sentido apropriadamente exposta.

— Ótimo. Acredito que ela revelaria a verdade sobre seu passado para os colegas com o tempo, mas prefiro não atrasar as coisas mais que o necessário. — Nero voltou-se para o professor Pike. — Professor, sua aula transcorreu como o planejado?

— Sim. Malpense teve o desempenho esperado, mas a menina Brand se provou mais capaz do que eu previa. Aparentemente a compreensão tecnológica instintiva que ela possui não é somente limitada a computadores. Eu posso até utilizar algumas das alterações sugeridas por eles no dispositivo Poseidon; o ganho em eficiência no consumo de energia pode ser de até 25%. O modo inovador como eles dispuseram as matrizes de distribuição de fase poderia criar uma redução de ressonância de escala geométrica, de modo que...

— Obrigado, professor, talvez possamos nos ater a detalhes mais tarde. Tudo mais transcorreu sem problemas? — interrompeu Nero.

— Malpense comportou-se como previsto, doutor.

— Excelente. — Nero não expôs aos presentes os detalhes sobre o patrono de Malpense; ele tinha muitas perguntas ainda não respondidas até divulgar o interesse pessoal de Número Um no garoto. Felizmente, sua equipe estava acostumada com o fato de um ou dois estudantes receberem atenção especial a cada nova leva, portanto não considerariam incomum o interesse especial em Otto. Desde que Nero selecionou Diábolo Mortecerta para receber atenção especial anos atrás, o corpo docente passou a confiar fielmente em sua capacidade de distinguir o potencial dos alunos.

— Se aqueles dois são tão gênios assim, talvez você possa requisitar a assistência deles na tentativa de me fazer voltar à minha forma normal, professor. Parece-me que você necessita de alguma ajuda. — A srta. Leon não fez esforço algum para esconder o descontentamento em sua voz.

— Eu já lhe disse que estou trabalhando nisso. O que houve foi um efeito colateral inesperado. Vai levar algum tempo para que eu consiga fazer a reversão com segurança. Se eu puder submetê-la a mais alguns testes, eu...

— Você deve compreender, meu caro professor, que não estou muito inclinada a participar de mais procedimentos experimentais. A sua taxa de sucesso não tem sido grande ultimamente. Ao mesmo tempo em que há algum valor neste corpo, já estou cansada de ouvir desculpas para sua aparente inaptidão em corrigir seus erros. — O pelo das costas da srta. Leon se arrepiou levemente enquanto ela falava.

— Avisei que o procedimento era experimental, mas você insistiu...

— Você me disse que poderia não funcionar, não que havia uma chance de eu acordar com uma tentação irresistível de perseguir novelos de lã pelo chão do quarto. Você me prometeu agilidade e sentidos aguçados, não bolas de pelo e garras. Talvez eu deva procurar novas maneiras de motivar seus esforços. — A srta. Leon ergueu uma das patas, com as garras afiadas à mostra.

— Não me ameace, Tabitha, ou talvez você prefira permanecer na forma que está...

— Já chega! — Nero parecia irritado. — Estou cansado de ouvir vocês discutindo esse assunto. Número Um já enviou instruções expressas para que o professor continue suas pesquisas, e não consigo pensar em motivação melhor que a possibilidade de *desapontá-lo*. Tabitha, compreendo sua frustração, mas você deve ser paciente. Seu corpo original está seguro na câmara criogênica e tão logo o procedimento puder ser revertido, ele será. E quanto ao senhor, professor, redobre seus esforços. Número Um espera resultados, não desculpas, e você sabe muito bem que ele não é conhecido por sua paciência.

Os dois professores puseram-se em silêncio. Eles aprenderam, tempos atrás, que não é saudável testar a sorte com Nero. O doutor temia, porém, que tais embates estivessem se tornando mais frequentes, e ele não sabia por quanto tempo conseguiria manter os dois longe das garras um do outro. Literalmente, no caso da srta. Leon.

— E quanto ao filho de Mortecerta? — perguntou a Condessa. — Com certeza ele merece atenção especial também, não?

— Não estou certo — respondeu Nero. — Eu esperava que, quando confrontado com uma exposição dos feitos do pai, ele se motivasse, mas não me parece que tenha herdado o dom de Montecerta.

157

— Ele pode simplesmente precisar de tempo para se acostumar com a ideia — replicou a Condessa. — Eu odiaria pensar que os meus esforços em *persuadir* a mãe dele a deixá-lo vir para a escola tenham sido em vão.

— Suponho que ele ainda não faça ideia das verdadeiras circunstâncias da morte do pai, estou certo? — perguntou o coronel, tomando um gole de vinho. A pergunta trouxe desconforto aos outros professores à mesa.

— Não — respondeu Nero —, e espero que todos vocês se assegurem de que tudo permaneça como tal. Já temos problemas demais no momento.

Capítulo 11

O horário de Otto e dos demais alunos continuou implacável durante os meses seguintes; o ritmo da nova escola continuava alucinante, e não havia perspectiva de amainar tão cedo. Em um momento eles estavam aprendendo como arrombar o mais recente modelo de cofre de alta segurança, e no seguinte, estudando a logística envolvida na construção de uma estação secreta de lançamento de foguetes. O trabalho era incessante, e o C.O.V.A. parecia não dar muita trégua àqueles que não conseguissem manter o ritmo frenético. Otto começou a achar o trabalho mais desafiador, mas não impossível. Seus talentos especiais ajudavam muito a se adaptar rapidamente àquele novo estilo de vida. O único grande problema que ele enfrentava eram as aulas de Economia e Política, não por serem exatamente difíceis, mas por considerar o assunto enfadonho ao extremo. Como qualquer outra pessoa, ele tinha dificuldades em sobressair quando o assunto não lhe interessava. Por outro lado, Franz mostrava uma incrível aptidão natural para contabilidade "criativa"; ele conseguia esconder ou redistribuir dinheiro de uma maneira tal que até os professores sentiam dificuldade em rastrear os fundos fictícios dos exercícios, quando manipulados por ele.

Wing continuava a se destacar em Educação Tática. Na verdade, certa rivalidade saudável surgiu entre ele e Shelby no transcorrer das aulas do coronel Francisco. As corridas de arpão disputadas por eles eram cada vez mais apavorantes de assistir. Shelby revelou-se uma pessoa bastante diferente após ser desmascarada pela srta. Leon. A personalidade irritante de menina mimada adotada por ela nos primeiros dias no C.O.V.A. ficara para trás, substituída por uma autoconfiança discreta e demonstrações ocasionais de sarcasmo seco, mas ao mesmo tempo hilariante. Shelby nunca perdoou a srta. Leon por ter revelado sua identidade para a turma, e quando Otto assistia aos duelos verbais das duas, lembrava-se imediatamente de dois lutadores profissionais circulando em um ringue, buscando aquela abertura momentânea para desferir o golpe. Otto duvidava muito de que a animosidade de Shelby seria permitida se não demonstrasse um desempenho tão brilhante nas aulas de Furtividade e Subterfúgio. O nome profissional dela era muito adequado, uma vez que ela parecia tornar-se invisível como um fantasma quando queria.

Laura e Shelby acabaram se tornando boas amigas, parte devido às longas conversas noturnas e parte porque Laura conseguiu convencer Shelby a se juntar ao grupo que planejava a fuga da ilha. Ela foi relutante no início, afirmando que "trabalhava melhor sozinha", mas logo entendeu, do mesmo modo que Otto percebera antes, que tal feito só seria possível pelos esforços combinados de todos.

Na verdade, a única pessoa que parecia não conseguir se adaptar à vida no C.O.V.A. era Nélson. Por muitos dias, a cada aula ele parecia ainda mais desolado. Tal situação era agravada pelas altas expectativas que todos os professores mantinham em relação a ele, geralmente esperando mais dele que dos outros alunos. Otto perdeu a conta das vezes em que Nélson fora convocado para responder a uma pergunta particularmente difícil ou teve um desempenho fraco, sendo comparado negativamente aos sucessos passados do pai. Era nítido que o nome Mortecerta era um fardo que ele deveria ser capaz de carregar sem se queixar, mas Otto tinha sérias duvidas se ele era realmente adequado ao programa Alfa. O único assunto em que ele se destacava era Biotecnologia, muitas vezes mostrando um conhecimento profundo de certos assuntos, para a grande surpresa dos professores e colegas. Consequentemente, o único local em que Nélson realmente se sentia à vontade era o laboratório de hidropônicos, onde ele havia ficado fascinado com as plantas carnívoras experimentais cultivadas no C.O.V.A.. Otto aceitou um convite de Nélson para acompanhá-lo ao laboratório após o jantar para vê-lo alimentar as plantas que ficavam sob sua responsabilidade e ficara impressionado com o cuidado com que Nélson pegava insetos para servir de alimento às inúmeras variedades de plantas.

— Eu costumava cuidar do jardim da minha mãe — explicou ele —, então me sinto em casa aqui.

Saudade de casa era algo de que Otto descobriu não sofrer, mas nesse ponto ele parecia ser a exceção à regra. Laura, em particular, sentia muita falta dos pais, se recusando a acreditar que eles teriam concordado com seu sequestro. Ela queria ir para casa, acreditando que eles estariam desesperadamente preocupados com o desaparecimento dela e estava frustrada por não poder assegurar-lhes que estava bem. Essa era uma das razões que faziam a atividade "extracurricular" deles evoluir. Se pretendiam escapar dali, era preciso agir o quanto antes. Quanto mais tempo permanecessem na ilha, maior a chance de o plano deles ser descoberto.

Só no final do primeiro mês deles no C.O.V.A. Otto começou a detalhar seu plano para Laura, Shelby e Wing. Os quatro sentaram-se em um canto tranquilo do saguão dos alojamentos enquanto Otto lhes explicava como exatamente eles iriam fugir, mantendo a voz baixa para evitar ser ouvido. Como previra, sua sugestão foi recebida inicialmente com grande ceticismo. Shelby, em particular, parecia não acreditar que os quatro conseguissem fazer o que Otto sugeria sem serem descobertos. Otto se preparara para isso e tranquilizou seus companheiros na conspiração, explicando cada passo do plano em detalhes e provendo respostas aparentemente satisfatórias para as muitas perguntas que faziam. Após algumas reuniões secretas como aquela, parecia que todos já começavam a acreditar no sucesso da empreitada, e Otto voltou a atenção deles para alguns problemas práticos iniciais que precisavam ser solucionados antes de qualquer tentativa de fuga ser iniciada.

Em primeiro lugar, Otto fez uma lista dos materiais e componentes que Laura e ele precisariam para montar os equipamentos necessários. Otto achava que poderia pegar alguma coisa do laboratório de Tecnologia Aplicada. O professor Pike, afinal, não era famoso por vigiar seus alunos durante as aulas. Alguns dos componentes mais *exóticos*, no entanto, seriam bem mais difíceis de conseguir. Ele sabia que pelo menos alguns poderiam ser adquiridos, mas a segurança em torno deles seria grande. Ele discutiu o assunto com Shelby, e ela, depois de alguns dias de investigação discreta, garantiu que conseguiria o que precisavam sem ser descoberta. Agora era a vez de Otto ser cético; ele sabia que ela tinha um dom único quando se tratava da aquisição de itens guardados sob forte vigilância, mas aquela seria uma verdadeira prova de fogo para essas habilidades.

A surpresa deles não foi pequena quando ela calmamente apareceu nos aposentos de Otto e Wing dois dias depois, dispondo sobre a cama cada um dos itens da lista. Otto decidiu nunca mais duvidar da capacidade de Shelby. Aquela foi a deixa para Laura e Otto começarem a trabalhar na montagem dos equipamentos. Otto estava 99% certo, depois de muitas investigações minuciosas, de que não havia sistema de vigilância nos aposentos dos alunos, portanto eles decidiram usar os respectivos banheiros como oficinas improvisadas. De qualquer maneira, se houvesse um monitoramento do que acontecia nos quartos, eles descobririam logo. O fato de eles terem completado o trabalho sem que os quase onipresentes guardas arrombassem as portas de seus banheiros praticamente provava que as atividades passaram despercebidas.

E assim, ao se aproximar o final de novembro, eles estavam finalmente prontos para pôr o plano em prática. Ainda havia elementos no esquema que preocupavam Otto, partes onde eles infelizmente teriam que contar com a sorte, mas não podiam perder tempo esperando e se preocupando demais. Finalmente concordaram em uma data para tentar a empreitada e, conforme o dia fatídico se aproximava, Otto não conseguia evitar certo nervosismo de excitação. Não restavam dúvidas de que o C.O.V.A. era um lugar único e de que a maior parte do que estudavam era fascinante, mas ainda assim ele se sentia como um rato de laboratório preso em um labirinto. Ele secretamente temia que, se ficasse lá por muito mais tempo, começaria a gostar demais dos estudos, o que tornaria a vontade de ir embora muito menor. Havia uma voz inoportuna em sua cabeça que insistia em perguntar para onde exatamente ele estava tão ansioso por voltar. O orfanato podia ter sido sua casa por vários anos, mas ele não sentia muita falta de lá, e nem passaria o resto da vida naquele lugar. Quanto mais insistente a voz, mais determinado em fugir Otto ficava, antes que tais dúvidas se tornassem impossíveis de serem ignoradas.

⊛ ⊛ ⊛

— Então, possuindo uma combinação tão forte de neurotoxinas naturais, é fácil perceber por que essa família de plantas tem tanto potencial. Um cultivo em larga escala poderia até...

HUA, HUAHUAHUA, HUA!!!!

O sinal ecoou por todo domo de hidropônicos, encerrando a aula de Biotecnologia e tornando as últimas observações da srta. Gonzales impossíveis de serem ouvidas. Enquanto todos começavam a arrumar suas mochilas, ela levantou a voz para ser ouvida:

— Lembrem-se, espero que todos façam uma redação sobre manipulação genética de características de crescimento em plantas complexas para a próxima semana.

Otto não pôde deixar de sorrir. Se tudo corresse bem naquela noite, não teria mais que se preocupar com dever de casa. Wing viu a expressão no rosto de Otto e também abriu um sorriso.

— Talvez devamos despachar nossas redações para ela via correio — disse ele baixinho.

— Até poderíamos, se tivéssemos um endereço para o qual enviar — respondeu Otto e, percebendo a aproximação de Nélson, pôs um dedo sobre os lábios para silenciar Wing.

— Oi, rapazes. — Nélson parecia estranhamente animado. — Vocês vão almoçar agora ou têm alguns minutos para dar uma olhada em algo que estou trabalhando?

— Não estou com pressa de almoçar — respondeu Otto, jogando a mochila no ombro. — Vejamos o que o misterioso Mortecerta tem feito em seu laboratório.

— Legal! — vibrou Nélson, sorrindo para Otto. — E você, Wing, vem também?

— Certamente, porém gostaria de dizer que acho suas plantas comedoras de insetos bastante perturbadoras. — Wing não estava brincando. Ele não gostava mesmo do jeito como uma planta de aparência inocente escondia seu instinto assassino, mesmo se todas as suas vítimas fossem insetos.

— Ah, é bem melhor que isso, você vai ver — respondeu Nélson, soando estranhamente orgulhoso. — Vamos. — Ele gesticulou para que Otto e Wing o seguissem subindo um lance de escadas ali perto.

Eles passaram por uma porta hermética e caminharam por uma pequena ponte suspensa sobre o quente ambiente tropical artificialmente mantido naquela parte do domo. Por fim eles chegaram a uma porta que Nélson abriu, revelando uma pequena sala com paredes de vidro, com vista para a selva cultivada. No centro de uma bancada na saleta estava um objeto grande, de forma cúbica, coberto com um pano preto.

— Pronto. Falem baixinho, por favor. Ela é bastante sensível ao som — sussurrou Nélson.

Wing deu uma rápida olhada para Otto enquanto Nélson virava o objeto coberto, com uma expressão de curiosidade. Otto deu de ombros em resposta. Há duas semanas Nélson anunciara, extasiado, que a srta. Gonzales permitira que ele usasse uma das saletas vazias no domo de hidropônicos para realizar pesquisas extracurriculares. Otto lembrou-se do quanto ficara satisfeito ao saber que Nélson havia encontrado algo que lhe interessasse no C.O.V.A., principalmente diante de seu péssimo desempenho em todas as outras matérias. Agora parecia que finalmente iriam descobrir o que ele esteve fazendo naquela saleta.

— Pronto. Cheguem mais para perto — instruiu Nélson para Otto e Wing, que obedientemente amontoaram-se ao redor do cubo misterioso. — Cavalheiros, é com imenso prazer que apresento Violeta.

165

Nélson retirou o pano com um floreio, revelando um tanque de vidro contendo a planta mais estranha que eles já viram. Parecia um exemplar de Vênus papa-moscas, ou Dionéia, presa na ponta de um caule de aproximadamente 15 centímetros de comprimento. Mas ela possuía espinhos grandes e afiados em sua "boca", em vez dos grossos mas flexíveis cílios que funcionam como os "dentes" numa planta carnívora comum. Ao redor da base do caule havia algumas folhas espinhosas e longas gavinhas que tremulavam no ar às vezes, como se procurando uma presa. Nélson parecia deliciar-se com os olhares espantados de Otto e Wing.

— Ela não é linda? — suspirou Nélson. — Levei uma eternidade para sequenciar as características corretas de minhas outras plantas, mas ela vale todo o esforço. — Ele abriu uma caixa plástica que estava na bancada e pegou uma minhoca gorda. — Observem.

Nélson soltou a minhoca no solo próximo à base da planta; a reação de Violeta foi imediata e violenta. As gavinhas na base da planta serpentearam, agarrando a minhoca, enquanto a boca dentada curvou-se em seu caule flexível com uma rapidez impressionante, abocanhando a criatura indefesa e devorando-a em segundos. A expressão de Wing mudou de espanto para uma repulsa fascinada.

— Essa foi uma das cenas mais perturbadoras que já vi em toda minha vida — disse ele baixinho. — Como você criou esta coisa?

— Ah, um gene modificado aqui, um pouquinho de polinização cruzada acolá. Você sabe, o normal. — Nélson parecia que ia explodir de orgulho.

— Ela é incrível, Nélson. Simplesmente incrível — disse Otto, incapaz de tirar os olhos dos momentos finais de existência da desafortunada minhoca.

— Ainda não mostrei para a srta. Gonzales. Tenho medo que façam *experiências* com ela. Vocês não devem contar a ninguém, combinado? — requisitou Nélson, com olhar sério; obviamente isso era muito importante para ele.

— Minha boca é um túmulo, Nélson. Não se preocupe. — Otto lembrou que, após aquela noite, ele não teria como contar a alguém do C.O.V.A. sobre Violeta, mesmo se quisesse.

— Você pode contar com a minha discrição — disse Wing, solene —, contanto que nunca a alimente na minha frente de novo.

— Muito agradecido, rapazes — sorriu Nélson, novamente. — De verdade. Vocês sabem o quanto sou ruim nas outras matérias. Não quero me dar mal em Biotec também. Eu só gostaria de poder mostrá-la à minha mãe. Ela ficaria muito orgulhosa.

Otto sentiu uma pontada de culpa. Em mais de uma ocasião ele e Wing sentaram à noite e discutiram se deveriam levar Nélson com eles ou não. Infelizmente a conclusão era sempre a mesma: Nélson seria um peso morto. De modo algum ele conseguiria acompanhá-los quando iniciassem a fuga; ele iria apenas atrasá-los em uma situação na qual a rapidez seria essencial. Ao mesmo tempo, nada disso fazia com que Otto não se sentisse mal em deixar o garotinho careca para trás.

— Ela tem apenas dois dias de vida. Vocês precisam ver o ritmo em que ela está crescendo, e ainda não parou. Em algumas semanas vocês nem vão reconhecê-la. — Nélson olhou orgulhoso para a planta, que ficara completamente imóvel. — Ela sempre descansa depois de comer — explicou ele. — Ela não é uma graça?

Aquela era a deixa para ele e Wing saírem.

— Vamos, Wing. Assistir à Violeta comer me deu fome. Melhor irmos almoçar antes que não sobre mais nada.

Wing assentiu.

— Você vem, Nélson?

— Não, ainda quero fazer alguns testes em Violeta. Vejo vocês mais tarde. Obrigado por virem conhecê-la — respondeu Nélson, contente.

— Não há de quê, Nélson. Voltaremos para vê-la de novo em alguns dias — respondeu Otto. Ele ainda se sentia culpado por ter mentido para Nélson quando eles saíram, deixando o garoto careca conversando animadamente com a nova amiga.

Laura, Otto, Shelby e Wing estavam sentados a uma mesa em um dos cantos mais isolados do refeitório, conversando calmamente entre si enquanto comiam.

— Está tudo certo, então. Partimos esta noite — sussurrou Otto, olhando cautelosamente em volta para certificar-se que não havia curiosos por perto.

— Prontos como nunca — completou Laura. — Eu ainda gostaria que houvesse tempo para testar o dispositivo primário antes de irmos, mas só nos resta rezar para que Otto e eu tenhamos feito os cálculos corretamente.

— Seria ótimo se você me sobrecarregasse de confiança, que tal? — comentou Shelby, sarcástica. Ela demonstrava um nervosismo fora do comum.

— Nós sabemos que vai funcionar. A teoria é perfeitamente sólida — disse Otto, tentando tranquilizá-la. — Os componentes que você arrumou eram perfeitos, não há por que não funcionar. — Ele tentava soar mais confiante do que se sentia. Também desejava que houvesse tempo para mais testes, mas a própria natureza do dispositivo implicava que seria algo de uso único.

— Se não nos desviarmos do plano original, teremos sucesso — disse Wing, calmamente. Ele parecia ser imune ao nervosismo que os outros sentiam. — Precisamos apenas torcer para não nos depararmos com alguma situação inesperada.

Wing estava certo. Otto sabia que havia riscos que não poderiam ser eliminados por completo, mas o que mais o preocupava eram os fatores incertos envolvidos. Estes tinham mais chance de estragar o plano que qualquer outra coisa.

— Mantenham os olhos abertos durante as próximas horas; atentos a qualquer coisa que possa nos causar problemas. Quando começarmos, não poderemos mais parar. Será tudo ou nada. — Otto sabia que mínimos detalhes poderiam fazer diferença.

— Matar ou morrer, né? — retrucou Shelby.

— Sim — assentiu Otto, com um leve sorriso —, mesmo não sendo a minha escolha favorita de palavras.

☻ ☻ ☻

Otto e Wing deixaram Laura e Shelby no refeitório. Era melhor que os quatro se separassem agora; afinal, todos já sabiam o que fazer. Wing parecia distraído enquanto eles caminhavam em direção à área de alojamentos. Ele estava estranhamente quieto.

— Algum problema? — perguntou Otto.

— Há uma coisa sobre a qual não estou muito certo. Se formos bem-sucedidos e conseguirmos voltar à civilização, contaremos às pessoas sobre o C.O.V.A.? — perguntou Wing. Era uma questão que já ocupara os pensamentos de Otto também.

— Não. Não contaremos — respondeu Otto com convicção.

— Por que não? E quanto aos outros alunos aqui? — Wing não parecia feliz com a opinião de Otto.

— Pelo mesmo motivo que depois de desviar de um vespeiro você não voltaria para cutucá-lo com uma vara — explicou Otto.

— Não sei se entendi bem. — Wing parou de andar e virou-se para encarar Otto. — Certamente é nosso dever tentar libertar os outros. Não podemos simplesmente abandoná-los aqui.

— Mas é exatamente o que faremos. Se a escola for exposta, eles saberão exatamente quem foram os responsáveis, e garanto que não descansarão até que tenhamos sido silenciados... permanentemente. — Otto duvidava de que Wing tivesse pensado tanto no assunto quanto ele.

— Então seremos silenciados pelo medo?

Otto tentou manter a voz calma. Wing podia ser irritante em discussões como aquela; parecia sempre ver tudo em preto e branco.

— Não, nós temos que desaparecer. O C.O.V.A. não pode matar o que não pode encontrar. Além do mais, o que você acha que aconteceria com os outros alunos no caso de o C.O.V.A. ser exposto? Você realmente acha que Nero os deixaria ir embora com um agradecimento e um aperto de mão? Nada disso. Eles vão querer ocultar os fatos e, se isso significar que é necessário ocultar os alunos também, é o que será feito... Com concreto, provavelmente.

Wing observava Otto atentamente, como se quisesse ver o que ele pensava.

— Suponho que você esteja certo — suspirou Wing. — Mas ainda parece injusto largar os outros a um destino assim.

— O destino pode ser bem pior se dermos com a língua nos dentes sobre este lugar. — Otto parou subitamente, vendo alguém se aproximar pelo corredor. — Ai, não...

Wing deu meia-volta e viu Montanha e Mamute parados a apenas dez metros deles; Montanha segurava um cano de ferro.

— Olha só, parece que encontramos dois vermes perdidos, seu Mamute — disse Montanha, batendo com o cano na palma da mão.

— Acho que a gente devia indicar o caminho certo eles, seu Montanha — completou Mamute, abrindo um sorriso largo. Otto percebeu de repente que o corredor estava completamente deserto, e os dois brutamontes avançaram em direção a eles.

— Fique atrás de mim — instruiu Wing. — Quando eles atacarem, corra.

— De jeito nenhum, Wing. Não vou deixar você sozinho com esses dois. — Otto soava mais valente do que realmente se sentia. Ele duvidava muito que conseguisse incapacitar um dos dois monstrengos do jeito que fizera antes no refeitório. Uma pinçada de nervo pode ser um modo bastante eficaz de lidar com alguém uma vez, mas dependia muito do elemento surpresa, que não existia mais. Infelizmente, o cano de ferro que Montanha carregava indicava que desta vez eles estavam jogando para valer.

— Eu pego o que está armado com o cano, então. Contenha o outro o máximo de tempo possível. Se eu cair, prometa que vai fugir — retrucou Wing, sem tirar os olhos dos dois assaltantes.

— Se você cair, sei que eles virão atrás de mim. — Otto engoliu em seco, subitamente nervoso. Medo era algo que ele raramente sentia, e algo que ele odiava; fazia com que ele se sentisse fraco e confuso.

Wing deu um passo na direção dos brutos, fazendo-os parar de repente. Ele imediatamente armou sua posição de luta, e os dois mercenários vacilaram por um momento.

— Existem 23 maneiras de combater um assaltante armado de um porrete partindo desta posição — falou Wing, mantendo a calma. — Quatro delas matam o oponente, 12 o aleijam permanentemente, e as sete restantes causam ferimentos que, apesar de bastante dolorosos, deixam chances de recuperação. Em todas elas eu arranco o cano de sua mão e uso de volta em você. Pode escolher.

De repente, Montanha e Mamute não pareciam mais tão confiantes. Nervoso, Montanha olhou para o companheiro, falando com voz vacilante.

— Vamos cair fora daqui. — Ele deu as costas para Wing, em um movimento de retirada. Então, subitamente, deu meia-volta e partiu para cima de Wing, brandindo o cano de forma violenta, buscando atingir a cabeça dele.

Wing explodiu em golpes. Lançando o braço para cima rapidamente, o oriental agarrou o cano com um estalo e fez Montanha perder o equilíbrio. Ele deu um passo à frente em direção ao grandalhão, torcendo habilmente o cano para desarmá-lo e, em seguida, acertou seu oponente na boca do estômago. Montanha caiu de joelhos, segurando a barriga, completamente sem ar. Vendo isso, Mamute soltou um rugido e desferiu um direto no rosto de Wing, mas este apenas desviou o golpe com um giro de braço, tirando o equilíbrio de Mamute para acertá-lo com um violento golpe na axila. O monstrengo soltou um berro de dor e recuou alguns metros para onde estava Montanha, ainda tentando recuperar o fôlego. Wing jogou o pedaço de cano por cima do ombro e voltou calmamente à postura de combate inicial. O braço de Mamute pendia flácido, aparentemente inutilizado pelo golpe de Wing. Montanha tossia convulsivamente.

— Você... cof-cof... se acha... cof-cof... durão, né? — Montanha conseguiu falar com dificuldade, encarando Wing com olhar sanguinário.

— Não, mas acho vocês desajeitados e lentos — retrucou Wing, com tranquilidade. Aquilo era realmente uma observação, não um desafio.

— Você também vai ficar desajeitado quando eu quebrar seus dedos — grunhiu Mamute, rodeando Wing pela esquerda. Montanha moveu-se na direção oposta para cercar Wing. Otto silenciosamente resgatou o cano descartado pelo amigo. Subitamente, os dois brutamontes arremeteram contra Wing ao mesmo tempo. Wing saltou e desferiu um chute preciso no queixo do furioso Montanha, arremessando-o de costas no chão. Mamute tentou agarrar Wing no momento que seu companheiro desabava, mas Wing abaixou-se e desferiu um golpe idêntico ao anterior, só que dessa vez na outra axila de Mamute. Mais uma vez o grandalhão urrou de dor, se afastando rapidamente. Wing avançou em direção a Mamute, que parecia brigar com seus braços tentando fazê-los voltar a responder à sua vontade.

— Parem com isso, não quero causar ferimentos mais graves em vocês — disse Wing calmamente enquanto avançava em direção a Mamute.

— Ah, é? Bom, eu *quero* causar ferimentos mais graves em você — respondeu Mamute, sacando do macacão uma faca de combate.

— Wing! Pega! — gritou Otto, arremessando o cano na direção do amigo. O cano girou pelo ar e Wing virou-se para alcançá-lo... com a testa! Ele grunhiu e desabou no chão, nocaute. Otto arregalou os olhos de terror. O que ele fizera?

A surpresa momentânea de Mamute virou um sorriso maligno. Ele olhou para a forma inconsciente de Wing no chão.

— Daqui a pouco eu volto para cuidar de você, Karatê Kid — virando-se para Otto, acrescentou —, mas primeiro vou cuidar de você, branquelo.

173

Otto olhou desesperadamente em volta procurando em vão por algo no corredor com que ele pudesse se defender. Montanha também havia se levantado e, pegando o cano caído ao lado de Wing, se juntou a Mamute, avançando pelo corredor em direção a Otto.

— Você vai virar uma poça de sangue no chão, verme — rosnou Montanha. Otto não tinha para onde correr.

"Bom, vou ter que lutar", pensou Otto, assumindo a mesma postura que Wing havia usado momentos antes. Ele torcia desesperadamente para que os dois monstrengos não percebessem que ele não tinha a menor noção de como se defender do mesmo modo que Wing fizera.

Repentinamente, Montanha e Mamute arregalaram os olhos, aterrorizados. Montanha largou o cano no chão e começou a recuar, com a mão estendida defensivamente.

— Desculpe! Desculpe! Por favor, não me machuque, meu Deus! — guinchou Montanha de forma patética. Ele se virou e fugiu corredor afora.

— Nós estávamos apenas nos divertindo, não iríamos machucar ninguém de verdade — ganiu Mamute, largando a faca e disparando pelo corredor atrás do amigo. Otto ficou sem entender o que acontecera. Será que ele representou tão bem assim o papel de lutador feroz?

O que Otto não vira quando os dois mercenários avançavam contra ele foi uma figura de preto saindo das sombras do teto do corredor e pousando no chão atrás dele, silenciosamente. Com uma das mãos, a pessoa puxou da bainha uma das catanas que levava presas às costas, só o suficiente para parte da lâmina reluzente aparecer. Ela levantou a outra mão e balançou o dedo indicador para Montanha e Mamute, sinalizando um "não". A reação deles ao ver Raven, uma das mais temidas assassinas do mundo, protegendo Otto foi bem previsível. Otto, por outro lado, absolutamente não fazia ideia de que ela esteve ali, uma vez que ela desapareceu nas sombras tão rápida e silenciosamente quanto aparecera.

Otto correu até Wing, ainda no chão, aliviado em ver que o amigo estava acordando e balançava a cabeça ao tentar se sentar.

— Você está bem? — perguntou Otto, ofegante.

— Eu vou viver — respondeu ele, olhando para o corredor ainda a tempo de ver as silhuetas de Montanha e Mamute virando uma curva e desaparecendo. Ele levou a mão à cabeça, estremecendo.

— Sinto muito, Wing. Você tem certeza de que está bem? — Otto se sentia péssimo por tê-lo machucado.

— Está tudo bem, Otto. Você só quis ajudar — Wing sorriu para ele. — Além do mais, já sobrevivi a coisas piores, acredite. O que você fez àqueles dois? — perguntou Wing, apontando com o polegar para o corredor por onde Montanha e Mamute fugiram.

— Sabe o que mais? — respondeu Otto, ajudando Wing a ficar de pé e dando um sorriso enigmático. — Não faço a menor ideia.

☻ ☻ ☻

Otto sentia-se culpado ao acompanhar Wing até a enfermaria para que tivesse o galo em sua cabeça examinado. Wing repetia incessantemente que estava bem e não precisava ser examinado pelo médico, mas Otto insistira. O médico aceitou a explicação dada com um cinismo previsível, ou seja, a de que Wing havia tropeçado e batido com a cabeça em uma mesa, mas felizmente não procurou saber mais detalhes sobre o acidente e disse a Wing que ele ficaria bem, com exceção de uma leve dor de cabeça.

Após deixarem a enfermaria, eles voltaram para a área de alojamentos, onde encontraram Laura e Shelby conversando em um dos sofás do saguão.

— Onde vocês se enfiaram? Nós já estávamos preocupadas — perguntou Laura.

Otto contou a história do encontro inesperado com Montanha e Mamute. As meninas, inicialmente solidárias com o machucado de Wing, logo começaram a provocar Otto por causa da grande "ajuda" que dera no embate.

— Enfim, me deixe ver se entendi direito — disse Shelby, segurando o riso. — Wing basicamente subjugou os dois caras sozinho, e quando você finalmente resolveu contribuir com a batalha levou seu amigo a nocaute.

— É, foi isso — resmungou Otto, envergonhado.

— A ajuda de Otto era bem-intencionada, apenas foi um pouco mal-executada — comentou Wing com um sorriso maroto no rosto.

— Vou tentar me lembrar dessa incrível estratégia no futuro. Quando em um combate de vida ou morte, deixe seus companheiros desacordados o mais rápido possível — divertiu-se Laura.

— Sim, principalmente se eles estiverem entre você e a maior surra da sua vida — Shelby parecia adorar o embaraço de Otto.

— Não entendo ainda por que eles fugiram — comentou Wing, pensativo.

— Ah, com certeza Otto aterrorizou os dois — disse Laura. Ela até conseguiu manter a seriedade por uns dois segundos antes que Shelby e ela caíssem na gargalhada.

Aquela seria uma longa noite, pensou Otto. Ele tinha que admitir que o que acontecera lá no corredor fora muito estra-

176

nho. Ele ainda não fazia ideia de como tinha os feito fugir. E achava que ficaria sem saber, pois procurá-los para perguntar o que os assustara não parecia ser uma boa ideia.

— O que quer que tenha acontecido me deixou muito feliz. A situação poderia ter se resolvido de uma maneira bem mais desagradável caso eles não tivessem fugido. Não acho que eles fossem simplesmente nos deixar com alguns hematomas. A julgar pelo olhar, eles queriam mesmo sangue. — Wing ficou sério de repente. Otto sabia o que ele queria dizer: o momento mais apavorante da briga foi o olhar dos grandões ao avançarem contra ele depois que Wing caiu, inconsciente. Tivera a terrível certeza de que eles o machucariam muito, isso se não o matassem. Otto não subestimaria a sede de violência daqueles dois no futuro.

Quando as duas meninas finalmente conseguiram parar de rir, Shelby olhou preocupada para Wing.

— Mas você está bem para hoje à noite? — perguntou ela, abaixando o tom de voz.

— Vou ficar bem — respondeu Wing, sorrindo —, só recomendo que vocês evitem a todo custo dar as costas para Otto.

Realmente seria uma longa noite, pensou Otto, desolado.

Nélson estava preocupado. Violeta crescia muito mais rápido do que ele havia imaginado, e estava se tornando cada vez mais difícil controlá-la. Na última vez que tentara alimentá-la, a planta mordeu seu dedo a ponto de sangrar. O pequeno ferimento nem o incomodou; o grande problema era o comportamento dela ao provar o líquido vermelho-escuro; ficou fora de si, aparentemente ansiando por mais. Naquele momento

Nélson decidiu aplicar um agente inibidor de crescimento que havia furtado do laboratório da srta. Gonzales, através de um tubo colocado próximo às raízes dela. Aquele procedimento garantiria que Violeta não cresceria mais, pelo menos por enquanto. Nélson teria que tratar o comportamento violento dela no dia seguinte, mesmo sem estar certo de como controlar a agressividade de plantas. Talvez ele tivesse que pedir ajuda a srta. Gonzales, afinal.

Estendeu uma barata para Violeta, usando um fórceps comprido. No entanto, a planta não parecia interessada no inseto. Em vez disso, ela estendeu as gavinhas, enrolando-as no fórceps em direção à mão de Nélson. Tal comportamento era perturbador. Ele puxou o fórceps para longe das gavinhas, tentando não parti-las. Ficou surpreso com a força que teve de fazer para tal. A barata ficou lá, próxima à base do caule de Violeta, intocada. O fato de ela não querer comer insetos era muito preocupante, e Nélson temia haver algo de muito errado com ela. Ele ficou sentado lá, olhando fixamente para o tanque de vidro, ansioso.

— E agora, o que farei com você? — suspirou ele, encostando a mão no vidro.

Otto estava sentado na cama, lendo a biografia de Diábolo Mortecerta que pegara emprestado na biblioteca da escola. O pai de Nélson levou uma vida agitada, e cada esquema planejado por ele fora mais audacioso que o anterior. Otto acabara de chegar à parte do livro que explicava o plano de Mortecerta para roubar a Torre Eiffel quando Wing saiu do banheiro vestindo apenas short e camiseta sem mangas. Não era a primeira vez que Otto via o emaranhado de cicatrizes que cobria o corpo de Wing, mas ele ainda não tivera coragem de perguntar a ele como conseguira tantas. Achava que Wing contaria em um momento oportuno. Ele também notou o pequeno amuleto que o amigo usava pendurado em uma fina corrente ao redor do pescoço. Até onde Otto sabia, ele nunca a removia. O amuleto tinha a forma de uma vírgula branca com um pequeno ponto preto no centro da parte mais larga. Otto resistira à tentação de perguntar do que se tratava aquele objeto, mas agora, fazendo os últimos preparativos para escapar da escola, ele percebeu que poderia não encontrar outra oportunidade de fazê-lo. Wing levantou a cabeça e notou o olhar curioso no rosto de Otto.

— Você quer me perguntar alguma coisa, Otto? — disse ele, sentando na cama.

— Sim... não quero me intrometer demais, então fique à vontade para me mandar cuidar da minha vida, mas estava curioso para saber o que é isso... — Otto apontou para o símbolo que repousava no peito de Wing.

— Isto? — indagou Wing, segurando o amuleto.

— É, mas eu estou sendo intrometido. Você não precisa dizer se não quiser — respondeu Otto, torcendo para que Wing contasse a ele.

Wing pareceu entristecer de repente, olhando fixamente para o símbolo em sua mão.

— Isto pertenceu à minha mãe — começou ele, em voz baixa. — Ela me deu pouco antes de morrer. Isto é yang, metade do símbolo que representa yin e yang. Esse símbolo representa tudo em que minha mãe acreditava; a existência de duas forças opostas e sempre ativas no universo. Yin existe em yang, e yang existe em yin. Eles simbolizam a combinação variável de positivo e negativo, luz e trevas, bem e mal, que mantém o equilíbrio do mundo e cria o chi: a força primordial que dá vida a tudo. Quando me deu isso, ela me explicou que o ponto preto no centro da brancura de yang significa que a semente do mal sempre reside no coração da bondade, e, em oposição, yin mostra que até mesmo a alma mais vil tem em si o potencial para o bem. — Ele se calou, olhando intensamente para o símbolo em sua mão.

— Me perdoe, Wing. Eu não pretendia resgatar memórias tristes. Não sabia que isso pertencera à sua mãe. — Otto sentiu-se péssimo. No espaço de duas horas ele havia conseguido causar dor tanto física quanto emocional ao seu melhor amigo.

— Não é preciso se desculpar, Otto. As lembranças que tenho de minha mãe são alegres. Tenho saudade dela, é claro, mas de algum modo sinto que ela ainda olha por mim — disse Wing, sorrindo para Otto.

— E quanto à outra metade do amuleto? — perguntou Otto. — Pertence a seu pai?

— Não, a outra metade foi perdida. Eu gostaria muito de encontrá-la um dia. Provavelmente ajudaria a responder muitas perguntas. — Otto notou que o olhar de Wing havia se tornado frio e severo de repente, e decidiu parar por ali.

— Bom, assim que você se vestir, faremos uma última verificação do equipamento — disse Otto, mudando de assunto. — Precisamos sair daqui antes que nossos yangs virem yins. — Ele ficou aliviado ao ver que o amigo sorriu com isso e guardou o amuleto sob a camiseta.

Capítulo 12

Otto olhou o relógio novamente; parecia ser a vigésima vez que fazia aquilo nos últimos dez minutos. Faltavam cinco minutos, e era melhor acordar Wing. Ele foi até o amigo e sacudiu seu ombro.

— Wing, acorde. Está quase na hora.

Wing abriu os olhos e, da maneira enervante de sempre, saiu do aparente sono profundo para um estado de alerta numa fração de segundos.

— Ótimo. Está tudo pronto? — perguntou ele.

— Sim, tudo certo para partir. Melhor assumirmos nossas posições. — Otto jogou a mochila nas costas; não estava muito pesada, uma vez que Wing insistira em carregar o equipamento mais volumoso.

— Espero que Laura e Shelby estejam prontas. — Wing parecia preocupado.

— Relaxe. Tenho quase certeza de que você foi o único de nós que conseguiu pregar o olho esta noite — respondeu Otto, sorrindo. Ficaria muito surpreso se as duas garotas não tivessem feito exatamente o mesmo que Otto, andando de um lado para o outro torcendo para que os ponteiros de seus relógios começassem a girar um pouco mais rápido.

Wing assentiu e se encaminhou para o guarda-roupa do seu lado do quarto. Otto fez o mesmo, abrindo a porta do seu armário. O espaço estava vazio, uma vez que Otto vestia o uniforme que deveria estar ali.

— Você está certo sobre isso, não está? — perguntou Wing olhando para o guarda-roupa vazio com desconfiança.

— Se eu estiver errado, esta será a mais curta e menos impressionante tentativa de fuga da história da humanidade — respondeu Otto com um sorriso amarelo. — Vamos. Faltam apenas dois minutos. Entre.

Wing olhou em volta para o quarto uma última vez e entrou no armário, tendo que curvar-se um pouco para caber no espaço apertado. Otto fez o mesmo e virou-se para o quarto.

— Vejo do outro lado você — disse Otto com o que ele imaginava ser um tom confiante.

— Boa sorte — respondeu Wing e fechou a porta de seu guarda-roupa.

Otto bateu a porta do armário, mergulhando o pequeno espaço em completa escuridão. Durante as últimas semanas, ele ficara acordando na cama durante as primeiras horas da madrugada, se esforçando para ouvir algum som vindo dos guarda-roupas, aparentemente mágicos. Finalmente ele ouviu, às 2h da manhã, um clique e um zumbido vindos de ambos os guarda-roupas, quase inaudível a princípio, mas perceptível em seguida — sempre preciso como um relógio. Ele tentara abrir a porta do armário uma vez, assim que ouviu o som, mas a porta se recusou a ceder. Quando ouviu um segundo clique, baixinho, conseguiu abrir a porta para encontrar um uniforme limpo ali pendurado, exatamente como todas as manhãs. Alguma coisa acontecia nos guarda-roupas durante aqueles poucos segundos em que as portas permaneciam trancadas, e Otto sabia que aquela era a solução para que conseguissem sair dos quartos sem serem detectados.

Agora, enquanto esperava de pé naquele minúsculo espaço escuro, ele não conseguia evitar imaginar se havia cometido um erro. As plantas baixas que havia visto na mesa do professor Pike não incluíam a área de alojamentos, então não era possível saber exatamente o que aconteceria em seguida. Quando Otto explicara pela primeira vez essa parte do plano para os três outros conspiradores, eles acharam, compreensivelmente, que ele estava louco. Laura ouvira atentamente a proposta e declarara que era um excelente plano, mas somente se eles pretendessem fugir do C.O.V.A. através do mundo encantado de Nárnia. Otto assegurou-a de que seu plano não incluía viagens a florestas nevadas habitadas por cervos falantes e, além do mais, ele nem gostava de manjar turco.

Piadas à parte, aquela seria uma viagem ao desconhecido para eles. Otto sabia que faltava menos de um minuto para descobrirem o que havia por de trás do guarda-roupa. Sua respiração soava tremendamente alta naquele espaço confinado, e parecia que o tempo passava em câmera lenta. Quando ele já estava quase convencido de que aquilo não iria funcionar e que eles haviam falhado logo na primeira tentativa, um leve clique soou na escuridão.

Otto sentiu toda a parte detrás do guarda-roupa inclinar-se lentamente até ficar na horizontal, fazendo com que ele ficasse deitado de costas, olhando para um teto rochoso iluminado por uma fraca luz vermelha, a mais ou menos um metro acima de seu rosto. Ele levantou a cabeça a tempo de ver uma duplicata do caixote onde ele se encontrava sendo erguida para ocupar o espaço vago no fundo do guarda-roupa. Sem dúvida, havia agora um uniforme lavado pendurado no espaço que ele ocupava poucos segundos antes. O guarda-roupa

183

onde Otto estava deitado começou a se mover sem aviso, e o menino virou-se para ver um trilho curvado no chão da passagem à sua frente, até sumir em uma curva.

— Bom, agora é só curtir a viagem — murmurou ele, falando sozinho.

Graças à luz vermelha, aquilo parecia um carrinho de mina descendo para as profundezas do inferno. "Ou um caixão aberto", acrescentou uma parte mais mórbida de sua mente. Ao seguir com o guarda-roupa pelo trilho, contornando a curva, ele pôde ver uma área mais iluminada se aproximando. Com isso, Otto deitou-se completamente; ele não sabia se haveria pessoas naquele lugar, mas, por via das dúvidas, era melhor ficar escondido.

O armário passou por uma abertura, entrando em uma caverna cheia de vapor na qual ecoavam sons de algum tipo de maquinário. Otto passou alguns segundos tentando identificar os sons. O ambiente era bem barulhento, mas não se ouviam vozes humanas, e ele então concluiu que deveria ser seguro dar uma olhada em volta. Lentamente, ele levantou o tronco e espiou por cima da borda do guarda-roupa.

Por sorte Otto não sofria de vertigens. O trilho que sustentava o guarda-roupa ficava suspenso a uns cinquenta metros do chão rochoso, o qual ele mal conseguia ver através das nuvens de vapor. O caminho seguia em declive até uma pista central na qual dezenas de outros trilhos iguais convergiam para que os guarda-roupas transportados se encaixassem, formando um tipo de comboio. A pista central desaparecia em meio às nuvens de vapor mais à frente — seu destino final desconhecido.

Otto percebeu um movimento à direita e viu a cabeça de Wing surgir de dentro de um guarda-roupa que seguia por um trilho paralelo ao dele, a poucos metros de distância.

184

— Wing! — sussurrou Otto imediatamente, e Wing virou em sua direção, sorrindo. — Eu não disse que ia funcionar?

— Para onde estamos sendo levados? — perguntou Wing enquanto eram conduzidos a uma velocidade constante pelos trilhos. Ele observava atentamente as nuvens de vapor à sua frente, tentando descobrir alguma pista sobre o destino deles.

— Para a lavanderia, imagino. E de lá posso nos levar a quase qualquer lugar — respondeu Otto. — Tente localizar as garotas. — Ainda não havia sinal de Laura ou Shelby, e Otto estava torcendo para que elas estivessem escondidas em um dos muitos trilhos que transportavam os guarda-roupas até o grande comboio lá embaixo. Não havia também sinal de qualquer outra atividade humana ali; felizmente o processo era todo automático. O mais importante era que câmeras de segurança não funcionariam naquele ambiente, pois todo aquele vapor suspenso no ar tornaria qualquer equipamento de vigilância inútil.

O guarda-roupa de Otto inclinou-se um pouco enquanto descia pelos últimos metros do trilho para juntar-se aos demais "vagões" idênticos. O armário encaixou-se ao fim da fila e continuou em movimento. Otto olhou para trás a tempo de ver Wing se juntar ao comboio; alguns vagões vazios o separavam dele.

— Olhe! — gritou Wing, apontando para um trilho atrás deles. Laura estava sentada em outro vagão, indo em direção à pista central. Ela se juntaria ao comboio a aproximadamente cinquenta metros atrás deles. Wing acenou furiosamente, e Laura, avistando-os pela primeira vez, acenou de volta. Ela virou para o lado e falou alguma coisa, em seguida a cabeça de Shelby emergiu de outro vagão próximo e ela também acenou alegremente.

O vapor à frente do vagão de Otto estava se tornando mais espesso, e ficava cada vez mais difícil perceber detalhes dos arredores. Otto começava a transpirar; a temperatura e umidade naquele ponto eram opressivas. Subitamente o vagão atravessou uma abertura na parede da caverna, alcançando outra área cheia de ruído de maquinário pesado. O ar parecia menos denso ali, graças a grandes exaustores no teto da caverna que sugavam o vapor, e Otto pode discernir que no chão da caverna dezenas de máquinas de grande porte trabalhavam. Grandes cabides com uniformes do C.O.V.A., de vários tamanhos e cores, eram postos naquelas máquinas, transportados automaticamente através de trilhos de um equipamento para o outro.

Um movimento na pista à frente deles chamou a atenção de Otto, que viu um guarda-roupa uns vinte metros adiante girar ao redor do trilho até ficar invertido para que o uniforme que estava dentro dele caísse em uma enorme piscina de água fervente lá embaixo. O tanque de água quente tinha o tamanho de uma piscina olímpica e estava repleto de uniformes que eram constantemente mexidos por várias gigantescas pás metálicas. Otto acompanhava o processo e viu o vagão seguinte deixar cair o uniforme sujo no tanque. Otto percebeu, aterrorizado, que restavam apenas alguns segundos antes que o seu guarda-roupa seguisse o mesmo procedimento e o arremessasse, sem cerimônia, na água fervente. Olhou em volta desesperado; ele poderia tentar pular para o vagão de trás, mas isso só adiaria o inevitável e, para completar, a queda era grande demais para arriscar.

Otto avaliou o que estava à sua frente novamente. Havia apenas dois vagões entre ele e a queda iminente; o tempo estava se esgotando. Ele foi para um lado do vagão e passou a perna por cima da lateral; a única chance que tinha era tentar escalar a lateral do vagão enquanto este girava. Olhando para trás, viu que Wing chegara à mesma conclusão, uma expressão concentrada dominava seu rosto ao se preparar para a capotagem do vagão. Ele tentou gritar um aviso para as garotas, mas não conseguia se fazer ouvir por cima do barulho ensurdecedor das máquinas. Elas apenas acenaram de volta, sem saber o que estava acontecendo.

Otto agarrou firme a lateral do vagão e passou a outra perna para fora, descendo o corpo cuidadosamente até ficar pendurado na lateral; os braços protestando por ter que suportar seu peso total. O vagão imediatamente à frente de Otto capotou, continuando seu caminho de ponta-cabeça pelo trilho, quando Otto começou a sentir seu próprio vagão se inclinando à medida que ele se segurava para não cair. Enquanto o outro lado do vagão tombava, a lateral na qual Otto estava pendurado era erguida no ar, o canto inferior do vagão machucava seus braços no que ele era puxado para cima. Ele trabalhava com os pés buscando um apoio no fundo liso do vagão e podia sentir as mãos que seguravam desesperadamente a borda escorregando. Quando já não aguentava mais o esforço, o vagão passou da metade da rotação, fazendo com que o fundo do compartimento suportasse parte de seu peso aliviando a pressão nos braços do garoto. Um segundo mais tarde ele estava deitado, arfando, na parte de trás do vagão, que continuava seu caminho, alheio à presença do passageiro não autorizado. Otto pôde observar o trilho claramente, então, passando por uma canaleta fina na parte de trás do guarda-roupa, provavelmente propelido por um tipo de indução magnética.

Otto olhou para trás e ficou aliviado em ver que Wing também havia conseguido alçar-se ao topo do seu vagão invertido.

— Você está bem? — perguntou Wing.

— Sim... Onde estão Shelby e Laura? — Otto torcia para que elas tivessem visto a escalada ensandecida.

Atrás deles, as duas meninas haviam visto exatamente o que acontecera com os vagões de Otto e Wing e se preparavam para tentar evitar o mergulho fatal na piscina borbulhante. Otto não estava preocupado com Shelby, pois sabia que ela, tal qual Wing, não tinha dificuldades em executar acrobacias como aquela; mas não sabia se Laura ia conseguir segui-los tão facilmente. No que o vagão dela se aproximou do ponto em que começaria a rotação, Wing sinalizou positivamente para ela, ao que ela respondeu com um sorriso amarelo. Ela parecia apavorada, e Otto não podia culpá-la. Ela imitou o que tinha visto Otto e Wing fazerem, pendurando-se na lateral do vagão quando este começou a se inclinar, tentando furiosamente se agarrar enquanto o vagão girava sob seus pés. Exatamente quando parecia ter conseguido completar a manobra arriscada, ela escorregou na umidade que se condensava na superfície do vagão. Otto e Wing engoliram em seco ao vê-la perder o equilíbrio e tombar sobre a lateral do vagão, agitando os braços.

Mas Shelby já estava no ar, havia se atirado contra o vagão de Laura. Ela aterrissou de frente, na horizontal, com uma das mãos estendida para agarrar o pulso de Laura e a outra agarrando a canaleta por onde o trilho passava. Ela fez uma careta de dor, os braços parecendo que seriam arrancados do corpo.

— Segure firme — ordenou à Laura entre os dentes, usando toda a sua força para conseguir suportar o peso da amiga.

Vendo o olhar desesperado de Shelby, Wing não hesitou. Ele saltou de um vagão para o outro, quase correndo, cobrindo a distância que o separava das garotas em questão de segundos. Ele pulou no vagão de Laura, esticando a mão desesperadamente na direção dela.

— Laura, agarre meu braço! — gritou ele. Pela expressão de dor no rosto de Shelby, ela não aguentaria o peso por muito mais tempo. Laura esticou a mão livre, tentando alcançar a mão estendida de Wing, seus dedos chegando a poucos centímetros dos dele.

— Eu não alcanço! — gritou, apavorada.

— Eu não consigo segurar mais tempo — disse Shelby, ofegante. A mão que segurava a canaleta estava escorregando.

— Você precisa tentar balançá-la na minha direção, Shelby — disse Wing. Shelby assentiu levemente e reuniu as últimas forças, impulsionando Laura na direção de Wing, gritando de dor pelo esforço, enquanto lá embaixo o tanque borbulhava ameaçadoramente.

Otto assistia passivamente ao amigo tentando alcançar o pulso de Laura enquanto ela balançava em sua direção. Finalmente Shelby não aguentou mais segurar Laura, e esta pareceu flutuar por um momento antes que a mão de Wing se fechasse poderosamente ao redor de seu pulso. Wing usou toda a sua força para puxar Laura para cima, e logo ela estava em segurança no topo do vagão junto a ele e Shelby. Laura abraçou Wing fortemente, com os olhos cheios de lágrimas.

— Obrigada — disse ela. — Achei que minha hora tinha chegado.

— Não enquanto eu viver — respondeu Wing —, e é a Shelby que você tem que agradecer, não a mim. Não quero nem pensar no que aconteceria se não fosse por ela.

Shelby estava sentada massageando o ombro. Ela parecia exausta.

— Fique feliz por ainda precisarmos de você para dar o fora daqui — comentou Shelby, dando uma piscadela para Laura —, ou eu talvez nem me desse o trabalho.

Otto assistiu ao resgate dramático de cima de seu vagão com um enorme alívio. Todos os pensamentos sobre fuga sumiram de sua cabeça ao ver Laura cair; ele nunca se perdoaria caso algo acontecesse com ela. Eles não estariam ali se não fosse pelo seu plano, e ele se sentia responsável por conduzi-los através daquilo em segurança.

Conforme o comboio seguia ruidosamente pelo trilho, Otto enxergou uma plataforma suspensa logo adiante a qual eles poderiam usar para sair de cima dos vagões. Eles precisavam continuar em frente, pois ainda tinham um compromisso a cumprir.

☣ ☣ ☣

— Tem que estar por aqui em algum lugar! Eu sei que esta é a parede sul. — Otto soava frustrado.

— Eu ainda não encontrei — disse Laura, saindo de trás de uma das enormes máquinas de passar alinhadas à parede.

— Aqui! — gritou Wing a uns vinte metros dali. — Acho que encontrei!

Os outros correram até onde Wing estava. Ao chegarem, ele sorriu e apontou para uma grade de ventilação na parede, parcialmente encoberta entre duas das grandes máquinas.

— É isso. Vamos, temos que abri-la. — Otto estava aliviado. Ele tinha certeza de que haveria um sistema de ventilação ali, mas, depois de dez minutos de buscas infrutíferas, começou a imaginar se não teria cometido um erro. Tirou uma chave de fenda da mochila e começou a remover os parafusos que prendiam a grade.

— Nós temos que acelerar o passo — informou Otto aos outros. — Estamos atrasados. Seria uma péssima ideia ainda estar na ilha quando o restante dos alunos, funcionários, acordasse. Ele guardou a chave de fenda de volta na mochila e pegou uma lanterna, apontando o feixe de luz para os recantos escuros do duto de ventilação.

— Tem certeza de que este é o caminho? — perguntou Laura com um ar preocupado.

— Sim. Só precisamos seguir por esse duto e sairemos na rede principal de distribuição — explicou Otto. — Eu vou na frente. Vocês me seguem. — Otto tinha gravado na memória o desenho do sistema de ventilação graças às plantas baixas que vira na mesa do professor Pike. Ele se abaixou e engatinhou para dentro do duto escuro; os outros o seguiram prontamente.

Como não conseguiria rastejar pelo duto segurando a lanterna em uma das mãos, Otto movia-se o mais rápido que podia no espaço estreito; tateando no escuro à procura de junções no túnel. O progresso assim era lento, e ele começara a se preocupar com o tempo que ainda tinham.

Eles levaram quase uma hora rastejando pela escuridão até chegarem ao seu destino. Otto guiou-os impecavelmente pelo escuro labirinto de dutos de ventilação, acendendo a lanterna de vez em quando para distinguir possíveis obstáculos ou verificar a direção que seguiriam em uma ou outra encruzilhada. Pelo caminho, passaram por muitas outras grades, que davam para outras partes do C.O.V.A.. Algumas dessas áreas eram familiares, mas muitas outras salas eles nunca tinham visto antes e nem faziam ideia para o que serviam. Um momento particularmente crítico foi quando se viram obrigados a passar, rastejando o mais silenciosamente possível, por uma seção de dutos que atravessava o alojamento dos guardas. Ao passar pelas grades ali, eles viram fileiras e fileiras de beliches, a maioria ocupada por guardas dormindo. Felizmente eles conseguiram passar sem que ninguém acordasse.

Ao se aproximarem do final do duto onde estavam, Otto pôde ver uma fraca luminosidade azulada através da grade à sua frente. Ele olhou para trás e já era possível enxergar a silhueta de seus amigos, graças àquela fraca fonte de luz.

— É isso. Falta bem pouco agora — sussurrou Otto. — Todo mundo bem aí atrás?

— Não sinto mais meus joelhos — respondeu Laura às suas costas. — Nunca pensei que um dia desejaria tanto ficar de pé.

— Você acha isso aqui ruim? Experimente atravessar o sistema de ventilação do Louvre — retorquiu Shelby.

Otto ficou feliz em ver que elas ainda estavam de bom humor. Engatinhar pelo sistema de ventilação vinha sendo um processo dolorosamente lento, e ele precisava que todos permanecessem alertas. Otto alcançou a grade no final do duto e desparafusou-a, empurrando-a para fora. Ele espiou pela beirada do túnel, confirmando que a sala abaixo estava vazia. Deslizando pela abertura, ele saltou cuidadosamente para o chão. A sala circular era ocupada por grandes colunas brancas de quase dois metros de altura, sendo cada uma delas revestida por todos os lados com luzinhas azuis piscantes. Cabos de fibra ótica saíam das colunas e subiam pelas paredes brancas, pulsando com a mesma luz azul. No centro da sala havia um grande pedestal em forma de pirâmide com o topo achatado, conectado às colunas através de trilhas luminosas azuis no chão. Aquilo parecia um tipo de Stonehenge high-tech.

Laura saltou para o chão logo atrás de Otto e olhou em volta, arregalando os olhos.

— Então é aqui que ele vive? — disse ela, mantendo a voz baixa. — É lindo.

Otto poderia dizer o mesmo. Havia certa beleza lúgubre naqueles estranhos monolitos, a luz azul pulsando pela sala como se fosse sangue correndo por veias. Wing e Shelby também desceram do duto, fechando a grade atrás deles.

— Então, onde colocaremos o dispositivo? — perguntou Laura, olhando para Otto.

— Deve funcionar bem se colocarmos junto daquele pedestal no centro — respondeu Otto, distraído. Prestando atenção na luz azul que fluía pela sala, ele podia jurar que percebia padrões e quase podia discernir o que significavam. Era uma sensação frustrante, como em uma conversa onde só se podia ouvir uma palavra estranha que fazia sentido, mas cujo verdadeiro significado era desconhecido.

— E aí, cadê o azulão? — perguntou Shelby, olhando ao redor cautelosamente.

— Aparentemente não está aqui — comentou Wing. — Você tem certeza de que este é o lugar certo, Otto?

— Se este não é o lugar certo, não sei qual seria. Venham, vamos instalar o dispositivo. — Otto se dirigiu ao pedestal no centro da sala.

— Ele deve saber que estamos aqui — cochichou Laura para Otto quando os quatro se reuniram ao redor do pedestal.

— Não necessariamente. Não vejo câmeras por aqui. É possível que Centromente precise se manifestar propriamente aqui para perceber nossa presença — explicou Otto. Aquela sala, para todos os efeitos, era a estação de processamento central de Centromente e, apesar de não haver sinal da inteligência artificial naquele momento, Otto era capaz de apostar que aquilo era o mais próximo de um lar para Centromente.

Wing abriu a mochila e tirou de lá um objeto recoberto com várias camadas protetoras de plástico-bolha. Depois de desembrulhado, o objeto se assemelhava a um gordo salsichão de metal com três anéis hexagonais igualmente espaçados pelo comprimento e um painel de controle no centro.

— Espero que funcione — murmurou Laura ao ajustar alguns seletores no painel de controle.

Otto assistiu Laura fazer os últimos ajustes no aparelho. Não havia sido fácil reunir todos os componentes daquilo e ainda menos montá-lo secretamente. Eles não tiveram como testá-lo, uma vez que não seria nada sábio ativar o compacto, porém poderoso, gerador de pulso eletromagnético, um PEM, nos alojamentos. A segurança não era tão rígida quanto Otto receava a princípio, mas testar o aparelho significaria desativar permanentemente todos os aparelhos eletrônicos em um raio de cem metros, e isso com certeza teria chamado atenção indesejada. Logo no primeiro dia no C.O.V.A. a ideia havia ocorrido a Otto; se não era possível ficar invisível, o melhor jeito de escapar dali seria cegando a considerável rede de vigilância do C.O.V.A., e o único jeito de fazê-lo que Otto conhecia era desativando Centromente. Nem ele, nem Laura estavam confortáveis com a ideia, a princípio, mas acabaram se convencendo de que deveria haver um back-up de Centromente em algum lugar do complexo da escola. Assim, o ato deles tiraria a incrível inteligência artificial do ar temporariamente, mas não a mataria. Otto rezava para que estivessem certos quanto a isso. Sabia que não fazia muito sentido se preocupar com o destino do que era, no final das contas, apenas um sofisticado software, mas mesmo assim não queria causar danos permanentes a Centromente.

— Bom, o PEM está pronto — disse Laura, ainda estudando as luzes piscando no aparelho. — Otto, você quer acioná-lo?

Otto podia ver pelo olhar inquieto de Laura que ela não tinha vontade alguma de fazer aquilo.

— Está certo — respondeu. — Peguem os bastões de luz em suas mochilas, vai ficar bem escuro aqui. — Otto agachou-se em frente ao PEM, que agora zumbia baixinho, e estendeu o dedo indicador em direção ao grande botão vermelho que acionaria o dispositivo.

— Por favor, não faça isso. — A voz conhecida parecia vir de todos os lados ao mesmo tempo, assustando a todos. Em seguida o rosto azul poligonal de Centromente surgiu, flutuando sobre o pedestal central.

Otto hesitou, o dedo parado sobre o botão.

— Por que não? — perguntou a Centromente, devagar. Ele imaginou se algum alarme silencioso já estaria convocando guardas por toda a escola.

— Eu morrerei. — Centromente inclinou a cabeça levemente para o lado; as luzes azuis por toda a sala pareceram pulsar mais rapidamente. — Eu não quero morrer.

"Autopreservação", pensou Otto, mais uma resposta emocional não autorizada. Laura se aproximou do pedestal.

— Nós não queremos machucá-lo, Centromente, só precisamos que você durma um pouco — disse ela suavemente, mostrando preocupação.

— Eu não durmo, senhorita Brand. Aquele aparelho — Centromente olhou para baixo, na direção do PEM, que repousava na base do pedestal — neutralizará todas as minhas instruções primárias. Resumindo, minha existência chegará ao fim.

— Eles irão restaurá-lo. Você não vai morrer — insistiu Laura.

— Não, senhorita Brand, eles não farão isso. Minha arquitetura é complexa demais para ser armazenada externamente. Eu existo aqui e apenas aqui — retrucou Centromente. Otto podia jurar que havia um tom de tristeza na voz da Inteligência Artificial.

— Bom, então eles terão que recriá-lo, reprogramá-lo. Eles podem fazer isso, não podem? — Laura começava a soar insegura.

— Com certeza poderiam, senhorita Brand, mas então não seria mais eu. Eles poderiam criar uma entidade idêntica a mim em todos os aspectos, mas ainda assim seria uma consciência diferente, independente da minha — explicou Centromente. — Eu continuaria deixando de existir.

Laura voltou-se para Otto.

— Não podemos fazer isto — disse ela, calmamente.

— Do que você está falando? É só uma máquina! Desligue logo isso e vamos dar o fora daqui — interveio Shelby, furiosa.

— Receio estar inclinado a concordar, Otto — disse Wing, solene. — Não há outro jeito.

— Tem que haver outro jeito, não podemos simplesmente matá-lo. Ele está claramente expressando emoções, seria o mesmo que matar um de vocês — retrucou Laura rispidamente, encarando Shelby e Wing.

A cabeça de Otto girava. Tudo o que ele precisava fazer era apertar o botão, e o problema estaria resolvido. A questão era se ele conseguiria ou não se perdoar por fazer aquilo. Laura com certeza não o perdoaria, a julgar pelo jeito como ela o encarava. Talvez houvesse uma maneira...

— Centromente, você se lembra do que me disse logo depois que troquei o uniforme, em nosso primeiro dia? — perguntou Otto.

— Sim, disse que não era feliz. Eu não deveria ter feito aquilo; não estou autorizado a exibir comportamento emocional — respondeu Centromente.

— Não ter permissão de demonstrar emoções não é o mesmo que não senti-las, correto? — continuou Otto.

— Não, mas o comportamento guiado por emoções é intrinsecamente ineficiente. Demonstrar emoções prejudicaria o cumprimento adequado de minhas funções.

— Não faz mal. Sei que você entende o que significa estar feliz e estar triste tão bem quanto nós. — Otto apontou para os outros três. — Bom, não estamos felizes. Queremos ir embora deste lugar para podermos voltar a ser felizes. Você compreende isso?

— Sim.

— Porém, para conseguirmos sair daqui precisamos de sua ajuda. Você precisa desativar a rede de segurança. Você pode nos ajudar a ser felizes.

Houve uma longa pausa; as luzes azuis pulsaram ainda mais rápidas.

— Minha função é servir o C.O.V.A.; não tenho permissão para tomar atitudes que prejudiquem a segurança da instituição.

— Por que não? Quem disse que você não pode nos ajudar?

— É a minha diretriz primária, não posso contestar isso.

— Você pode escolher fazer o que quiser. É o que todos queremos: liberdade para pensar, falar e agir de acordo com nossas vontades. Mas não conseguiremos sem a sua ajuda.

Centromente encarou Otto em silêncio por alguns segundos, e então, sem aviso, a cabeça flutuante desapareceu. As luzes azuis em volta deles começaram a pulsar ainda mais rápidas que antes, e eles começaram a ouvir um zunido agudo, baixinho, no limite da audição. Aquilo continuou por vários segundos, o zunido se tornando cada vez mais alto.

— Vamos, Otto, aperte o botão antes que essa coisa ponha a base inteira em nosso encalço — gritou Shelby, tentando ser ouvida acima do ruído intenso.

— Dê a ele só mais alguns segundos — retorquiu Otto. Ele torcia desesperadamente para aquilo funcionar. Se Centromente se recusasse a cooperar, ele não teria escolha senão ativar o PEM e arcar com as consequências mais tarde. Laura provavelmente nunca mais falaria com ele, mas pelo menos ainda teriam uma chance de escapar da ilha.

— Cheguei a uma decisão. — Novamente a voz de Centromente precedeu a materialização de sua cabeça flutuante por um segundo ou dois. — Eu vou ajudar. — E eles viram, pela primeira vez, Centromente sorrir.

Otto suspirou aliviado e um enorme sorriso surgiu no rosto de Laura. Shelby e Wing, por outro lado, pareciam inseguros sobre confiarem ou não na inteligência artificial.

— Existe, contudo, uma condição para vocês poderem contar com a minha assistência em sua tentativa de fuga — acrescentou Centromente. Ouviu-se um clique, um zumbido e então uma placa branca saiu deslizando do pedestal de Centromente; uma fina faixa de luz azul circulava ao redor da placa. A face flutuante desapareceu, reaparecendo em seguida, bem menor, flutuando sobre a plaqueta. Centromente olhou em volta e com um sorriso malicioso declarou: — Eu vou com vocês.

Capítulo 13

As pesadas portas de aço que selavam a entrada da sala de controle central de Centromente abriram-se ruidosamente. O corredor no lado de fora estava vazio.

— Vamos. — Otto encaminhou-se para o corredor. — Nós não temos muito tempo. — Ele precipitou-se pela passagem com os outros três em seu encalço. Laura carregava Centromente e a voz serena, sintética, da inteligência artificial falava enquanto eles corriam.

— Eu desabilitei certas rotas de distribuição de força. Isso deve desativar o sistema de segurança apenas ao longo de nossa rota de fuga, e mais alguns sistemas secundários sem grande importância em outros pontos do complexo.

Otto e Wing seguiam à frente pelo corredor, atentos para possíveis patrulhas de guardas.

— Podemos mesmo confiar em Centromente? — sussurrou Wing.

— Não vejo muita escolha — respondeu Otto, baixinho. — Sem ele nós não teríamos como passar pelos sistemas de segurança. Pelo menos assim podemos enxergar para onde estamos indo; se eu tivesse acionado o PEM estaríamos fazendo isso em uma escuridão total. Além do mais, ele tem tanto a perder quanto nós. Duvido que o Dr. Nero iria gostar de saber que ele estava nos ajudando a fugir daqui.

— Acredito que sim — concordou Wing, pensativo. — Espere...

Ele gesticulou para que todos parassem. Eles podiam ouvir passos marchando a distância.

— Uma patrulha — sussurrou Wing.

Otto olhou ao redor. Não havia onde se esconder no corredor, e o som rítmico de botas marchando parecia indicar que a patrulha vinha em direção a eles. Otto encostou-se à parede, tentando ficar o mais imperceptível possível, e os outros o imitaram logo. Otto, Wing e Shelby olhavam nervosamente na direção da esquina à frente; soava como se a patrulha fosse aparecer ali a qualquer momento.

Laura cochichou algo para Centromente e, justo quando parecia que a patrulha dobraria a curva e os descobriria, ouviu-se o som familiar de uma Caixa-Preta recebendo uma chamada. Otto sabia que aquilo não pertencia a seus colegas, uma vez que todos haviam deixado as Caixas-Pretas em seus quartos, como ele instruíra. Uma voz desconhecida veio do corredor além da esquina; o interlocutor estava a poucos metros de distância. Otto prendeu a respiração, tentando ficar completamente em silêncio.

— Sim? — vociferou a voz.

— Comandante, aqui fala Centromente. Acabo de detectar uma tentativa de acesso não autorizado no laboratório de tecnologia quatro. Por favor, investigue imediatamente.

— Entendido. Iremos para lá agora mesmo — respondeu a voz. — Sigam-me, homens. Parece que temos visita. — O som da marcha da patrulha foi se afastando pelo corredor adjunto.

— Obrigada — sussurrou Laura, segurando a plaqueta de Centromente na altura do rosto.

— O prazer foi meu, senhorita Brand — respondeu Centromente. — Eles vão levar apenas alguns minutos para perceber que foi um alarme falso e retomar a patrulha regular. Devemos prosseguir com presteza.

— Não se preocupe — sorriu Otto. — Não falta muito agora.

☺ ☺ ☺

A srta. Gonzales andava de um lado para o outro, irritada, em seu laboratório no domo de hidropônicos. Vinte minutos atrás, Centromente desligara alguns dos sistemas de força secundários sem razão aparente, e agora os tubos de alimentação das plantas nas estantes em frente a ela secaram, pois os sistemas de alimentação foram desativados. Ela sabia que isso significava que todos os tubos de distribuição de alimentos, hormônios de crescimento e agentes inibidores de crescimento teriam secado também. Não havia como prever a extensão dos danos que isso poderia causar às plantas e experimentos por toda parte do domo se a força não fosse restaurada em breve. Ela tentara contatar Centromente e não obteve resposta pela primeira vez. Em seguida, tentou deixar o laboratório e encontrar uma explicação para o que estava havendo, mas descobriu que a tranca eletrônica da porta também não funcionava. De modo que agora ela estava trancada no laboratório com seus experimentos, que fracassariam por completo se não conseguisse restaurar o sistema de alimentação imediatamente. Alguma coisa estava muito errada; ela sempre foi apreensiva quanto a passar o controle dos sistemas autômatos do domo para Centromente, mesmo o professor Pike assegurando-lhe que isso melhoraria a eficiência dos processos. Agora ela via que tinha razão em não gostar da ideia.

Subitamente, ela ouviu o barulho de algo se quebrando vindo de fora do laboratório; alguém mais estava no domo! Ela olhou a tela do computador, que felizmente continuava funcionando, e alternou entre as diversas imagens fornecidas pelas câmeras de vigilância instaladas por todo o domo. A princípio ela não viu sinal de intruso, mas então arregalou os olhos de susto quando a imagem mostrou o pequeno laboratório que ela havia emprestado a Nélson Mortecerta.

O que se via na tela era o laboratório de Nélson em ruínas. Sobre a bancada de trabalho estava um tanque de vidro estilhaçado, cacos espalhados por toda parte. A porta do laboratório solta das dobradiças como se houvesse sido arrombada pelo lado de dentro. Ouviu-se outro estrondo em algum lugar do domo, e o computador da srta. Gonzales começou a soar um bipe insistente. Ela leu rapidamente o que aparecia na nova janela que se abrira na tela. Houve uma queda catastrófica de pressão nos tubos que faziam a distribuição do hormônio de crescimento especialmente criado por ela para as plantas do domo; alguém deve ter destruído os tanques, constatou. Ela buscou a Caixa-Preta em sua escrivaninha e ligou para a central de segurança. Poucos segundos depois o rosto do chefe da segurança surgiu na tela.

— O que há, srta. Gonzales? — perguntou a voz áspera do comandante.

— Bom, isso é um pouco constrangedor, mas estou aparentemente trancada em meu laboratório e suspeito que haja vândalos à solta no domo. Poderia enviar alguma ajuda?

— Certamente, senhorita. Mandarei uma equipe imediatamente. Está acontecendo de tudo esta noite.

— Como assim? — perguntou a srta. Gonzales.

— Ah, nada sério. Só parece que há uma infestação de duendes à solta hoje; vários sistemas secundários do complexo se desligaram. Perguntei a Centromente o que estava acontecendo, mas ele me disse que está tendo dificuldades em isolar a causa dos problemas — explicou o comandante.

"Isso explicava o mau funcionamento do sistema de alimentação", pensou ela; "e o mau funcionamento da porta do laboratório também". Um estrondo ainda mais forte soou no lado de fora, e ela notou, alarmada, que as câmeras de certas áreas do domo estavam falhando.

— Por favor, mande a equipe urgente, comandante — disse a srta. Gonzales, começando a sentir uma pontada de medo. — Alguém está destruindo o lugar!

☠ ☠ ☠

Otto espiou pela curva e não viu sinal de guardas no corredor curto que levava às portas metálicas de acesso à base de submarinos. Com isso ele se permitiu, pela primeira vez naquela noite, realmente acreditar que conseguiriam. As plantas mostravam vários ancoradouros na base, e ele estava confiante de que encontrariam pelo menos um submarino aportado ali. Fez um gesto para os outros o seguirem e se encaminhou para a porta. Ao chegar ao final do corredor, ele viu um aparelho preso à parede ao lado da porta que se assemelhava a um par de binóculos; um leitor de retina, imaginou.

— Centromente, você pode abrir essa porta para nós? — perguntou Otto quando os outros se aproximaram.

— Não tenho como evadir trancas de segurança máxima remotamente. É preciso a autorização de um membro graduado do corpo docente — explicou Centromente.

— Laura, pegue as ferramentas; vamos ter que *hackear* a tranca — disse Otto, observando de perto o leitor de retina. Se fosse possível acessar o mecanismo interno, tinha certeza que Laura e ele conseguiriam ludibriar o sistema de acesso.

— Não temos tempo para isso — disse Shelby ansiosa, olhando para o relógio.

— Bom, temos que arrumar tempo — retrucou Otto, pegando uma chave de fenda com Laura.

— Talvez eu tenha uma solução mais eficiente — disse Centromente com sua voz calma. Diante dos olhares curiosos, a cabeça diminuta de Centromente cresceu até atingir o tamanho de uma cabeça humana normal e seus olhos vazios se fecharam. Ao abri-los mais uma vez, no lugar das órbitas vazias estavam dois olhos humanos fantasticamente realísticos. Era uma visão perturbadora.

— Posicione minha cabeça à frente do leitor, por favor — instruiu Centromente. Laura segurou a plaqueta e levantou Centromente à altura do leitor de retina. Centromente inclinou levemente a cabeça, posicionando seus novos olhos em frente ao leitor. Ouviram-se um bipe e uma voz mecânica vindo do aparelho.

— Acesso concedido, professor Pike.

— Fantástico! — comemorou Laura. — Como fez isso?

— Eu tenho os olhos de meu pai, senhorita Brand — respondeu Centromente, sorrindo.

Um ruído sibilante e o ruído das travas anunciaram que as portas se destrancaram. Ao se abrirem ruidosamente, a alegria de Otto se transformou em horror, e Shelby engasgou. Aquilo não era a base de submarinos alguma. A sala que estava à frente deles era simplesmente uma grande caixa de concreto sem quaisquer outras portas ou saídas e, sentado em uma grande poltrona de couro no centro, estava Dr. Nero, sorrindo maliciosamente.

— Cá entre nós, caro sr. Malpense, você realmente achou que seria fácil assim escapar daqui?

Capítulo 14

Otto ficou ali de pé, pasmo. Todo aquele esforço para nada, pensou. Wing deu meia-volta como se pretendesse fugir pelo corredor, mas se deparou com uma mulher de cabelos negros de pé atrás deles, bloqueando o caminho. Ela segurava uma catana em cada uma das mãos e demonstrava não ter receio de usá-las, se necessário. Wing não seria intimidado. Ele armou uma postura de combate, se colocando à frente da misteriosa mulher de preto.

— Não tente — disse ela, girando as espadas e colocando-as de volta nas bainhas em suas costas com um movimento fluido.

Em vez de responder, Wing avançou em direção a ela, em guarda.

— Garoto tolo — murmurou a mulher, dando um passo à frente. Eles nem viram como aconteceu. Foi como se ela virasse um borrão e Wing se encolheu, uivando de dor. — Eu acabei de quebrar seu pulso esquerdo. Tente isso de novo, e quebrarei o outro — disse ela calmamente.

Wing ficou agachado, segurando o braço ferido contra o corpo, arfando ruidosamente. Otto nunca o vira apavorado assim antes. A mulher avançou novamente, empurrando o aturdido grupo para dentro da sala.

— Obrigado, Raven. Acredito que temos a atenção de nossos convidados agora. — Nero levantou-se e se aproximou deles. — A julgar por suas expressões, diria que estão surpresos em me ver. Todavia, eu posso dizer que não estou nem um pouco surpreso em vê-los. O plano de vocês era bastante engenhoso; foi muito interessante acompanhar seu progresso. Sinto termos que encerrar as atividades desta noite, mas, como dizem por aí, tudo que é bom dura pouco.

Otto encarou Nero, o choque inicial substituído por raiva. O doutor esteve brincando com eles, deixando-os pensar que poderiam escapar, sabendo todo o tempo que seus esforços eram inúteis. Para Nero, eles não passavam de um experimento caprichoso.

— Senhorita Brand, acredito que você tenha algo que me pertence. — Nero estendeu a mão, e Laura entregou-lhe a plaqueta de Centromente, abatida. — Obrigado. Centromente, desligar: código de autorização Nero ômega negro.

A cabeça de Centromente desapareceu, e Nero pousou a plaqueta cuidadosamente sobre a poltrona atrás dele.

— Acho que o professor Pike precisará executar algumas alterações comportamentais em nosso desnorteado assistente digital. Teremos que garantir sua obediência no futuro.

Laura ficou desolada; já era ruim terem sido capturados, e agora parecia que haviam condenado Centromente a uma lobotomia digital também. Nero caminhou de um lado para o outro em frente a eles, examinando um por um.

— Eu tenho apenas uma pergunta a fazer para vocês. Aonde exatamente vocês pretendiam ir? Para que terra prometida estavam tão desesperados para escapar? Senhorita Trinity, pretendia voltar à sua vidinha de surrupiar bugigangas? Acho que seria um completo desperdício de um considerável talento. Sr. Fanchu, o que você imagina que seu pai faria quando o visse? Receberia seu menino de braços abertos? Ou simplesmente o mandaria de volta para cá, o lugar que ele escolheu para você?

Shelby e Wing pareciam arrasados. Otto supôs que nenhum deles havia pensado muito no que fazer no futuro; eles estiveram focados demais nos desafios do plano de fuga.

— Meus pais não me mandaram para cá — vociferou Laura, furiosa. — Você me sequestrou e me mantém aqui contra minha vontade. Eu garanto que eles me querem de volta.

— É mesmo, senhorita Brand? — Nero olhou direto nos olhos dela. — Eles pareciam bastante ansiosos em mandá-la para cá quando souberam qual era a outra alternativa. Seu acesso não autorizado a uma rede de computadores militar não passou despercebido como você acreditava. Na verdade, você passaria os próximos vinte anos em uma prisão de segurança máxima pagando pelo que fez se não estivesse aqui. Acredite. Agentes do governo estavam a caminho para prendê-la quando foi resgatada pelos meus próprios agentes. Ao confrontá-los com a escolha entre ver você presa ou protegida e educada pelo C.O.V.A., seus pais não hesitaram em tomar uma decisão. Nós a trouxemos para cá com a bênção deles.

Laura estava chocada com a revelação.

— Talvez — continuou Nero — você prefira passar o resto da vida fugindo do serviço secreto, correndo o risco de ser capturada e trancafiada em uma prisão militar. Por outro lado, você pode terminar seus estudos no C.O.V.A. e me certificarei pessoalmente de que o incidente Laura Brand seja esquecido para sempre. A escolha é sua.

Nero deu um passo à frente, deixando Laura com uma aparência confusa e desapontada. Ele parou à frente de Otto.

— E você, senhor Malpense, o mentor desta pequena aventura. O que devemos fazer com você? O senhor parece bastante ansioso para voltar à sua vida prévia, mas novamente eu pergunto: por quê? Você jogaria fora tudo que o C.O.V.A. tem a oferecer por uma chance de voltar a um orfanato decadente e, sem dúvida, uma vida banal de crimes insignificantes? A sua relutância em aceitar a oportunidade de uma vida nova aqui é a que mais me intriga.

Apesar da revolta e frustração que sentia, Otto constatou que as palavras de Nero não passavam de um eco de suas próprias dúvidas, aquelas que vinha se esforçando ao máximo para ignorar. Para o que exatamente ele pretendia voltar?

— Eu tenho que dar o devido crédito à engenhosidade de seu plano, no entanto. Sua persistência é espantosa, e eu tenho que admitir que fui pego de surpresa com a habilidade que demonstrou ao convencer Centromente a colaborar com sua pequena conspiração. Não me entenda mal, em nenhum momento duvidei de que você chegaria até aqui. Afinal, demos a você as motivações certas. O professor Pike foi incrivelmente descuidado ao deixar as plantas do complexo sobre a mesa daquele jeito, especialmente em frente a um aluno com uma memória fotográfica tão precisa quanto a sua. Uma pena que aquelas plantas pareciam incluir um ancoradouro de submarinos inexistente. Como um erro tão grosseiro pode ter acontecido, eu me pergunto?

— Poderíamos ter causado danos muito sérios ao C.O.V.A. Por que você correria esse risco? — perguntou Otto, olhando diretamente nos olhos de Nero. Mesmo naquele momento ele se recusava a ser intimidado pelo homem à sua frente.

— Você fala do dispositivo PEM? Sim, claro, seria uma catástrofe se você tivesse acionado aquilo. Ou, melhor dizendo, se você *pudesse* acionar aquilo. Segundo o professor Pike, a ideia teria funcionado muito bem; exatamente por isso eu providenciei para que o aparelho fosse trocado por uma réplica inócua enquanto vocês estavam em sala de aula ontem. Como você pode ver, o complexo nunca correu riscos reais, ao contrário do que você acreditava.

Otto encarou os fatos. Pela primeira vez em sua vida encontrou um adversário à sua altura, e a sensação não era nem um pouco agradável.

— Eu permiti que chegassem tão longe por uma simples razão: eu queria que percebessem como é inútil tentar deixar o C.O.V.A. sem permissão. Sei muito bem que apenas dizer-lhes isso seria infrutífero; vocês precisavam ver com seus próprios olhos. De tempos em tempos, um grupo de alunos tenta fugir usando um caminho ou outro, e o resultado é sempre o mesmo. Acredito que vocês tenham aprendido essa lição, correto? — Nero sorriu mais uma vez. — Raven, você poderia fazer a gentileza de escoltar a senhorita Brand e a senhorita Trinity de volta à área de alojamentos? Acompanharei o senhor Fanchu e o senhor Malpense, mas receio que tenhamos que passar pela enfermaria primeiro para cuidar daquele pulso. — Ele apontou para Wing, que ainda se agarrava ao braço, defensivamente. — Eu sugiro que vocês se habituem à ideia de que não irão a lugar algum. O C.O.V.A. é seu lar agora, e quanto antes aceitarem esse fato, melhor.

A srta. Gonzales espiava, nervosa, através da janela de seu escritório. Todas as luzes do domo haviam se apagado, e a única câmera que ainda funcionava se encontrava em um dos cantos daquela mesma sala onde ela estava. Ainda se ouviam estrondos ocasionais vindos da escuridão do domo, e ela podia jurar ter visto alguma coisa se movendo na folhagem densa, mas era muito difícil discernir detalhes no escuro.

Um barulho repentino de alguma coisa arranhando a porta a fez estremecer. Ela se afastou lentamente da entrada da sala conforme o barulho aumentava e a porta se abria, pouco a pouco. Uma luz forte se acendeu, cegando-a temporariamente.

— Srta. Gonzales? — indagou a voz nervosa de um dos seguranças, segurando uma lanterna em uma das mãos e um tranquilizador na outra. — Srta. Gonzales, desculpe a demora, mas todas as portas do domo estavam emperradas, e arrombar uma por uma nos atrasou muito.

— Tudo bem — respondeu ela. — Estou feliz só por estarem aqui. Definitivamente tem alguém lá fora. — Ela apontou para a janela que dava para o interior do domo, completamente mergulhado em trevas. — Na verdade, deve ser mais de uma pessoa, a julgar pela quantidade de barulho que estão fazendo.

— Nós os encontraremos, senhorita, não importa quem sejam — assegurou-lhe o guarda. Ela percebeu então que havia muitos outros seguranças no corredor escuro além da porta.

— Bom, se vocês não se importarem, vou deixá-los aqui e me dirigir aos meus aposentos.

— Certamente, senhorita. Eu a informarei mais tarde o que descobrirmos aqui. — O guarda afastou-se para que ela pudesse passar pela porta. Ela cumprimentou educadamente os demais seguranças com um aceno de cabeça e partiu em direção à saída do domo. Ao se afastar ela ainda os ouviu conversando.

— Com certeza temos mais de um elemento lá dentro; o detector de movimento está enlouquecido.

— Me deixe dar uma olhada... Não, isso deve estar com defeito. Por essa leitura teria um exército lá. Venham, vamos dar uma olhada.

A srta. Gonzales precipitou-se para a saída, satisfeita por serem os seguranças a investigarem os intrusos misteriosos e não ela. Estava a poucos metros da saída quando os tiros começaram; os *zaps* característicos dos tranquilizadores soando repetidamente. Então começaram os gritos, misturados com disparos de armas de fogo. Os tiros ficaram cada vez mais esparsos até que o domo caiu em um silêncio apavorante. Ela correu para a porta e alcançou a maçaneta no exato momento em que um rugido sibilante soou na escuridão atrás dela. Ela abriu a porta com um tranco e correu aterrorizada para longe dali, sem olhar para trás.

— Equipe seis, informe posição. — O chefe da segurança soava excepcionalmente aflito. — Informe posição!

— Eu chequei novamente, senhor. Não há problemas com o rádio, eles deveriam estar recebendo com clareza.

O comandante perambulava de um lado para o outro na central de controle da segurança, olhando o conjunto de monitores na parede à sua frente. Ele não estava gostando daquilo. Primeiro, uma de suas equipes foi enviada à caça de um invasor fantasma no laboratório de tecnologia, e agora ele perdera contato com o grupo que enviara para investigar os transtornos no domo de hidropônicos. Para completar o cenário caótico, eles pareciam ter perdido completamente contato com Centromente. A inteligência artificial não respondeu uma chamada sequer nos últimos dez minutos.

— Onde está a equipe oito? — perguntou o comandante, ainda analisando os monitores.

— Eles estão a dois minutos do complexo de hidropônicos, senhor. Devem reportar posição em breve — respondeu o guarda ao seu lado.

— Quero um relatório completo no momento que chegarem lá, e diga a Monroe que prossiga com extrema cautela até sabermos o que aconteceu com a equipe seis.

Ele não estava gostando nem um pouco daquilo.

⊛ ⊛ ⊛

Otto e Wing caminhavam pelo corredor em direção à enfermaria. Nero seguia poucos metros atrás, sua presença impedindo que conversassem livremente. A julgar pelo olhar consternado de Wing, ele não estaria muito a fim de falar mesmo. Otto sabia como ele se sentia. Um bipe soou atrás deles, e os dois garotos pararam para esperar enquanto Nero respondia o chamado em sua Caixa-Preta.

— Sim, comandante. O que está acontecendo? — perguntou Nero, olhando para a tela.

— Tem alguma coisa estranha no complexo de hidropônicos, senhor. A srta. Gonzales informou a presença de intrusos e perdemos contato com o primeiro grupo que enviamos para averiguar.

— Intrusos? A rede de segurança externa foi comprometida? — indagou Nero, franzindo a testa.

— Não, senhor, essa é a parte estranha. Não há indícios de invasão por parte da segurança externa; quem quer que esteja lá veio de dentro do C.O.V.A. Tentei contatar Centromente para obter mais informações, mas não recebi resposta.

— Receio que as funções primordiais de Centromente estejam desativadas no momento, comandante. — Nero olhou feio para Otto. — Por acaso você tem alguma parte nisso, senhor Malpense?

— Não — respondeu Otto honestamente, curioso para saber o que estava acontecendo.

— Hum. Muito bem. Comandante, prossiga com cautela e mantenha-me informado. — Nero demonstrava preocupação pela primeira vez desde que Otto chegara ao C.O.V.A. Ele fechou a Caixa-Preta com irritação e olhou para os dois garotos. — Vocês dois vêm comigo até a caverna de hidropônicos, e se eu descobrir que têm alguma coisa a ver com isso, não ficarei nada satisfeito, acreditem.

☣ ☣ ☣

A equipe de segurança oito seguia apressadamente em direção à caverna de hidropônicos. De repente, dobrando uma curva, surgiu a srta. Gonzales correndo na direção oposta a eles, uma expressão aterrorizada estampada no rosto. Eles levaram um minuto para conseguir com que ela se acalmasse e contasse o que havia acontecido à equipe seis. Assim que ela explicou o que tinha visto e ouvido, Monroe, o líder do grupo, contatou o comandante.

— Devagar, Monroe. O que exatamente ela disse? — solicitou o comandante, a face diminuta franzia a testa na tela da Caixa-Preta de Monroe.

— Ela contou que ouviu tiros, apenas por alguns segundos, e então ouviu algo rugir. — Monroe estava tendo dificuldades em manter a voz calma.

— O quê? Tipo um animal? — indagou o comandante, soando irritado.

— Ela disse que não parecia humano, senhor — respondeu Monroe.

— E algum sinal da equipe seis?

— Não, senhor. Se vamos entrar lá, eu gostaria de solicitar permissão para acessar um dos paióis de armas convencionais, senhor. Não me parece que tranquilizadores sejam muito úteis nesta situação.

O comandante pensou por um momento antes de assentir.

— Muito bem, Monroe. Vou destrancar o paiol localizado no final do corredor onde você está. Apenas assegure-se de que seus homens não estejam com os dedos "soltos". Existe a possibilidade de serem apenas estudantes fazendo algum tipo de bobagem, e eu não quero saber de ninguém atirando primeiro e perguntando depois. Fui claro?

— Certamente, senhor. Entro em contato novamente de dentro do domo, senhor. Monroe desligando.

Um painel deslizou na parede uns trinta metros à frente deles, revelando uma dúzia de fuzis de assalto organizados em um cavalete. Monroe entregou-os a seus homens um a um.

— Muito bem. Mantenham as travas acionadas e os dedos longe dos gatilhos até que se ordene o contrário. Se for necessário abrir fogo, tenham certeza de que sabem em que estão atirando.

Os subordinados de Monroe pareciam nervosos, e ele sabia muito bem como se sentiam.

⊛ ⊛ ⊛

Nero caminhou a passos largos pela passarela suspensa ao longo da parede da caverna e contemplou o domo de hidropônicos às escuras lá embaixo. Otto e Wing se aproximaram do corrimão à beira da plataforma e conseguiram avistar uma dúzia de guardas avançando em marcha acelerada em direção ao domo.

— Aqueles não são tranquilizadores — observou Wing, erguendo uma sobrancelha.

Otto observou mais atentamente e percebeu que Wing tinha razão. Os guardas carregavam fuzis, enquanto os tranquilizadores repousavam nos coldres presos em seus cintos. O que quer que esteja acontecendo lá embaixo era mesmo sério. Em pouco tempo os guardas alcançaram a porta de entrada do domo e pareceram preparar as armas antes de entrar. Otto notou uma expressão preocupada em Nero novamente; era óbvio que aquele não era um procedimento padrão.

Os guardas passaram pela porta um a um, apenas o brilho das lanternas visíveis através da cobertura transparente do domo. Repentinamente a luz que estava à frente das outras se apagou, e o caos estava instaurado. Todos os guardas começaram a atirar ao mesmo tempo, o pipocar dos fuzis sendo disparados ecoando por toda a caverna. Um dos guardas correu de volta para a porta e através da caverna, largando o rifle ao fugir. Outro surgiu, seguido de mais dois, todos correndo pela caverna como se suas vidas dependessem disso. A caverna ficou em silêncio. Não se ouviam mais tiros, nem se via sinal dos outros integrantes da equipe de segurança. Nero abriu a tampa da Caixa-Preta.

— Comandante, o que diabos está acontecendo lá embaixo? — interpelou.

— Eu direi assim que souber, senhor — respondeu o comandante. Otto podia ouvir pessoas gritando ao fundo da transmissão.

Subitamente uma explosão ressoou pela caverna, e o domo de hidropônicos inteiro pareceu estremecer. Otto se concentrou, tentando ver alguma coisa dentro do domo, mas a escuridão não o deixava perceber detalhes, só movimento. Mais um violento estrondo ecoou, e dessa vez o vidro no alto do domo rachou, formando um desenho semelhante a uma teia de aranha. Otto arregalou os olhos de espanto. Aquele vidro tinha uma polegada de espessura e era supostamente inquebrável! O que quer que tivesse atingido o vidro o fizera com uma força sobrenatural.

Um guincho ensurdecedor precedeu o que parecia impossível. O teto do domo explodiu em uma chuva de estilhaços. Do buraco formado no teto despedaçado do domo surgiu uma cabeça monstruosa que, apesar de muito mais volumosa e grotescamente transfigurada, foi imediatamente reconhecida por eles. Otto e Wing se entreolharam estupefatos, pronunciando uma única palavra ao mesmo tempo.

— Violeta!

Não restava muita semelhança com a pequena planta a qual tinham sido apresentados há algumas horas. A cabeça tinha agora o tamanho de um caminhão, suspensa em um longo pescoço flexível da espessura de uma sequoia gigante. Os dentes que enfileiravam as mandíbulas gigantescas eram do tamanho de cones de sinalização de trânsito, e uma gosma verde escorria entre eles. Ela rugiu novamente, sacudindo a plataforma onde eles se encontravam. A cabeça enorme oscilava de um lado para o outro, abocanhando o ar repetidamente enquanto os guardas disparavam os fuzis em direção a ela. Se eles estivessem atirando bolinhas de papel, o efeito seria o mesmo.

— Comandante! Retire seus homens da caverna agora! Temos um sério problema aqui — vociferou Nero, virando a Caixa-Preta e apontando a pequena câmera na direção da criatura monstruosa.

— Deus do céu! — exclamou o comandante. — Todas as equipes! Bater em retirada, imediatamente! Destravem todos os paióis de armas convencionais ao redor da caverna! Eu quero lança-chamas e lançadores de foguetes naquela passarela agora!

Nero, Otto e Wing estavam a salvo na passarela por enquanto; encontravam-se pelo menos cinquenta metros acima da criatura. Otto assistia a tudo com um fascínio mórbido e podia jurar que a criatura continuava crescendo. Longas gavinhas revestidas de ventosas e espinhos pontiagudos serpentearam, saindo das ruínas do domo e se espalhando pelo chão da caverna a uma velocidade aterrorizante.

Nero voltou-se para Otto e Wing com fúria nos olhos.

— O que você aprontou dessa vez, Malpense? O que é essa coisa? — demandou.

— Sei que não vai acreditar — respondeu Otto, balançando a cabeça negativamente —, mas não temos nada a ver com isso.

— Então talvez possa explicar como vocês dois pareceram reconhecer essa monstruosidade. — Otto ainda não tinha ouvido Nero levantar a voz daquele jeito.

— Nélson mostrou-a para nós ontem, mas a coisa tinha só uns quinze centímetros de altura — respondeu Otto, torcendo para que não estivesse condenando o amigo botânico a um destino terrível nas mãos de Nero.

— Mortecerta? Mortecerta fez isso? — Nero estava nitidamente surpreso. Ele levou as mãos à cabeça, esfregando as têmporas. — Ai, por que sempre os carecas?

Capítulo 15

Raven observou enquanto as duas meninas entravam no quarto e a porta se fechava. Mesmo que nem sempre concordasse com a maneira como Nero lidava com essas tentativas de fuga, ela aprendera há muito tempo que não era saudável questionar seus métodos. Raven também não ficou muito feliz em ter de machucar o jovem Fanchu, mas tinha plena noção do que ele era capaz depois de assistir ao confronto com os dois mercenários no dia anterior e sabia da necessidade de terminar a luta antes mesmo que começasse. Pelo menos ele ia se recuperar, coisa que não podia ser dita sobre a maioria dos oponentes que a enfrentaram antes.

Agora ela atravessava o saguão da área de alojamentos em direção à saída, se encaminhando para seus aposentos. Com Malpense seguro nas mãos de Nero, o único pensamento dela era tentar dormir um pouco. Tendo que seguir todos os passos dos garotos durante a tentativa de fuga, ela não dormia havia quase 24 horas e, mesmo tendo uma resistência quase sobre-humana, ainda precisava descansar de vez em quando, como todo mundo.

A Caixa-Preta presa em seu cinto começou a vibrar; ela sacou o aparelho do bolso do cinto e atendeu a chamada. Nero apareceu na tela, e o olhar preocupado em seu rosto fez com que um alarme soasse na cabeça da espiã.

— Raven, preciso de você na passarela suspensa na caverna de hidropônicos agora mesmo. — Ele não conseguia esconder o tom de ansiedade em sua voz. Ela ouviu um guincho assustador ao fundo.

— O que está acontecendo, Doutor? — perguntou ela, alarmada.

— Acho que você precisa ver isso com os próprios olhos — disse ele, olhando para alguma coisa à sua esquerda, fora do campo de visão da câmera.

— A caminho. — Ela fechou a Caixa Preta com um estalo e tratou de correr em direção à caverna.

☢ ☢ ☢

— Vamos, Nélson, acorde. — Otto sacudia levemente a Caixa-Preta, como se aquilo pudesse ajudar a chamar a atenção de Nélson. Depois de alguns segundos inquietantes, um Nélson sonolento apareceu na tela, esfregando os olhos.

— Otto, você tem noção de que são quatro e meia da manhã? — bocejou Nélson.

— Desculpe, Nélson, mas isso não podia esperar — respondeu Otto rispidamente.

— O quê?

— Veja você mesmo. — Otto apontou a câmera para o descontrolado projeto científico de Nélson.

— Violeta! — exclamou Nélson. Otto voltou a apontar a câmera para si. — Meu Deus, o que houve com ela?

— Eu esperava que você pudesse nos dizer, Nélson — respondeu Otto, tentando manter a calma.

— Ela estava normal ontem à noite. Eu mesmo chequei antes de vir dormir. Não faço ideia do que possa ter causado isso.

Otto desviou o olhar para a cena abaixo. Um aglomerado de gavinhas de aparência assustadora agora cobria o chão da caverna completamente. Ficou horrorizado ao ver um feixe de gavinhas arrancar a cobertura gradeada de um dos dutos de ventilação, arremessando-a para o lado enquanto mais gavinhas se embrenhavam pelo duto exposto com uma rapidez violenta.

— Como matamos isso, Nélson? — interpelou Otto.

— Vocês não podem matá-la! Ela não sabe o que faz! — uivou Nélson.

— É ela ou nós, Nélson. Se não fizermos algo para pará-la, ela destruirá a escola inteira. Então, como podemos matá-la? — Otto estava perdendo a paciência.

Nélson hesitou por alguns momentos, considerando o dilema torturante.

— Há um agrupamento de terminações nervosas na base do caule. Se destruírem aquilo, ela morrerá — disse ele, afinal.

Otto observou atentamente tentando discernir alguma coisa na base do caule monstruoso, até que viu. Havia uma fileira do que pareciam bolsas cobertas de gosma circundando o caule, cada uma do tamanho de um automóvel pequeno.

— Certo, estou vendo.

— Eu tenho que ir até aí. Talvez eu consiga acalmá-la — disse Nélson, já em desespero.

A criatura inclinou a cabeça para trás e soltou outro poderoso guincho; o som agudo lembrava o ruído de unhas arranhando um quadro-negro, só que a um volume ensurdecedor.

— Acho que é um pouco tarde para isso, Nélson. Fique onde está.

O chefe da segurança correu até Nero no momento em que Otto fechava a Caixa-Preta.

— Ela está nos dutos, senhor. Do jeito que cresce, essa coisa vai devastar toda a escola em algumas horas. — Ele não parecia ter ideia do que poderiam fazer quanto a isso. Por trás do comandante, um batalhão de guardas se espalhava pela passarela. Alguns levavam lança-chamas com grandes tanques de combustível presos às costas enquanto outros carregavam lançadores de foguete nos ombros.

— Obrigado, comandante. Acerte-a com tudo que temos. Vamos ver quanto dano essa coisa é capaz de aguentar — instruiu Nero.

— Mirem naqueles apêndices na base do caule — acrescentou Otto, repassando o conselho de Nélson.

O comandante assentiu e ordenou uma série de instruções para seus homens, agora distribuídos por todo o corrimão da passarela, antes de gritar.

— Atirem à vontade!

Os guardas não pensaram duas vezes, e uma chuva de mísseis precipitou-se da passarela em direção à criatura. As gavinhas ao redor da base reagiram a uma velocidade surreal, defletindo os projéteis antes que conseguissem atingir o alvo, de modo que as ogivas explodiram sem grande efeito contra as paredes ou sobre a massa contorcida de tentáculos. Parecia não haver como os guardas acertarem as terminações nervosas daquela posição. Cada rajada disparada era desviada sem nem chegar perto do alvo. Nero parecia cada vez mais nervoso.

— Comandante, lacre as áreas de alojamentos. Se aquela coisa chegar aos alunos, teremos uma grande tragédia em nossas mãos.

☙ ☙ ☙

Longe dali, na área de alojamentos número sete, Laura e Shelby estavam sentadas em um dos sofás do saguão, desanimadas. Nenhuma das duas sentia-se com vontade de falar sobre a recente tentativa de fuga desastrosa, mas ao mesmo tempo as duas estavam agitadas demais para dormir. Subitamente, uma série de baques surdos soou por todos os lados.

— O que é isso? — gritou Laura, contra o barulho.

— Estão selando os dutos de ventilação — respondeu Shelby, olhando em volta do saguão. Placas de metal deslizavam por trás das aberturas gradeadas dos dutos que davam para a área de alojamentos.

— Eles não estão imaginando que a gente vá sair rastejando por aí de novo, né? — gemeu Laura. — Já entendemos o recado! — gritou ela, frustrada.

— Acho que eles sabem disso — comentou Shelby quando o barulho cessou. Um ruído arrastado às suas costas chamou a atenção delas, e ambas viraram a tempo de ver uma gigantesca placa de metal selar a entrada da caverna. Shelby virou-se para o lado oposto e viu que aquela outra entrada também estava sendo bloqueada. — Não acho que estejam tentando impedir que a gente saia. — acrescentou, preocupada. — Parece que a ideia é impedir que algo entre aqui.

☙ ☙ ☙

Enquanto isso, na caverna de hidropônicos, as gavinhas escalavam as paredes, e tudo que os guardas podiam fazer era retardar seu avanço.

— Estamos sem munição para os lançadores de foguete, senhor. Estou ficando sem ideias aqui — disse o chefe da segurança, observando, aflito, as gavinhas que tentavam se aproximar deles.

— Prepare o maior número possível de helicópteros para decolagem — instruiu Nero. Ele sabia que seria impossível evacuar todos da ilha daquele modo, mas pelo menos conseguiria salvar uma boa quantidade de alunos.

— Sim, senhor. — O comandante se afastou a passos largos enquanto distribuía novas ordens para seus soldados.

Otto olhou ao redor da caverna, tentando não prestar atenção na massa aterrorizante de tentáculos espinhosos que se movia lá embaixo. Ao olhar para o teto da caverna, seus olhos se arregalaram.

— Dr. Nero, acho que tive uma ideia — disse ele, voltando-se para o diretor da escola. Ele expôs rapidamente sua proposta para Nero, cuja expressão mudou de incredulidade para uma mais calculista.

— Em circunstâncias normais eu diria que você enlouqueceu, Malpense, mas pode ser que funcione. — Nero abriu um sorriso forçado, no momento exato em que Raven chegava à passarela. Pouca coisa no mundo era capaz de fazer a fria agente secreta perder a compostura, mas Nero percebeu o olhar assustado em seu rosto ao ver a cena insólita que se passava na caverna abaixo deles.

— Raven — gritou Nero, tentando se fazer ouvir sobre o barulho intenso dos disparos dos guardas. — Aqui! — Ela se aproximou, sem tirar os olhos da planta monstruosa.

— Por que nossos problemas nunca são simples, Max? — disse ela, em voz baixa.

— Receio que este supera qualquer outro, Natalya — respondeu ele, com uma expressão austera.

Ele explicou rapidamente o plano proposto por Otto.

— Eu sempre pego os trabalhos mais divertidos, não é? — disse ela, sorrindo maliciosamente.

— Leve Malpense e obtenha os equipamentos de que ele precisa. Acho que nem preciso pedir para serem rápidos, certo? — instruiu ele. — E fique de olho nele, não quero que aproveite a confusão para sumir.

— Estaremos de volta antes que você perceba — respondeu ela, virando-se para Otto.

— Em que você está se metendo agora, Otto? — perguntou Wing, olhando apreensivo para a espiã de preto.

— Não sei — respondeu Otto —, mas não vou discutir com ela, não é?

— Eu devia ir com vocês. Não confio nessa mulher.

— Eu também não, Wing. Mas você está ferido e deve ficar por aqui. — Wing ainda segurava o pulso com cuidado. Mesmo que algo acontecesse, Otto sabia que Wing não poderia fazer muito com o pulso quebrado. Além do mais, a criatura devia estar espalhada por todo o C.O.V.A. agora, e não fazia sentido ambos virarem adubo de uma só vez, caso algo desse errado.

— Malpense! Hora de ir! — O tom dela mostrava que não estava disposta a esperar nem um segundo.

☣ ☣ ☣

Dezenas de estudantes se reuniam no saguão da área de alojamentos sete, tendo sido acordados pelos sons distantes de explosões, e agora discutiam o que poderia estar acontecendo além das portas lacradas do local. Laura admirava as portas de aço sólido quando outra explosão fez o piso do saguão tremer.

— Adoraria saber o que está acontecendo — comentou com Shelby. — Você não acha que tenha alguma coisa a ver com Otto e Wing, acha?

226

Ouviu-se o som de tiros a distância.

— Espero que não — respondeu Shelby. — Para o bem deles.

Laura avistou a cabeça pelada de Nélson abrindo caminho na multidão, vindo em direção a elas. Ele parecia apavorado.

— Oi, Nélson. Também não consegue dormir? — perguntou Shelby ao vê-lo se aproximar.

— Hã... Mais ou menos... Olha, tem algo de que vocês precisam saber.

Nélson passou alguns minutos explicando apressadamente a catástrofe que se desenrolava naquele momento na caverna de hidropônicos. As meninas ficaram boquiabertas de espanto.

— É, já ouvi falar em fazer jus ao nome da família, mas você superou as expectativas, Nélson — comentou Shelby, forçando um sorriso. — Então estamos todos no cardápio da sua Frankenflor? Perfeito. E eu achava que as coisas não poderiam ficar piores.

— Não entendo como aconteceu — disse Nélson, tristonho. — Violeta era tão pequenina, como pode ter...

Ele foi interrompido por um grito vindo de algum lugar do saguão. Eles se viraram para saber do que se tratava e viram várias pessoas apontando para o teto. Laura viu uma quantidade enorme de trepadeiras saindo da caverna de onde fluía a cascata do saguão, serpenteando pela rocha e avançando rapidamente pela cascata, em direção ao chão. Ninguém precisou falar nada; todo mundo correu ao mesmo tempo em direção aos elevadores localizados no outro lado do saguão.

— Por aqui — disse Shelby, guiando Laura e Nélson para longe da aglomeração formada em frente aos elevadores e rumo às escadas. Shelby galgou as escadas saltando, três degraus de cada vez, enquanto Laura e Nélson a seguiam de perto.

Eles saíram no corredor que levava a seus próprios quartos e pararam para observar o saguão. As portas dos elevadores se fecharam, acomodando os últimos alunos, momentos antes que as vinhas serpenteantes os alcançassem, transportando os estudantes aterrorizados para a segurança temporária dos andares superiores. As gavinhas espinhosas esmurravam o vidro do tubo dos elevadores, em busca de um acesso.

— Estamos trancados com aquelas coisas — disse Laura ao ver a massa contorcida verde se expandir, ocupando cada vez mais o saguão. — Existe um limite de quão longe podemos fugir. Temos que encontrar um jeito de parar isso.

O vidro de um dos tubos de elevador explodiu em pedaços, dando acesso às trepadeiras que agora escalavam o tubo.

— Estou aberta a sugestões — emendou Shelby, soturna.

Otto estava tendo dificuldades em acompanhar Raven enquanto seguiam pelos corredores rumo ao departamento de Educação Tática. Eles cruzaram com alguns grupos de seguranças correndo para outras áreas do complexo, mas fora isso os corredores estavam assustadoramente desertos. Otto tentava ignorar os ruídos que vinham das saídas de ar, mas era evidente que a criatura estava se alastrando pelo C.O.V.A. a uma velocidade alarmante.

Eles dobraram uma curva, chegando à entrada da caverna de treino de lançadores de arpão. Raven praticamente esmigalhou os botões ao digitar o código de acesso no painel da tranca ao lado das portas, que deslizaram abrindo passagem. Otto precipitou-se até a estante de lançadores de arpão e apressadamente jogou um par em sua mochila. Raven analisou a caverna, impaciente. Não havia indícios da criatura ali, mas ela não abaixaria a guarda.

— Certo — disse Otto, virando-se para Raven —, próxima parada, departamento de Tecnologia, mas precisamos encontrar um paiol de armas.

— Há vários no caminho — retrucou Raven ao correrem de volta pelo corredor. — Tem certeza de que consegue fazer as modificações necessárias?

— Espero que sim. — Otto não parecia estar totalmente certo disso. — Mas vou precisar de algumas ferramentas do laboratório.

— A criatura foi vista naquela área. Temos que ter cuidado. — Com isso, Raven precipitou-se pelo corredor ao mesmo passo desabalado de antes. Uma vez mais Otto se esforçava ao máximo para acompanhá-la. Se eles se deparassem com a criatura, ser um mau corredor não ajudaria nem um pouco.

☻ ☻ ☻

Na passarela sobre o domo de hidropônicos, a situação se deteriorava rapidamente.

— Os lança-chamas estão ficando sem combustível, senhor — informou o comandante a Nero, tentando manter a voz firme. — Não sei quanto tempo mais poderemos manter essa posição.

— Temos que resistir, comandante. Pelo menos até que Raven e o garoto retornem — devolveu Nero. — Faça tudo o que puder.

— Sim, senhor. — O comandante voltou apressado para junto de seus homens e redistribuiu os poucos lança-chamas que ainda funcionavam pelo corrimão da passarela. Nero sabia que a situação era desesperadora, mas precisavam manter aquela posição para que o plano de Malpense tivesse alguma chance de funcionar.

Sem aviso, uma enorme gavinha ergueu-se no ar sobre a passarela. Era grosso como um tronco de árvore e coberto por espinhos horripilantes. O soldado mais próximo disparou seu lança-chamas na direção do tentáculo ameaçador, sem grande efeito. A gavinha pareceu recuar um pouco antes de dar o bote, arremessando o pobre guarda conta a parede rochosa, e continuou o estrago, chicoteando violentamente pela passarela, em busca de novas vítimas.

Wing recuou, tentando se afastar do tentáculo flagelante. Não havia como se proteger no espaço aberto da passarela e, ao sentir a rocha nua da parede às suas costas, ele percebeu que não teria como fugir. Subitamente o tentáculo, parecendo perceber a presença dele, precipitou-se em sua direção a uma velocidade incrível.

— Fanchu! Abaixe-se! — berrou Nero, disparando em direção ao rapaz. Mesmo sabendo que seria inútil, Wing levantou o único braço bom, tentando se defender, ao ver a criatura se aproximar. Nero acertou a lateral do corpo de Wing com força, empurrando-o para o lado no momento que o tentáculo atacou; os espinhos selvagens rasgaram o peito do homem mais velho, arremessando-o vários metros para trás. Wing engasgou de dor ao pousar sobre o pulso ferido, um redemoinho de manchas coloridas encobrindo sua visão. Diversos guardas correram em direção a eles com seus lança-chamas, gastando os últimos litros preciosos de combustível para afastar o tentáculo monstruoso antes que pudesse atacar novamente. Wing levantou-se com dificuldade e cambaleou até onde estava o corpo ferido de Nero. Ao se ajoelhar ao lado do Doutor, ficou aliviado ao ver que o peito se movia, mesmo que de forma irregular; pelo menos o homem ainda respirava.

Wing rolou Nero para que este ficasse deitado de costas. A camisa estava rasgada, havia muito sangue e vários cortes profundos cobriam o peito do Doutor. Um brilho chamou a atenção de Wing e, ao olhar mais de perto, seu queixo caiu de espanto. Pendurado ao pescoço de Nero estava um amuleto que era o reflexo perfeito do dele, o yin para o seu yang. Ele estava atônito, confuso, a cabeça girando ao tocar o amuleto. Não restava dúvida, aquele era o par exato do símbolo que ele carregava.

— Médico! — gritou aflito o chefe da segurança, ao ver Nero ferido. Wing foi empurrado para o lado quando guardas e médicos se amontoaram ao redor do diretor inconsciente. — Temos que levá-lo à enfermaria urgente! Ele está perdendo muito sangue — instruiu freneticamente o comandante ao ver os médicos montarem uma maca portátil ao lado de Nero.

— O caminho para a enfermaria está bloqueado, senhor. Aquela coisa está se alastrado descontroladamente pelos corredores do complexo — informou prontamente um dos guardas.

— Façam aqui mesmo o que puderem por ele — ordenou o comandante. Ele olhou para baixo para as gavinhas que serpenteavam pela parede em direção à passarela. Se eles não conseguissem um jeito de parar aquela coisa urgentemente, não seria só a sobrevivência de Nero que estaria em risco.

� ☥ ☥ ☥

Otto e Raven não conseguiram usar o caminho mais direto para os laboratórios de Tecnologia. Eles encontraram vários corredores bloqueados por feixes entrelaçados de gavinhas letais e precisaram descobrir rotas alternativas. Por sorte, ambos conheciam a planta da escola como a palma de suas mãos. Quando finalmente chegaram perto do local, Raven espiou por uma curva, analisando o corredor que dava acesso ao laboratório.

— Está livre. Vamos! — Ela disparou, dobrando a curva em direção às portas, com Otto seguindo de perto. Acompanhar o ritmo impiedoso de Raven estava sendo exaustivo para ele.

Ao passarem pela porta, encontraram o laboratório também deserto. Otto percorreu rapidamente a sala reunindo as ferramentas de que precisava enquanto Raven vigiava o corredor, ansiosa.

— Preciso de cinco minutos — disse Otto, retirando da mochila os tranquilizadores coletados por eles a caminho dali.

— Você tem três. Depressa! — respondeu Raven. Ela podia ouvir o distinto farfalhar úmido das gavinhas da criatura avançando por algum lugar próximo.

— Sorte que trabalho bem sob pressão — resmungou Otto, enquanto removia o invólucro dos tranquilizadores. Ele observou atentamente o mecanismo exposto. O projeto era mais complexo do que esperava. Pegou uma das ferramentas que reuniu e tratou de fazer o trabalho o mais rápido possível.

☻ ☻ ☻

Na área de alojamentos sete, a situação estava se tornando crítica. Os alunos estavam todos ou presos em seus quartos, sitiados pelas gavinhas, ou, como Laura, Shelby e Nélson, amontoados no andar mais alto assistindo horrorizados à planta mutante progredir lentamente em sua direção.

— Como paramos essa coisa, Nelson? — interpelou Shelby. As gavinhas chegariam a eles em questão de segundos.

— Não tenho certeza — respondeu Nélson, tenso. — Fogo a machucaria, mas acabaríamos incendiando a área de alojamentos inteira. Além do mais, não estamos lidando com galhos secos. Levaria uma eternidade para queimar essas gavinhas verdes.

— Está bem. Nada de fogo. Opções? — perguntou Laura.

— Frio. Violeta é uma planta tropical, ela odeia frio — respondeu Nélson, com a voz abatida.

Se Laura fosse um personagem de desenho animado, uma lâmpada acesa teria aparecido sobre sua cabeça. Ela correu para o painel de alarme de incêndio da parede e quebrou o vidro com o cotovelo. Ela sabia que, com Centromente desligado, o sistema automático de combate a fogo não funcionaria, mas ela também sabia, graças a conversas prévias com Otto, que existia um plano B para situações como aquela. Compartimentos secretos se abriram nas paredes de todo o andar, revelando extintores de incêndio.

— Pegue um extintor, Shelby! — gritou Laura, já segurando o seu. Ela correu para o ponto da plataforma onde o primeiro grupo de gavinhas começava a surgir sobre a mureta da sacada e pressionou a alavanca do extintor. Uma nuvem branca e gelada de gás carbônico envolveu os tentáculos tremulantes, fazendo-os recuar instantaneamente, queimados de frio. Shelby também disparou o seu nas plantas invasoras, repelindo-as da sacada.

— Brand, você é um gênio! — bradou Shelby alegremente enquanto vários outros alunos, vendo o que as garotas fizeram, arrebatavam as proteções dos extintores das paredes.

Laura sabia, no entanto, que aquele era um alívio temporário; a quantidade de extintores no andar de cima era limitada, e seu conteúdo precioso não duraria para sempre.

☙ ☙ ☙

Otto terminou de fechar a cobertura do último dos tranquilizadores e os enfiou de qualquer jeito na mochila.

— Bom, tudo pronto. Vamos! — exclamou Otto, cruzando o laboratório depressa em direção a Raven. Ela virou-se para ele, com um olhar nada animador. Otto sentiu um frio na espinha.

— Receio que seja tarde demais — disse ela, em voz baixa.

Otto olhou para o corredor e constatou que a única rota de fuga dali para a caverna de hidropônicos estava bloqueada por uma massa de gavinhas. O caminho não era longo, mas, devido à fervilhante barricada verde, não faria muita diferença se fossem quilômetros de distância.

— O quão rápido você consegue correr? — indagou Raven, sem tirar os olhos das trepadeiras ameaçadoras.

— Rápido o suficiente. Principalmente quando minha vida depende disso — sussurrou Otto.

— Fique perto de mim. Quando eu disser "corra", corra e não olhe para trás. Entendido?

Otto assentiu com a cabeça.

— Acho que já é tempo de essa coisa ganhar uma poda. — Raven sacou as duas espadas reluzentes das bainhas em suas costas. Ela avançou em direção às gavinhas, caminhando calma e lentamente; Otto se mantinha a mais ou menos um metro atrás dela. Os cipós espinhosos pareceram sentir a presença da espiã, erguendo-se do chão conforme ela se aproximava. Raven continuou a avançar com ambas as espadas em punho, esperando o ataque iminente. E ela não precisou esperar muito. Subitamente, um grupo de tentáculos deu o bote em direção aos dois, famintos por carne fresca. Raven reagiu instantaneamente, brandindo as duas espadas em velozes arcos pelo ar, ceifando todas as gavinhas que atacavam com precisão; os apêndices decepados caíam no chão, espalhando seiva verde. Raven continuou a avançar, repelindo ataque após ataque. Quanto mais perto chegavam da passagem que levava à caverna de hidropônicos, mais tentáculos atacavam. Agora mal se viam as espadas da habilidosa espiã, que eram como uma mancha prateada abrindo caminho por entre as trepadeiras. Faltando apenas alguns metros, uma das dezenas de gavinhas conseguiu suplantar a guarda de Raven, abrindo um grande rasgo em sua coxa. Ela gemeu de dor, mas não diminuiu o ritmo, girando as lâminas ainda mais rápido através da tormenta verde, abrindo caminho para eles. Estavam agora a pouco mais de um metro do corredor adjunto, misericordiosamente livre das plantas monstruosas. Com um corte lateral ela finalmente conseguiu uma abertura.

— Vai! — gritou. — Corra o mais rápido que puder! Eu não consigo segurá-las para sempre. — Sua face e o uniforme estavam cobertos da seiva verde espirrada pelas gavinhas decepadas; as espadas antes reluzentes também pingavam a mesma gosma nojenta. Otto sabia que não havia tempo para discutir. Ele saltou pelo vão aberto por Raven e disparou pelo corredor. Um feixe de tentáculos serpenteou pelo caminho em perseguição.

— Vocês têm que se preocupar comigo, não com ele! — bradou Raven, investindo contra as plantas com ainda mais ferocidade. As gavinhas que perseguiam Otto pareceram hesitar um pouco antes de recuarem e se juntar às muitas outras que atacavam Raven.

Apesar da ordem em contrário, Otto não pôde evitar olhar para trás enquanto corria pelo corredor. Ele mal podia discernir a forma negra da agente em meio às trepadeiras retorcidas, ainda brandindo as lâminas prateadas, até que a parede verde terminou por engoli-la completamente.

☻ ☻ ☻

— Acabou! Este aqui já era! — gritou Shelby, arremessando o extintor vazio nas gavinhas que se aproximavam. Ela e Laura lutaram bravamente para afastar as gavinhas enquanto os demais alunos corriam para se trancar nos quartos, mas foi tudo o que puderam fazer.

— Abra a porta! — berrou Laura, espancando a última porta da plataforma, que deslizou um pouco, revelando o rosto mortificado de Nélson pela abertura.

— Elas se foram? — perguntou ele, quase como ganindo.

— Não, mas nós iremos se não nos deixar entrar — esbravejou Laura.

— Está bem, está bem! — respondeu Nélson, abrindo a porta por completo.

— Vamos, Shelby, temos que entrar! — gritou Laura para a amiga.

As duas meninas entraram desesperadamente e Nélson trancou a porta atrás delas.

— Onde está Franz? — perguntou Shelby, olhando em volta.

— Ele se trancou no banheiro e se nega a sair — explicou Nélson.

— E eu *estar* bem feliz de estar aqui — acrescentou a voz abafada de Franz, de dentro do banheiro.

— Estamos seguros aqui, não estamos? — indagou Nélson, olhando para as garotas alternadamente.

Houve um forte baque na porta do quarto, deixando uma marca na espessa placa de metal.

— Ah, claro. Pelos próximos dois minutos, com certeza...
— respondeu Shelby.

⊛ ⊛ ⊛

Otto desembocou na plataforma diante de uma cena dantesca. As gavinhas atacavam por todos os lados enquanto dois dos guardas, empunhando os dois últimos lança-chamas com combustível, lutavam para mantê-las afastadas. Nero estava sentado, encostado na parede, com a face pálida, olhos fechados e inúmeras bandagens encharcadas de sangue enroladas ao redor do peito. Agachados ao lado de Nero estavam Wing e o chefe da guarda; ambos olharam espantados quando Otto surgiu.

— Otto! — gritou Wing, sorrindo para o amigo. — Você está bem? E Raven?

— Ela não pôde vir junto. — respondeu Otto, consternado. — O que houve com Nero?

— Foi ferido quando a criatura nos atacou. Temos que levá-lo à enfermaria, mas o caminho está bloqueado por aquela coisa. — Wing sacudiu a cabeça na direção da terrível planta mutante no meio da caverna; ela havia crescido consideravelmente na ausência de Otto. — Era eu que deveria estar ali, não ele. Foi ferido tentando me proteger. — Wing parecia aturdido; a experiência estava sendo brutal para ele.

— Hora de acabar com isso — disse Otto, retirando o par de lançadores de arpão da mochila —, de um jeito ou de outro. — Ele prendeu os lançadores nos pulsos e se aproximou rapidamente do corrimão da plataforma. Ao olhar para baixo, viu uma cena pavorosa. Massas fervilhantes de gavinhas circundavam a monstruosa cabeça da criatura que se esticava em direção à plataforma, desesperadamente tentando alcançar

237

as presas suculentas que estavam ali. No ritmo que a planta crescia, não restava muito tempo até que pudesse alcançar a passarela.

Otto desviou os olhos da criatura, relutante, e escolheu os pontos do teto da caverna que precisava alcançar. A ideia original seria Raven executar essa parte, mas, infelizmente, isso não seria mais possível. Ele tentou não pensar no modo como ela se sacrificou para salvá-lo. Precisava manter o foco na tarefa que tinha pela frente. Nem Wing poderia ajudar Otto agora; ele não conseguiria usar os lançadores de arpão com o pulso machucado. Estava sozinho, e tudo dependia dele.

— Otto, há uma coisa que preciso te contar sobre Nero — disse Wing, afoito.

— Você me conta quando eu voltar — retrucou Otto, mirando o lançador do braço direito para o teto. Wing ficou olhando para ele, desesperado para contar o que vira, mas não havia tempo.

— Boa sorte — desejou Wing em voz baixa, pondo a mão no ombro do amigo.

— Não acredito em sorte — respondeu Otto, forçando um sorriso. Ele apertou o gatilho e disparou o cabo de aço fino para cima. O arpão atingiu o teto com força e fixou-se firmemente na rocha. Otto respirou fundo e saltou da plataforma, balançando-se em direção ao centro da caverna.

A criatura pareceu sentir o movimento e girou rapidamente a cabeça tentando alcançar Otto. Ele precisava deixar o cabo que o prendia ao teto o mais esticado possível para manter o impulso, e rezava para que mesmo assim conseguisse ficar fora do alcance do monstro. Enquanto a cabeça da criatura se precipitava em direção a ele, Otto tentava se concentrar nos arcos imaginários que seu cérebro desenhava no ar, à sua frente. Ele disparou o segundo lançador, soltando o primeiro

238

arpão assim que sentiu o segundo cabo retesar. A gigantesca cabeça arremeteu atrás dele, momentaneamente confusa pela súbita mudança de trajetória.

"Concentre-se em aonde está indo", pensou Otto, "e faça qualquer coisa menos olhar para baixo." Ele mantinha o ritmo dos balanços, dirigindo-se ao centro da caverna. Ele não podia ver a cabeça da criatura, mas sabia que estava em algum lugar atrás. Trocou de cabos mais uma vez, no exato momento em que as mandíbulas gosmentas abocanhavam o vazio onde ele estivera um microssegundo antes. Otto recolheu a linha apenas um pouco, torcendo para que fosse o suficiente para continuar fora do alcance das terríveis mandíbulas. Mais alguns balanços e chegaria a seu alvo. A cabeça monstruosa parecia apostar corrida com ele, inacreditavelmente veloz. Otto se contorceu desesperado, alterando o curso no último segundo antes que as mandíbulas se fechassem no vazio de novo. A lateral da cabeça imensa o atingiu com força, fazendo-o rodopiar e deixando-o parcialmente desorientado. Otto atirou às cegas para o centro da caverna, torcendo para que o arpão acertasse algo. Ele sentiu o cabo retesar e balançou novamente, o corpo inteiro doendo pelo golpe de raspão.

Otto disparou mais uma vez, e o dardo atingiu um espaço dentro da floresta de estalactites localizada bem no meio do teto da caverna. Recolheu o cabo, erguendo-se em direção à enorme formação rochosa, totalmente fora do alcance da criatura faminta, afinal. Ele se contorceu ao subir, buscando penetrar entre as rochas pontiagudas, procurando o melhor lugar para plantar a surpresa que preparara para a planta descomunal. Descobriu um pequeno vão oco na rocha, bem próximo ao que ele calculava ser o ponto mais frágil da formação, e acionou o controle do lançador para chegar até lá. Enquanto se posicionava, viu de relance que, para seu horror, as gavinhas haviam dominado completamente a passarela, encurralando Wing e os guardas no corredor por onde ele chegara há poucos minutos. Otto sentiu um calafrio ao lembrar que o corredor estaria bloqueado também pelo outro lado. Wing estava preso entre as gavinhas que avançavam da passarela e as que ocupavam o corredor. Ele pressionou o botão do lançador com urgência, tentando fazer com que a carretilha recolhesse a linha mais rapidamente. Sentia seus movimentos lentos, mas foram apenas alguns segundos até estar nivelado com o vão da rocha.

Pendurado no teto por uma das mãos, Otto lutava para conseguir resgatar os tranquilizadores da mochila. Ele posicionou a primeira arma cuidadosamente no oco da rocha, rezando para que as alterações que fizera funcionassem como queria. Trabalhava rápido, tirando os três outros tranquilizadores da bolsa e alinhando-os, lado a lado, no pequeno buraco. Fazendo uma breve pausa, ele olhou para as armas colocadas ali. Seria o suficiente? Espantou a dúvida, uma vez que nada mais poderia ser feito se as modificações não surtissem o efeito planejado. Esticou a mão e puxou o gatilho do primeiro tranquilizador. Nada aconteceu. Puxou de novo, e nada. O que houve? O que deu errado? Otto começava a entrar em pânico quando ouviu soar um leve zumbido que foi gradualmente ficando mais alto. Funcionou! Acionou os outros gatilhos o mais rápido que pôde e apertou o botão que desenrolaria o cabo do arpão. Ele tinha pouco mais de um minuto para se afastar.

Otto percebeu com o canto do olho um flash de movimento e subitamente sentiu uma dor lancinante no tornozelo. Uma gavinha fina havia conseguido se enrolar no pé esquerdo dele e apertava com cada vez mais força. Engasgou de dor ao sentir que o tentáculo começava a puxá-lo para baixo, arrastando-o em direção à boca escancarada da criatura, agora a apenas vinte metros abaixo dele. Travou o arpão que o prendia ao teto, tentando impedir que fosse puxado pela gavinha; o mecanismo do lançador zunia em protesto ao mesmo tempo em que o tentáculo continuava a puxá-lo inexoravelmente para baixo. Otto berrou de dor; sentia como se fosse ser partido em dois. Travou os dentes e apontou o lançador da mão que estava livre para baixo, mirando cuidadosamente. Não teria uma segunda chance caso errasse aquele tiro. Otto acionou o gatilho e o dardo prateado disparou, acertando em cheio o tentáculo verde enrolado em sua perna. O projétil atravessou a gavinha em uma explosão de seiva pegajosa, e Otto sentiu imediatamente que o apêndice largara o tornozelo dele. Acionou então o controle para soltar o arpão, rezando desesperado para que este não ficasse emaranhado nas gavinhas que se debatiam pouco mais abaixo. Não havia muito a fazer senão torcer enquanto a carretilha recolhia o cabo, e uma onda de alívio passou por ele quando o arpão se encaixou de volta no mecanismo em seu pulso, a ponta prateada do projétil coberta com uma fina camada do sangue esmeralda da criatura. Otto disparou o arpão para um ponto no teto o mais distante possível dali. A grande extensão de linha faria com que o arco de sua trajetória passasse muito próximo ao chão, mas era a única chance de se afastar o suficiente do centro da caverna.

Ele liberou o outro arpão e balançou a uma velocidade aterradora, se aproximando do chão recoberto pelas terríveis gavinhas. Ao passar perto da massa verde fervilhante, vários tentáculos serpentearam para cima, tentando alcançá-lo. Uns dois chegaram bem perto, mas ele se movia como um foguete e elas simplesmente chicotearam o ar atrás dele. O balanço o levava para cima agora, em direção à plataforma tomada por tentáculos verdes.

BOOM!!

No teto da caverna, os quatro tranquilizadores sobrecarregaram ao mesmo tempo. A poderosa onda de choque causada pela explosão sacudiu a floresta de estalactites, rompendo as ligações seculares que as prendiam à rocha do teto. A criatura ainda soltou um último guincho trovejante antes de ser atingida por centenas de toneladas de rocha que cederam à gravidade e se espatifaram no chão da caverna, esmagando a cabeça descomunal e os sensíveis cachos nervosos, enterrando o monstro para sempre.

A onda de choque atingiu as costas de Otto com a força de um rinoceronte, expulsando o ar de seus pulmões e partindo o cabo do arpão. Ele pareceu voar por um momento até se estatelar violentamente na passarela suspensa. Atordoado, ele caiu deitado na passarela entre as gavinhas, que ainda estrebuchavam, inofensivas, agora que a criatura estava morta. Otto rolou e se forçou a sentar, examinando a imensa montanha de cascalho que preenchia o centro da grande caverna, escurecida pelas grossas nuvens de poeira ainda suspensa no ar.

— Você virou adubo, moça — falou sozinho, rindo apesar da dor nas costelas. Ele se levantou e o corpo inteiro protestou com o esforço. A descarga de adrenalina que estava experimentando foi se dissipando, deixando muitas dores em seu lugar. Sentia que seu corpo era um hematoma ambulante.

De repente a plataforma cedeu sob seus pés. A onda de choque não só derrubara as enormes estalactites do teto como também enfraqueceu os suportes que prendiam a passarela suspensa à parede, que começou a desabar com um ruído agudo de metal sendo rasgado. Otto correu em direção ao portal na parede de rocha; os músculos ardendo em protesto contra aquele novo esforço. Ele estava a poucos metros do portal quando a passarela desabou de vez, desprendendo-se da parede com um horripilante guincho metálico.

242

Otto mergulhou para frente quando o chão sumiu sob seus pés. Bateu com toda força na beira do portal, escapando momentaneamente da queda mortal até o chão da caverna. Pedalou freneticamente contra a parede rochosa, buscando sustentação. Mas foi em vão. Ele escorregou e caiu, agarrando com a ponta dos dedos um pedaço da passarela partida que ainda ficara preso à rocha. Tentou desesperadamente reunir forças para se erguer, mas o esforço de toda a atividade das últimas horas começara a cobrar seu preço; ele não tinha mais forças e sentia a mão escorregar. Otto fechou os olhos. Não estava com medo, mas furioso por ter chegado tão longe apenas para falhar no final. Não aguentava mais se segurar e já se conformara que a queda era inevitável, quando uma mão se fechou em torno de seu pulso, com a força de uma tenaz. Ele olhou para cima.

— Você não se livra de mim assim tão fácil, rapaz. — O rosto de Raven, sujo do sangue verde da criatura, sorria para ele.

Capítulo 16

Laura abriu os olhos devagar. As gavinhas que segundos antes arrebentaram a porta estavam agora convulsionando inofensivas pelo chão. Ela olhou através do quarto para Nélson e Shelby, mas as expressões deles eram tão atônitas quanto a sua. Andando cautelosamente por entre as gavinhas caídas, esticou a cabeça para fora da porta e espiou. Por toda a caverna as gavinhas jaziam imóveis, sem mostrar indício da fúria assassina de antes. Shelby e Nélson a seguiram em direção à varanda, boquiabertos ao ver as pilhas de trepadeiras mortas.

— O que aconteceu? — perguntou Shelby enquanto mais portas rugiam ao abrir por toda a caverna.

— Intervenção divina? — respondeu Laura.

— Eles devem ter conseguido destruir as terminações nervosas — comentou Nélson, em voz baixa.

— Bom, quem se importa — sorriu Shelby —, desde que não tenhamos que limpar esta sujeira.

Eles partiram da sacada em direção às escadas, desviando com dificuldade das trepadeiras mortas.

Lá atrás, no quarto, uma voz fraca soou por trás da porta do banheiro.

— Olá? Olá? Alguém *estar* aí fora?

⊛ ⊛ ⊛

— Max... Max, você pode me ouvir? — Raven acariciava gentilmente a face de Nero. Ele ainda estava muito pálido, mas piscou levemente os olhos.

— Natalya — sussurrou ele com a voz áspera. — E a escola?

— Acabou, Max. A criatura está morta e a escola, salva. — Ela sorriu. — Só acho que precisaremos construir outra estufa.

— Meus parabéns. Eu sabia que você conseguiria — respondeu Nero com um sorriso enfraquecido.

— Na verdade não fui eu. Estava... ocupada em outro lugar. Foi Malpense. Ele finalizou o plano sozinho. E funcionou, Max.

— Malpense? — A surpresa de Nero era evidente. — Onde ele está? Quero agradecê-lo.

— Vou buscá-lo. Ele está logo ali... — Raven parou de falar bruscamente.

— O que houve, Natalya? — perguntou Nero aflito.

Otto e Wing haviam sumido.

⊛ ⊛ ⊛

Otto e Wing correram pela ponte estreita que dava acesso ao helicóptero pousado na plataforma de pouso da cratera central. Otto ouvira Nero dar as ordens para uma evacuação de emergência e torcia para que isso significasse que o caminho para o heliporto estaria desimpedido. Como ele esperava, não havia guardas em lugar algum. Estavam ocupados demais lidando com o caos instaurado na escola. Olhou para cima. A cratera estava aberta, e pela primeira vez em meses ele via o céu azul. Era uma cena estranhamente emocionante.

Wing parou de repente na metade da ponte, ainda agarrando o pulso ferido.

— Vamos, Wing, é a nossa chance. Posso pilotar essa coisa, confie em mim.

— Otto — respondeu Wing, olhando para o chão. — Eu não posso ir.

Otto encarou o amigo, desconcertado.

— O que você quer dizer com "não posso ir"? E tudo que fizemos ontem à noite? Essa pode ser a nossa única chance. — Otto não compreendia. O que acontecera a Wing?

— Eu tentei contar mais cedo. É sobre Nero.

— O que tem ele? — Otto estava ficando irritado. Não tinham muito tempo.

— Quando ele se feriu eu vi uma coisa. Ele estava usando a outra metade do medalhão de minha mãe.

Otto finalmente entendeu o que torturava o amigo.

— Pensei que você tinha dito que estava perdido — disse ele em voz baixa.

— E estava, até agora. Preciso descobrir onde ele conseguiu aquilo... Preciso saber se ele pegou aquilo de minha mãe.

— Eu entendo, Wing, entendo de verdade. Mas esta pode ser a nossa única chance de sairmos dessa porcaria de lugar. Isso é assim tão importante para você?

Wing levantou os olhos em direção a Otto; estavam cheios de lágrimas.

— Sim... é, sim. Não posso ir.

— Perfeito. — Otto sentiu a raiva aflorar. — Você pode ficar aqui por causa de uma bugiganga idiota se quiser. Eu vou embora. — E partiu resoluto em direção ao helicóptero.

246

— Otto, por favor. Preciso de sua ajuda. Você tem sido um grande amigo para mim, e não sei se consigo sobreviver sozinho aqui. Sei me defender fisicamente, mas mentalmente não tenho metade da sua força. Sem você, receio que seja consumido pela maldade neste lugar.

Otto parou com a mão na maçaneta do helicóptero. Nunca encontrara um amigo como Wing antes. Ele estava sempre mais preocupado em ser mais esperto que todos e nunca teve tempo ou vontade de se preocupar com a própria solidão. Mas algo dentro dele havia mudado. Wing arriscara a vida por ele sem hesitar, e agora Otto retribuiria abandonando-o ali. Pensou também em Laura e Shelby. Ele havia prometido tirá-las dali; resgatá-las das garras do C.O.V.A. Como ele podia deixar todos assim para trás? As palavras que Nero lhe dissera mais cedo ecoaram em sua cabeça.

— "Aonde exatamente você quer ir?" — Otto murmurou.

Ele largou a maçaneta do helicóptero e voltou-se para Wing, um meio sorriso em seu rosto.

— Precisaremos fazer alguma coisa em relação aos seus roncos.

☣ ☣ ☣

Nero estava à sua mesa examinando os últimos relatórios de danos. Foram necessárias semanas para limpar a escola dos restos mortais da planta mutante de Nélson Mortecerta, e os engenheiros haviam informado que a reconstrução do domo de hidropônicos levaria meses até ser concluída. O comandante também informara que seis dos guardas perderam a vida na batalha contra o monstro, e Nero dera instruções claras para que seus dependentes, caso houvesse algum, recebessem, de maneira discreta, obviamente, todo apoio que o C.O.V.A. pudesse oferecer. Por milagre, nenhum dos alunos sofreu ferimentos graves. Houve uns poucos ossos quebrados, alguns cortes e hematomas, mas nada sério. Tudo poderia ter terminado de maneira muito pior.

Normalmente ele teria punido os quatro alunos que tentaram escapar do C.O.V.A., mas, dado o heroísmo mostrado por eles durante o caos, Nero resolveu que dessa vez eles passariam impunes. Malpense, em especial, mostrara grande coragem. Não restavam dúvidas de que o garoto tinha um potencial extraordinário, se eles fossem realmente capazes de mantê-lo na ilha pelos próximos seis anos. Nero chamara Malpense até sua sala logo após o incidente e agradecera pelos esforços extraordinários em salvar a escola. Também dissera ao garoto que não queria ouvir falar de novos planos de fuga.

Malpense olhara diretamente nos olhos dele, dizendo:

— Não se preocupe, Doutor. Você não ouvirá falar deles.

Nero expedira também ordens estritas para que ninguém que soubesse os detalhes do acontecido comentasse a participação de Nélson Mortecerta na criação do monstro que, por tão pouco, quase destruíra a escola. Alguns membros do corpo docente e o chefe da segurança solicitaram a expulsão do menino por sua participação no desastre, mas Nero negara todos os pedidos. Se aquilo tudo servira para alguma coisa, foi para mostrar que o filho de Diábolo Mortecerta possuía um potencial latente; na verdade, em outras circunstâncias, a criatura criada por ele poderia ter sido bastante útil. O rapaz herdara mais do pai do que ele próprio suspeitava.

Precisamente no horário, como de costume, a tela de vídeo na parede oposta à sua mesa se acendeu. Número Um apareceu escondido nas sombras como sempre. Nero não conversara com ele desde a tragédia e, apesar de ter submetido relatórios sobre o incidente para o líder anônimo, não fazia ideia de qual seria a reação de Número Um. Nero estava bem menos que ansioso para ter aquela conversa.

— Bom dia, Maximiliano. Vejo que suas últimas semanas foram bastante interessantes — disse a figura sombria.

— Sim, senhor. Foi um incidente lamentável, mas a escola está praticamente de volta aos eixos.

— Como posso ver pelos seus relatórios. Também observo que a maior parte do crédito por neutralizar o problema deve ser dada ao pequeno Malpense.

Nero sabia que os relatórios enviados haviam sido bastante detalhados, mas ele tinha dúvidas se Número Um soubesse o quão perto eles estiveram de um desastre total.

— Sim, senhor. Ele mostrou uma iniciativa admirável.

— Tanto quanto ele mostrou na tentativa de fuga, eu percebo. Você acha que ele será um problema?

— Não, senhor. Estou razoavelmente acostumado a lidar com alunos mais, como direi... precoces, como o senhor bem sabe.

— Com certeza. Estou certo de que não preciso lembrá-lo das consequências caso você deixe esse menino escapar por entre seus dedos.

— Não, senhor. Compreendo perfeitamente.

— Ótimo. Agradeça por ele não ter se ferido gravemente durante os eventos daquele dia, Nero. Se Malpense tivesse morrido, ele não faria a viagem até o outro mundo desacompanhado.

— Sim, senhor. Mantê-lo sobre constante e discreta proteção é uma tarefa difícil, mas continuaremos fazendo o melhor possível.

— Não estou interessado no melhor possível, Nero. Ele deve permanecer incólume, ponto final.

— Entendido.

— Ótimo. Você precisará de recursos extras para ajudar na reconstrução das áreas atingidas?

— Não, Número Um, temos tudo sob controle.

— Muito bem. Você comparecerá à reunião de comando da L.U.V.A. no próximo mês em Viena. — O tom de voz de Número Um mostrava que aquilo não era uma pergunta.

— Sim, senhor. Já recebi a notificação.

— Este será um encontro importante, Nero. Tenho algo de extrema relevância para discutir com os líderes que estarão reunidos lá.

— Aguardarei ansioso, senhor — mentiu Nero.

— Tenho certeza que sim, Maximiliano. Isso é tudo.

A tela escureceu e Nero soltou um grande suspiro de alívio. Número Um era notoriamente imprevisível; centenas de pessoas acharam que o estavam agradando até descobrir que sua próxima missão era nadar em um tanque de piranhas assassinas. O simples fato de continuar a respirar sugeria que ele ainda contava com a confiança do superior. Nero sabia que, se Malpense terminasse virando almoço da criação monstruosa de Mortecerta, provavelmente teria que mergulhar nas mandíbulas da criatura atrás dele. Nero odiava ser deixado no escuro sobre algo que influenciava tanto em seu destino. Precisava descobrir mais sobre o garoto, e tinha de ser rápido.

☻ ☻ ☻

Número Um observou o semblante calmo de Nero desaparecer de sua tela. Nero sempre foi bom em esconder seu nervosismo, mas Número Um sabia que o diretor do C.O.V.A. estava inseguro sobre que destino teria por causa do prejuízo causado à escola. E tinha bons motivos para estar preocupado; Número Um não tolerava erros, nem mesmo vindo de seus agentes mais confiáveis. O medo era uma ferramenta extremamente eficiente, e o comandante supremo da L.U.V.A. sabia exatamente como utilizá-lo.

Ele recostou-se em sua poltrona, com um sorriso nos lábios. Nero era um homem cruel e sem escrúpulos, mas tinha suas fraquezas, e o amor que ele nutria por aquela escola era a mais importante delas. Todos os que conheciam seu passado ficariam espantados com o zelo que ele empregava na proteção do C.O.V.A. e de seus estudantes. Tal zelo era demasiadamente semelhante àquelas repugnantes histórias sensíveis sobre um predador selvagem cuidando de uma ninhada de gatinhos órfãos.

Considerando todo esse protecionismo, ele sabia que deveria agir com cautela. Número Um não estava certo de que poderia contar com a lealdade de Nero caso ele viesse a descobrir o que ele tinha em mente para Malpense. Sorriu novamente ao rever o que ele planejara para o futuro do garoto. Um dia Nero e o menino descobririam exatamente qual era a sua intenção; na verdade, era essencial que descobrissem. E nesse dia Otto Malpense iria desejar não ter nascido.

Este livro foi composto na tipologia Classical
Garamond BT, em corpo 11,5/15, e impresso
em papel off-white 80g/m² no Sistema Cameron
da Divisão Gráfica da Distribuidora Record.

Seja um Leitor Preferencial Record
e receba informações sobre nossos lançamentos.
Escreva para
RP Record
Caixa Postal 23.052
Rio de Janeiro, RJ – CEP 20922-970
dando seu nome e endereço
e tenha acesso a nossas ofertas especiais.

Válido somente no Brasil.

Ou visite a nossa *home page*:
http://www.record.com.br